SCHERZ KRIMI

MARY ROBERTS
RINEHART

Miss Pinkerton
oder
Ein Fall für die feine Gesellschaft

ROMAN

SCHERZ

Einzig berechtigte Übertragung aus dem Amerikanischen
Titel des Originals: »Miss Pinkerton«
Umschlaggestaltung: Adolf Bachmann
Umschlagbild: Imre Goth/AKG, Berlin

3. Auflage 1998, ISBN 3-502-51662-6

Gesamtherstellung: Ebner Ulm

KLEINE VORGESCHICHTE

Es ist nun fünf Jahre her, seit George L. Patton mit einem Beinschuß ins Krankenhaus eingeliefert wurde. Später leitete er eine große Privatdetektivagentur, und heute ist er Polizeiinspektor; aber damals war er noch Kreisdetektiv. Ich hatte gerade Nachtdienst, als sie ihn brachten.

Er war sehr ruhig, sagte, er werde die Gelegenheit benutzen, um sich ein wenig zu erholen, und schlief achtzehn Stunden hintereinander, ohne sich auch nur zu rühren.

Am selben Abend, an dem Mr. Patton eingeliefert wurde, hatten wir übrigens unseren ersten Zusammenstoß. Ich brachte ihm sein Essen, und nach einem Blick auf die Suppe und den Toast verlangte er ein Steak mit Zwiebeln.

»Tut mir leid«, sagte ich, »Sie sind für ein bis zwei Tage auf leichte Kost gesetzt.«

»Was hat denn mein Bein mit meinem Magen zu tun? Geben Sie mir ein anständiges Steak! Auf die Zwiebeln will ich meinetwegen verzichten, wenn es sein muß.«

»Ich halte mich an die ärztlichen Verordnungen, Mr. Patton«, entgegnete ich fest. »Sie können Rührei bekommen, wenn Sie wollen, aber kein Steak.«

Wir diskutierten eine Weile hin und her, und zu guter Letzt fand er sich mit der Suppe ab. Als er sie gegessen hatte, schaute er zu mir auf und schmunzelte.

»Sie sind mir zwar nicht sympathisch«, bemerkte er, »aber ich gebe zu, daß ich Respekt vor Ihnen habe. Unbedingter Gehorsam gehört zu den Dingen, die am allerschwersten zu erreichen sind. Und nun schicken Sie mir diesen Trottel von Assistenzarzt – ich will doch sehen, ob ich nicht wenigstens zum Frühstück ein Steak bekomme.«

Er bekam es, und sehr bald bekam er ungefähr alles, was ihm das Krankenhaus überhaupt bieten konnte. Natürlich spielte er politisch eine Rolle, und wir waren auf staatliche Unterstützung angewiesen, aber von mir jedenfalls erhielt er nichts, was nicht ausdrücklich bewilligt worden war. Er erklärte immer noch, mich nicht zu mögen; nach einer Weile jedoch hatte ich das Gefühl, ich sei ihm nicht mehr

ganz so unsympathisch, und daß ich ihn beim Schach ein paarmal schlug, imponierte ihm.
»Sie sind intelligent, Miss Adams«, sagte er eines Tages zu mir, als er schon fast wiederhergestellt war. »Wollen Sie den Rest Ihres Lebens damit zubringen, Thermometer abzulesen und Kissen zurechtzuschütteln?«
»Ich habe daran gedacht, in die Ausbildungsarbeit zu gehen; da sind es wenigstens Menschen, die man hin und wieder zurechtschütteln muß«, erwiderte ich etwas bitter.
»Wie alt sind Sie? Keine Angst, ich sage es nicht weiter.«
»Neunundzwanzig.«
»Haben Sie Ihre Eltern noch, oder sonst Verwandte?«
»Meine nächsten Angehörigen sind zwei alte Tanten, die auf dem Land leben.«
Er schwieg eine Weile und meinte dann: »Ich habe nämlich eine Idee – vielleicht spreche ich noch mit Ihnen darüber. Das einzige Hindernis ist Ihr Aussehen. Sie sind zu hübsch.«
»Nicht wirklich«, entgegnete ich. »Ohne Haube habe ich eine viel zu hohe Stirn.«
»Schadet nichts; hohe Stirnen gefallen mir.«
Später brachte ich ihm einen Eierpunsch aufs Zimmer. Er saß im Lehnstuhl, und als ich ihm das Glas reichte, blickte er mich nachdenklich an. Er hatte übrigens noch nie einen Annäherungsversuch gemacht, im Gegensatz zu den meisten andern männlichen Patienten über Vierzig.
»Es liegt nicht nur an der Haube, Miss Adams«, bemerkte er lächelnd.
An jenem Nachmittag begann er plötzlich, mich über die andern Patienten auf der gleichen Etage auszufragen; aber ich erzählte ihm natürlich nichts, auch nicht, als er ärgerlich wurde und mich einzuschüchtern versuchte.
»Verstehen Sie denn nicht, daß Sie nur Ihre Zeit verschwenden?« sagte ich schließlich. »Wir geben keine Auskunft über andere Patienten, Mr. Patton. Wenn Sie etwas herausfinden wollen, müssen Sie schon einen Ihrer Detektive kommen lassen.«
Das schien ihn zu amüsieren, und zu meiner Überraschung fing er an zu lachen.

»Sehr gut!« erklärte er befriedigt. »Sie haben eine schwierige Prüfung mit Auszeichnung bestanden, Miss Adams. Sie sind verschwiegen, Sie halten sich an Ihre Vorschriften, und es steckt etwas hinter Ihrer berühmten hohen Stirn. Und jetzt will ich Ihnen meinen Vorschlag unterbreiten. Ist Ihnen schon einmal aufgefallen, daß fast bei jeder Krise in den Familien der sogenannten besseren Gesellschaft früher oder später eine Krankenpflegerin auftaucht?«
»Als Ursache oder Folge?«
»Als Folge natürlich. Sobald die Routine des normalen Familienlebens unterbrochen wird – durch einen Mord, einen Diebstahl oder ähnliche Ereignisse –, klappt jemand zusammen, legt sich ins Bett, und eine Pflegerin kommt ins Haus. Das ist das Resultat der ständigen Spannung, unter der die Leute leben. Es braucht nur eine zusätzliche Belastung, und schon ist der Knacks da. Und nun frage ich Sie: Wer hat eine größere Chance als die Pflegerin, Hintergründe, geheime Motive, die ganzen näheren Umstände in Erfahrung zu bringen? Sie sieht in alles hinein, nichts bleibt ihr verborgen, und – nein, gehen Sie jetzt auf Ihr Zimmer und überlegen Sie sich's. Wenn es Sie interessiert, für uns zu arbeiten, habe ich einen Fall für Sie.«
Meine Einwände wollte er nicht hören; er ließ mich gar nicht erst zu Wort kommen. Da steckte ich ihm kurzerhand das Thermometer in den Mund und sagte ihm dann meine Meinung.
»Es ist ganz einfach nicht ehrlich«, schloß ich. »Sie verlangen von mir, daß ich meine Vertrauensstellung mißbrauche. Von einer Krankenschwester erwartet man, daß sie das Wohl ihrer Patienten im Auge hat und nicht das Gegenteil. Sie soll aufbauende, positive Arbeit leisten. In einem Haus zu pflegen und die Familiengeheimnisse auszuspionieren –«
Er riß sich mit einem Ruck das Thermometer aus dem Mund.
»Positive Arbeit!« wiederholte er zornig. »Ist es vielleicht keine positive Arbeit, einen Verbrecher an einen sichern Ort zu bringen, wo er der menschlichen Gesellschaft keinen Schaden mehr zufügt? Wenn Sie das Problem nicht von

dieser Seite betrachten können, habe ich keine Verwendung für Sie. Gehen Sie jetzt und denken Sie darüber nach.«

In meinem Zimmer stellte ich mich vor den Spiegel und überlegte. Ich denke fast immer vor dem Spiegel nach; ich bespreche mich sozusagen mit mir selbst. Mein Gesicht zeigte mir deutlich, daß ich neunundzwanzig war, schon fast dreißig. Schwestern ausbilden, dachte ich und sah die langen eintönigen Jahre, sah mich einer Reihe von Regeln pflichtgetreu nachleben und dabei eng und schrullig werden. Dem gegenüber stand Mr. Pattons Angebot.

Ich erinnere mich noch sehr genau, wie eine leichte Röte in das Gesicht im Spiegel stieg. Ich würde meinen Verstand brauchen können, anstatt in sturem Gehorsam Anweisungen zu befolgen; ich würde meine Intelligenz mit der Intelligenz anderer messen können und vielleicht der überlegene Teil sein. Und ich würde Abenteuer erleben... Rasch zog ich eine meiner neuen Hauben an und ging hinunter zu Mr. Patton.

»Ich bin bereit, mit Ihnen zusammenzuarbeiten«, sagte ich ruhig.

1

Als in jener Montagnacht das Telefon klingelte und ich schwerfällig aus dem Bett kroch, schien mir, ich sei eben erst eingeschlafen; ein Blick auf die Uhr belehrte mich jedoch, daß es kurz nach eins war. Natürlich gewöhnt man sich als Pflegerin an solche nächtlichen Störungen, aber ich hatte ausgerechnet diese Nacht etwas Schlaf nachholen wollen und war deshalb in keiner besonders freundlichen Stimmung, als ich den Hörer abnahm.

»Hallo?«

»Miss Adams? Hier ist Inspektor Patton.«

Er hätte sich nicht anzumelden brauchen; beim Klingeln des Telefons war ich gleich darauf gefaßt gewesen, daß die Polizei wieder einmal einen Fall für mich hatte.

»Rufen Sie ein Taxi und kommen Sie zum Mitchell-Haus in der Sylvan Avenue. Sie kennen doch das Haus?«
»Das kennt jeder. Was ist passiert?«
»Ich erzähle es Ihnen, sobald Sie hier sind. Wie lange brauchen Sie?«
»Ungefähr eine halbe Stunde«, erwiderte ich. »Aber ich hatte wirklich gehofft, diese Nacht ungestört schlafen zu können.«
»Ich auch«, gab er zurück und hängte auf.
Ich holte tief Atem und betrachtete mein Bett und die Tracht, die ich über eine Stuhllehne gelegt hatte, weil ich Knöpfe festnähen mußte. Dann warf ich einen Blick durch die offene Tür in mein kleines Wohnzimmer mit der neuen Chintz-Ausstattung und auf den Vogelkäfig, den ich sorgfältig zugedeckt hatte, um nicht von Dick, meinem Kanarienvogel, beim ersten Morgengrauen geweckt zu werden. Geweckt zu werden!
Meine Beziehung zur Mordkommission ist eigentlich nie genau definiert worden. Einmal sprach ein Polizeibeamter von mir als »Lockspitzel«, aber der Inspektor reagierte sehr sauer darauf. Ich habe ihn selten so wütend gesehen.
»Lockspitzel!« wiederholte er. »Was zum Teufel meinen Sie eigentlich damit, Burke? Miss Adams ist ein Mitglied dieser Abteilung, und ein verdammt wichtiges dazu. Wir haben genügend mit Blindheit geschlagene Stümper hier, die eine Menge von ihr lernen könnten, obwohl sie sich Detektive nennen!«
Manchmal nannte er mich Miss Pinkerton*, aber das war nur ein Scherz zwischen uns. Ich habe nie behauptet, ein Detektiv zu sein. Meine Qualitäten bestehen vor allem in einem Paar guter Augen, die ich auch dort brauchen kann, wo die Polizei nicht hinsieht.
Und damit sind wir wieder bei dem neuralgischen Punkt angelangt: ich wollte sie gar nicht brauchen in jener Nacht. Ich wollte sie für mindestens elf Stunden schließen und am nächsten Morgen ausgehen und Besorgungen machen...
Voller Ärger trug ich meinen kleinen Koffer hinunter und

* Mr. Pinkerton: berühmter Detektiv, der in Amerika die erste Detektiv-Agentur gründete.

wartete vor dem Eingang auf das Taxi, damit nicht jedermann durch die Hausglocke geweckt würde.
Die Nachtluft erfrischte mich, und im Taxi versuchte ich mir vorzustellen, was mich wohl erwartete. Der Anruf des Inspektors war nicht sehr aufschlußreich gewesen, aber irgendwie hatte ich das Gefühl, daß etwas Schwerwiegendes geschehen sei. Was wußte ich überhaupt von dieser Familie Mitchell? Sie bestand, soweit mir bekannt war, nur aus zwei Personen: aus der alten Miss Juliet Mitchell und ihrem Neffen, einem gutaussehenden jungen Mann mit schwachem Kinn. Er war der einzige Sohn ihrer Schwester, die spät noch geheiratet hatte. Der Mann erwies sich als Taugenichts, und man erzählte sich von ihm, er habe erst das Geld seiner Frau und dann das von Miss Juliet durchgebracht. Ob das stimmte, konnte ich nicht beurteilen; außerdem war das Paar seit geraumer Zeit tot. Den Jungen hatten sie in der Obhut der verarmten Miss Juliet zurückgelassen.
Auch in einer großen Stadt wie der unsrigen gibt es immer eine oder mehrere führende Familien, und die Mitchells hatten während langen Jahren zu ihnen gehört. Man spricht von diesen Familien, und da ich viel herumkomme, bin ich stets ziemlich auf dem laufenden und wußte von den Schwierigkeiten, die der junge Herbert Wynne seiner Tante bereitete. Sie sorgte zwar dafür, daß er selten zu Hause war, aber auch in den verschiedenen Schulen, in die sie ihn steckte, und später im College führte er sich schlecht auf. Seit einiger Zeit wohnte er nun wieder bei seiner Tante und arbeitete, wenn sich gerade etwas bot und wenn es ihm paßte; meistens jedoch lungerte er herum. Er mußte jetzt etwa vierundzwanzig sein.
Es war allgemein bekannt, daß die beiden schlecht miteinander auskamen, und ich vermutete, es sei etwas zwischen ihnen vorgefallen – vielleicht war der Junge während einer Auseinandersetzung mit Miss Juliet tätlich geworden und hatte die alte Dame verletzt. Als das Taxi zwischen zwei alten eisernen Torflügeln hindurch in das Mitchellsche Grundstück einbog, überraschte es mich daher gar nicht, das Haus, das ich düster und verlassen in Erinnerung hatte, hell erleuchtet vor mir zu sehen.

Was ich allerdings nicht erwartet hatte, war der scharfe Ruck, mit dem das Taxi plötzlich stoppte. Der Fahrer beugte sich hinaus und rief wütend: »Können Sie denn nicht aufpassen? Mir direkt vor die Räder zu laufen!«

Nun sah auch ich die Gestalt vor uns am Rand der Auffahrt. Es war ein junges Mädchen.

»Warten Sie einen Moment, bitte!« sagte sie atemlos. »Ich muß mit Ihrem Fahrgast sprechen, ganz gleich, wer es ist.«

»Was gibt's denn?« fragte ich.

Sie trat dicht vor den Wagen, und im Schein einer Straßenlampe betrachtete ich sie genauer. Sie war ein hübsches kleines Ding, vielleicht etwa zwanzig, in einem leichten Mantel und mit einer Baskenmütze. Es fiel mir auf, wie bleich und verstört sie aussah.

»Wissen Sie, was hier los ist?« erkundigte sie sich, noch immer atemlos. »Ist jemand verletzt?«

»Wahrscheinlich ist jemand krank. Ich bin Pflegerin.«

»Krank? Wieso steht denn ein Polizeiwagen vor dem Eingang?«

»Das weiß ich auch nicht. Wollen Sie nicht fragen? Ich glaube, es sind Leute unten in der Halle.«

Sie wandte sich um und starrte auf das Haus. »Man würde nicht nach einer Pflegerin schicken, wenn jemand – tot wäre«, murmelte sie vor sich hin. »Vielleicht ist eingebrochen worden, halten Sie das nicht auch für möglich? Daß die Leute aufgewacht sind und den Dieb gehört haben?«

»Kann sein«, meinte ich. »Kommen Sie mit, dann werden wir es bald wissen.«

Davor schreckte sie zurück. »Vielen Dank«, sagte sie, »aber ich glaube, ich gehe lieber. Man hat wohl nicht erwähnt, um was es sich handelt, als Sie angerufen wurden?«

»Nein. Ich habe wirklich keine Ahnung.«

Sie zögerte und blickte immer noch zum Haus hinüber. Plötzlich schien ihr einzufallen, daß ihre Anwesenheit eine Erklärung verlange, und sie wandte sich wieder zu mir.

»Ich fuhr draußen vorbei und sah all die Lichter und den Polizeiwagen. Wahrscheinlich ist es ja nichts Schlimmes, aber ich – hätten Sie wohl etwas dagegen, wenn ich Sie

etwas später anriefe? Natürlich nur, wenn es nicht stört und Sie sicher sind, daß Sie noch aufsein werden.«
Nun schaute ich ebenfalls zu dem erleuchteten Haus hinüber, und vermutlich klang meine Stimme ziemlich grimmig, als ich antwortete.
»Es sieht nicht so aus, als ob ich diese Nacht viel zum Schlafen käme. Aber geben Sie mir für alle Fälle Ihren Namen, dann werde ich sagen, daß man mich rufen soll.«
Wieder zögerte sie. »Mein Name ist nicht wichtig«, bemerkte sie dann. »Wenn ich anrufe, wissen Sie ja, wer es ist.«
Damit ging sie, und ich sah ihr nach, wie sie sich durch das Tor entfernte. Ich erinnerte mich jetzt, daß ich draußen einen kleinen Sportwagen gesehen hatte; wahrscheinlich gehörte er ihr. Aber einen Augenblick später, als das Taxi mit einem halsbrecherischen Ruck anfuhr, hatte ich sie schon vergessen.

2

Dr. Stewart, den ich vom Sehen kannte, kam mir an der Tür entgegen.
»Sie sind wohl Miss Adams?«
»Jawohl.«
»Sie finden Ihre Patientin oben in dem großen Zimmer, das über der Halle liegt. Die Köchin ist bei ihr, und ich werde auch gleich kommen. Ich habe ihr eine Spritze gegeben; sie wird sich jetzt sicher rasch beruhigen.«
»Hat sie denn einen Schock gehabt?«
Er senkte die Stimme. »Ihr Neffe hat heute nacht Selbstmord begangen.«
»Hier?«
»Hier in diesem Haus. Im dritten Stock.«
Dr. Stewart war von kleinem Wuchs und bei allen Schwestern bekannt dafür, daß er am Krankenbett sehr liebenswürdig und im Umgang mit Untergebenen sehr reizbar sein konnte.

»Ich gehe also hinauf«, sagte ich ruhig.
Der Inspektor war in der Halle, aber er streifte mich nur mit einem raschen Blick wie immer, wenn ich für ihn arbeite. Auch der medizinische Experte beachtete mich nicht. Ein Polizist in Uniform nahm meinen Handkoffer und winkte mir, ihm zu folgen.
»Schlimme Sache, Miss«, bemerkte er. »Die alte Dame fand ihn; sie wollte nachsehen, ob er schon zu Hause sei.«
»Auf welche Weise brachte er sich um?« fragte ich.
»Er schoß sich in die Stirn«, erwiderte der Polizist. »Kniend, vor dem Spiegel. Ein wirklich trauriger Fall«, fügte er pathetisch hinzu.
»Sehr traurig«, bestätigte ich, und plötzlich dachte ich an das junge Mädchen und an ihren verstörten Gesichtsausdruck. Wahrscheinlich hatte sie etwas geahnt. Wenn sie später anrief, würde ich es ihr sagen müssen.
Der Gedanke daran beschäftigte mich noch, als ich in einen kleinen Raum trat, wo ich meinen Mantel ablegte. Vom anstoßenden Schlafzimmer her drangen Stimmen an mein Ohr; die eine leise und monoton, wie Schwerhörige reden, die andere schrill und hysterisch.
»Sie sollten wirklich nicht so viel sprechen, Miss Juliet. Ihm ist jetzt wohl, und er hat keinen Kummer mehr.« Das war die schrille Stimme.
Dann folgte etwas, das ich nicht verstand, und wieder die schrille Stimme:
»Es war ein Unfall; ich hab es Ihnen schon hundertmal gesagt. Sie wissen, daß er niemals den Mut dazu gehabt hätte. Als ich um acht hinaufging, um sein Bett zu richten, traf ich ihn beim Reinigen seines Revolvers an, und auf diese Weise ist es ihm passiert.«
Meine Ankunft war Miss Juliet offenbar nicht gemeldet worden, und ich beschloß, mich noch nicht gleich zu zeigen. Statt dessen verließ ich lautlos das Zimmer und stieg die Treppe zum dritten Stock hinauf. Was ich suchte, war leicht zu finden, denn auch hier brannten alle Lichter, und oben sah ich durch eine offene Tür einen Polizisten, der zeitunglesend auf einem Stuhl saß.
Der Tote lag in einer seltsam gekrümmten Stellung auf der

Seite, die Knie leicht angezogen und einen Arm ausgestreckt. Eine Waffe konnte ich nirgends entdecken.
Als der Polizist mich bemerkte, faltete er die Zeitung verlegen zusammen. »Ich muß Sie bitten, das Zimmer nicht zu betreten, Miss«, erklärte er. »Befehl des Inspektors.«
»Ich habe nicht die Absicht hineinzukommen«, entgegnete ich. »Können Sie mir vielleicht sagen, wo die Köchin ist? Ich brauche ein wenig warmes Wasser.«
»Ich hab sie nirgends gesehen, Miss.«
Ich tat, als wollte ich gehen, zögerte jedoch und starrte auf die Leiche. »Es besteht wohl kein Zweifel, daß es sich um Selbstmord handelt?«
»Selbstmord oder Unfall, wenn Sie mich fragen, Miss. Es wird alles untersucht werden«, erwiderte er kurz und entfaltete wieder seine Zeitung. Das beendete das Gespräch, aber mein Interesse war nun geweckt. Unfall oder Selbstmord, und die Mordkommission an der Arbeit!
Es war kurz nach halb zwei, als ich wieder hinunterging – gerade noch rechtzeitig, denn eben kam Dr. Stewart von der Halle herauf. Glücklicherweise blieb er auf dem Treppenabsatz einen Moment stehen, um sich die Glatze abzuwischen, so daß ich das Schlafzimmer ohne Hast betreten konnte. Miss Juliet lag, von zahlreichen Kissen gestützt, in ihrem breiten Nußbaumbett, und eine bleiche, neurotisch aussehende kleine Frau, die ich auf ungefähr fünfzig schätzte, saß neben dem Bett und hielt ihr die Hand. Als sie mich sah, erhob sie sich.
»Sie ist schon viel ruhiger, Miss«, sagte sie. »Sprechen Sie laut mit ihr; sie ist schwerhörig.«
Ich warf einen Blick auf Miss Juliet und erkannte sofort, weshalb sie ruhiger war. Sie lag in einem Koma, und ihr Puls schlug nur noch ganz schwach.
»Dr. Stewart!« rief ich. »Dr. Stewart!«
Er war sofort da, und in den nächsten paar Minuten arbeiteten wir fieberhaft. Ich bereitete eine Nitroglyzerinspritze vor, während Dr. Stewart ständig Miss Juliets Puls kontrollierte. Niemand sprach, während wir darauf warteten, daß die Spritze sie wieder ins Leben zurückrufen würde.
»Seltsam«, meinte Dr. Stewart schließlich. »Natürlich stand

sie noch unter der Schockwirkung mit den üblichen Symptomen: Unruhe, gerötetes Gesicht, stark erhöhter Puls. Außerdem hat sie ein schwaches Herz und Sklerose der Koronararterien, aber das alles erklärt nicht, wieso sie in ein Koma fiel. Als ich sie verließ, war sie schon ruhiger. Wissen Sie, ob sie sich über etwas sehr aufgeregt hat?«
»Ich bin erst sehr kurze Zeit im Zimmer.«
»Und Sie, Mary? Haben Sie etwas bemerkt?«
»Nein, nichts. Ich weiß nicht. Ich unterhielt mich mit ihr.«
»Erwähnten Sie vielleicht etwas, das sie beunruhigte?«
»Nein.« Sie schüttelte den Kopf. »Ich redete ihr zu, und sie wurde ruhiger. Einmal hat sie sich zwar plötzlich im Bett aufgesetzt und ihre Pantoffeln verlangt, aber dann hat sie nicht mehr darauf bestanden und sich wieder in die Kissen zurückgelegt.«
»Sie verlangte ihre Pantoffeln?«
»Ich glaube, sie wollte noch einmal in sein Zimmer hinauf. Ihn noch einmal sehen.«
»Sie sagte aber nichts dergleichen?«
»Nein.«
Dr. Stewart überlegte einen Moment.
»Und Sie machten keine Andeutung, daß er Selbstmord begangen haben könnte?«
»Warum sollte ich? Der und Selbstmord! Er war ein Feigling durch und durch. So was begeht keinen Selbstmord. Ich bin sicher, daß es ein Unfall war.«
Während sie sprach, musterte sie mich feindselig. Das war mir an sich nicht neu; ich mache immer wieder die Erfahrung, daß Dienstboten, besonders alte, einer Krankenschwester mit Mißtrauen begegnen. Aber seltsamerweise kam es mir so vor, als ob sie nicht eifersüchtig oder mißtrauisch sei, sondern eher ängstlich. Sie schien sich vor mir zu fürchten, und es war mir auch aufgefallen, wie schrill sie darauf bestanden hatte, daß es ein Unfall gewesen sei.
»Wieso sollte die arme Lady übrigens keinen Schwächeanfall kriegen?« fragte sie herausfordernd. »Nach allem, was sie durchgemacht hat. Und nicht nur diese Nacht«, fügte sie bedeutungsvoll hinzu.
Miss Juliet brauchte lange, bis sie zu sich kam, und dann

dauerte es noch eine ganze Weile, bis Dr. Stewart den Eindruck hatte, er könne mit ruhigem Gewissen gehen. Er ließ mir ein paar Amylnitrit-Ampullen und zwei Röhrchen Nitroglyzerintabletten da, aber er sah immer noch besorgt aus, als ich ihm in den Korridor hinaus folgte.
»Seltsam«, wiederholte er, »dieser Zusammenbruch. Natürlich hat sie einen Schock gehabt, aber den hatte sie bereits überwunden, und außerdem hing sie nicht an dem Jungen – es bestand kein Anlaß dazu. Ich frage mich immer noch, ob Mary nicht irgendeine Bemerkung gemacht hat, die diese Ohnmacht auslöste. Wir haben Miss Juliet gegenüber an der Unfallversion festgehalten, verstehen Sie; wenn sie jedoch erfuhr, daß es Selbstmord war oder daß man die Möglichkeit mindestens in Betracht zieht, hätten wir des Rätsels Lösung.«
»Ich hörte zufällig, wie Mary ihr versicherte, daß es ein Unfall gewesen sei.«
»Das heißt also, daß –« er beendete den Satz nicht, denn von unten ertönten plötzlich schwere Schritte. Ich hatte den Mann, der langsam die Stufen heraufkam, schon irgendwo gesehen, und als er auf dem Treppenabsatz stehenblieb, fiel mir ein, wer er war: Mr. Glenn, der bekannte Rechtsanwalt.
»Wie geht es ihr?« fragte er und stieg die letzten Stufen herauf.
»Nicht allzu gut. Besser als noch vor ein paar Minuten; mehr kann ich nicht sagen.«
»Was halten Sie eigentlich von der Geschichte, Stewart? Weshalb hat er sich umgebracht? Hat er spekuliert?«
»Mit was sollte er spekuliert haben?« fragte der Arzt trocken zurück.
»Natürlich, Sie haben vollkommen recht. Glauben Sie, daß ein Mädchen im Spiel war?«
»Ich glaube gar nichts, und es geht mich auch nichts an.«
Sie gingen zusammen hinunter, und ich zog mich wieder in das Krankenzimmer zurück.
Draußen hörte man auf der Treppe tastende, langsame Tritte und unterdrücktes Keuchen: Die Leiche wurde weggebracht. Mary atmete schwer und wurde ganz bleich, aber als

der Transport an unserer Tür vorbei war, schoß sie plötzlich auf und hinaus in den Korridor. Mit allen Zeichen der Erregung kam sie kurz danach zurück.
»Hugo!« stieß sie hervor. »Sie haben ihn mitgenommen, Miss!«
»Wer ist Hugo?«
»Mein Mann. Was will die Polizei von ihm? Er weiß nichts. Er schlief neben mir im Bett, als Miss Juliet draußen an die Tür hämmerte und uns aufweckte.«
Aus ihrem hysterischen Gerede konnte ich mir zusammenreimen, daß Hugo und Mary schon seit Jahren die einzigen Dienstboten im Haus sein mußten. Früher einmal war Hugo als Butler und Mary als Köchin angestellt gewesen, aber mit der Zeit hatte Miss Juliet alle andern Dienstboten entlassen. Hugo versah nun die Stelle eines Hausknechts, Dieners und Butlers in einer Person, und Mary war jeden Abend so müde, daß ihr »fast die Füße abfielen«.
Es stellte sich heraus, daß sie und Hugo zwei Zimmer im zweiten Stock bewohnten, die ursprünglich zu den Räumlichkeiten der Familie gehört hatten und mit diesen durch eine Tür verbunden waren. Die Tür wurde jedoch nicht mehr benutzt und blieb stets verschlossen und verriegelt. Ich begleitete Mary hinunter und wartete in der Küche, bis sie mühsam die Hintertreppe emporgeklettert war.
Als ich noch dort stand und wartete, glaubte ich plötzlich, draußen an der Hausmauer ein leichtes Geräusch zu hören, als ob sich jemand ins Gebüsch drückte.
Vielleicht spielten mir meine Nerven einen Streich, oder es war ein Hund, aber die Sache gefiel mir nicht. Und da kam es auch schon wieder – etwas oder jemand strich deutlich an der Hausmauer entlang.

3

Ich hatte keine Lust mehr, Nachforschungen anzustellen; ich ging so rasch als möglich zu meiner Patientin zurück. Es muß etwas nach halb drei Uhr früh gewesen sein, als ich eine

Weile später die Tracht auszog und in meinen Morgenrock schlüpfte.
Miss Juliet schlief friedlich, und ihr Puls war viel besser. Obwohl mir der Schreck von vorhin noch in den Knochen saß, zwang ich mich, ruhig alles für den Rest der Nacht vorzubereiten. Ich richtete mir ein Lager auf dem Sofa am Fußende des großen Nußbaumbettes und ordnete im anstoßenden kleinen Raum meine Medikamente auf einem Tablett.
Das Haus war voller unheimlicher Geräusche in dieser Nacht. Es ächzte und knarrte überall im Gebälk, obwohl draußen kein Wind wehte, und als ich das Fenster öffnete, begann es auch in den Möbeln zu knacken. Natürlich wußte ich, daß dies nur dem Temperaturunterschied zuzuschreiben war, aber es hörte sich genauso an, als ob eine unsichtbare Geisterhand auf das Holz trommelte.
Trotzdem muß ich wohl für eine Weile eingenickt sein, denn es dauerte lange, bis ein noch lauteres Geräusch in mein Bewußtsein drang. Es schien vom Fenster herzukommen. Ich erhob mich schlaftrunken und stellte fest, daß jemand Kieselsteine gegen den Fensterrahmen warf – eine Methode, die Inspektor Patton öfter anwendet, wenn er mich sprechen will.
Ich eilte sogleich hinunter und öffnete die Haustür. Die Dämmerung war noch nicht angebrochen, aber das schwache Licht einer Straßenlampe fiel auf das Gesicht des Inspektors.
»Wie geht's der alten Dame?« fragte er.
»Sie schläft tief. Dr. Stewart hat ihr ein Beruhigungsmittel gegeben.«
Er kam nicht herein, sondern setzte sich draußen auf eine Treppenstufe, zog seine Pfeife aus der Tasche und zündete sie an.
»Ich will Ihnen erzählen, was wir bis jetzt herausfanden«, begann er, »aber hol's der Teufel, ich habe keine Ahnung, was ich damit anfangen soll. Von Wynne wissen wir, daß er beim Abendessen offensichtlich in bester Stimmung war und danach bis fast um neun seine automatische Pistole reinigte und ölte. Die Köchin ging etwa um acht in sein

Zimmer, um das Bett abzudecken, und sie sagt aus, daß er ganz vergnügt an dem Schießeisen manipuliert habe. Kurz vor neun hörte ihn Hugo, der Butler, die Treppe hinuntersteigen und das Haus verlassen. Hugo behauptet, Wynne habe vor sich hin gepfiffen, als er die Treppe hinunterging. Das heißt mit andern Worten, daß die Selbstmordtheorie auf schwachen Füßen steht, wenn wir uns nur auf Hugos Aussage stützen.

Die Polizeiwache des Bezirks ist um Viertel nach zwölf alarmiert worden. Ein Polizeileutnant hat sich sogleich an den Tatort begeben, hat eine allgemeine Bestandsaufnahme gemacht und auf der Stelle entschieden, daß es sich um Selbstmord handle.

Scheint ein besonders heller Bursche zu sein«, meinte der Inspektor trocken. »Wie denkt der sich wohl einen Selbstmord ohne Pulverspuren? Außerdem sollte man in der ersten Stunde nach dem Tod eintreffen, um so etwas entscheiden zu können. Am besten schon in den ersten fünf Minuten, aber das kommt natürlich selten vor.«

»Dann fanden sich also keine Pulverspuren an der Leiche?«

»Keine. O'Brien brauchte zehn Minuten, bis er das herausgefunden hatte!«

Aber es war ihm schließlich doch aufgefallen, und er hatte unverzüglich die Polizeizentrale angerufen.

Glücklicherweise war der Inspektor noch in seinem Büro gewesen; er fuhr sofort los und langte um Viertel vor eins bei dem Mitchell-Haus an. Er habe genau zwei Minuten gebraucht, erwähnte er mit einem Anflug von Stolz, um festzustellen, daß es weder Selbstmord noch Unfall war. Daraufhin ließ er seine Leute kommen und rief mich an.

»Und was waren denn das für Beobachtungen, die Sie in zwei Minuten gemacht haben?«

»Nun, die Einschußstelle ist mitten in der Stirn; das bedeutet, daß der Junge auf der Stelle zusammenbrach, nachdem ihn die Kugel getroffen hatte. Aber wo war er, als man ihn fand? Er lag vor dem Sekretär auf dem Boden. Gut. O'Brien dachte zuerst, er habe vor dem Spiegel gestanden, als er abdrückte. Aber welchen Lauf hätte in diesem Fall die Kugel genommen? Sie hätte seinen Kopf durchbohrt und wäre über dem Bett in die Wand gedrungen. In Wirklichkeit nahm sie jedoch einen ganz andern Lauf; sie schlug rechtwinklig zum Bett in die Backsteinverkleidung des Kamins ein und prallte ab. Ich fand sie auf dem Fußboden.«

»Vielleicht stand er eben nicht vor dem Spiegel«, bemerkte ich und versuchte mir die Situation vorzustellen.

»Vielleicht nicht. Aber falls er sich tatsächlich selbst erschoß, muß er es stehend getan haben. Es gibt keinen Stuhl vor dem Sekretär. Interessant ist nur, daß die Kugel, die seinen Kopf in einer geraden Linie durchschlug, nicht höher als etwa einen Meter zwanzig über dem Fußboden auf die Backsteinverkleidung aufprallte. Herbert Wynne aber war ziemlich groß, fast einsachtzig. Verstehen Sie nun, was ich meine?«

»Könnte er sich denn nicht kniend erschossen haben?«

Er nickte beifällig. »Möglich wäre es. Ich habe die Erfahrung gemacht, daß Selbstmörder sich oft vor dem Hinfallen fürchten und Kissen oder Decken auf dem Boden ausbreiten, bevor sie sich erschießen. Und die Stellung, in der man Wynne fand – er hatte die Knie leicht angezogen – deutet ebenfalls auf diese Möglichkeit hin. Aber damit ist das Rätsel der fehlenden Pulverspuren immer noch nicht gelöst. Man schießt sich nicht durch den Kopf, ohne daß nachher mehr zu sehen ist als gerade nur ein sauberes kleines Loch. Es kann natürlich auch sein, daß er die Pistole fixierte und denAbzug mittels irgendeiner Vorrichtung aus der Distanz betätigte. Die Dienstboten oder Miss Juliet hätten genügend Zeit gehabt, alle Spuren einer solchen Vorrichtung zu beseitigen.«

»Und ein Unfall war es auch nicht?«

»Jedenfalls spricht sehr viel dagegen; unter anderem, daß Wynne im College Mitglied eines Pistolen-Klubs war und also wußte, wie man mit einem Schießeisen umgeht. Abgesehen davon ereignen sich die meisten solchen Unfälle während des Reinigens der Waffe und nicht zwei oder drei Stunden später. Wynne reinigte die Pistole, bevor er ausging; Öl und Lappen ließ er auf dem Sekretär liegen. Aber was mich interessiert, ist folgendes: wenn es ein Unfall war, warum sieht es dann wie ein Selbstmord aus? Die Pistole auf

dem Boden, die angezogenen Knie, als ob Wynne vor dem Spiegel gekniet hätte, und die Kugel, die in gerader Linie durch den Kopf drang – wo war die Pistole, und wo war Wynne, als der Schuß losging?«
»Hörte denn überhaupt jemand den Schuß?«
»Nein. Aber das hat nicht viel zu bedeuten. Hugo und Mary waren ziemlich weit vom Tatort entfernt, und die alte Dame ist stocktaub. Wann genau der Schuß fiel, steht nicht fest. Stewart meint, daß Wynne noch keine volle Stunde tot war, als er eintraf, und der medizinische Experte glaubt, der Tod sei etwa um Viertel nach elf eingetreten; aber das sind alles nur Vermutungen. Auch ich kann vorläufig nur Vermutungen anstellen – zum Beispiel, daß dieser Mord, falls es sich überhaupt um einen Mord handelt, eine interne Angelegenheit ist.«
»Eine interne Angelegenheit? Was meinen Sie damit?« fragte ich. »War denn außer Miss Juliet und den beiden Dienstboten noch jemand im Haus?«
»Anscheinend keine Menschenseele. Und nun überlegen Sie einmal selbst: sogar wenn wir trotz der fehlenden Pulverspuren annehmen, daß sich der Junge selbst erschoß, haben wir immer noch keine Erklärung dafür, weshalb er um neun das Haus pfeifend verließ und zwei Stunden später Selbstmord beging. Und warum hatte er in seinem Schrank einen neuen Koffer, der zur Hälfte gepackt war? Für die Reise ins Jenseits braucht man keine seidenen Pyjamas.«
Ein leichter Schauder überlief mich bei seinen Worten, und der Inspektor sah mich besorgt an.
»Sie gehen jetzt wohl besser schlafen«, sagte er. »Ich werde Ihre Hilfe bei diesem Fall brauchen, und ich will nicht, daß Sie sich hier erkälten. Die Geschichte der alten Dame kann ich Ihnen am Morgen immer noch erzählen.«
Ich weigerte mich jedoch, zu Bett zu gehen, bevor ich alles gehört hatte, ich sah nur rasch nach Miss Juliet und holte mir meinen Mantel.
Miss Juliet lag immer noch ruhig da, und ihr Puls war ziemlich regelmäßig, aber obwohl sie die Augen geschlossen hielt, hatte ich das Gefühl, sie stelle sich nur schlafend.
Als ich wieder hinunterkam, saß der Inspektor in einer

merkwürdig gespannten Haltung auf der Treppenstufe, als lauschte er angestrengt. Er bedeutete mir, leise zu sein, und dann, plötzlich und ohne Warnung, war er mit einem Satz um die Hausecke verschwunden. Volle fünf Minuten vergingen, bis er zurückkehrte.

»Ich brauche vermutlich etwas Schlaf«, sagte er verdrießlich. »Aber ich könnte schwören, daß ich dort hinten beim Gebüsch ein Geräusch gehört habe.«

Ich berichtete ihm von meinem eigenen Erlebnis früher in der Nacht, und er machte einen zweiten Rundgang, aber auch diesmal ohne Erfolg. Daraufhin setzte er sich nicht wieder, sondern blieb stehen, bereit, sich beim geringsten verdächtigen Laut sofort in die Dunkelheit zu stürzen. Aber so konzentriert wir auch lauschten, es war nichts zu hören.

4

Nach diesem Zwischenfall blieb der Inspektor noch eine Weile und begann mir seine Theorie darzulegen; das heißt, er dachte einfach laut. Das tut er oft in meiner Gegenwart, und manchmal habe ich den Eindruck, daß darin mein einziger wirklicher Wert für ihn besteht: ihm eine aufmerksame Zuhörerin zu sein.

»Ich muß mir das Zimmer des Jungen noch einmal ansehen, Miss Adams. Nein, nicht jetzt; jetzt will ich mir nur die Situation vergegenwärtigen. Stellen wir uns vor, Herbert Wynne sitzt auf einem Stuhl und ist im Begriff, sich die Schuhe auszuziehen. So ähnlich muß es gewesen sein, denn als wir ihn fanden, war der eine Schuhriemen gelöst. Nehmen wir weiter an, daß er Schritte hört und daß seine Zimmertür sich öffnet; da aber Miss Juliet jeden Abend nachsieht, ob er zu Hause ist, bleibt er ruhig sitzen. Dann merkt er, daß es nicht Miss Juliet ist, und trotzdem steht er nicht auf. Verstehen Sie: wenn meine Vermutung stimmt, wurde er erschossen, als er auf jenem Stuhl saß, und der Stuhl befand sich mitten im Zimmer, zwischen der Tür und dem Kamin also. Was schließen Sie daraus?«

»Daß er den Eintretenden kannte, oder daß ihm keine Zeit mehr blieb, aufzustehen.«
Ich fühlte mehr, als ich sah, daß er schmunzelte. »Wer wagt noch zu behaupten, Sie seien kein Detektiv?« sagte er. »Ja, es muß jemand gewesen sein, den er kannte. Möglich, sogar sehr wahrscheinlich, daß er überrascht war, aber nicht beunruhigt, sonst hätte er bestimmt einen Fluchtversuch gemacht. Und wenn mich nicht alles täuscht, hat der Mörder auch nicht gleich losgeknallt – er mußte sich ja erst den Revolver verschaffen, der vermutlich auf dem Sekretär lag. Nachdem ihm das gelungen war, wandte er sich zum Gehen, drehte sich unter der Tür blitzschnell um und schoß. Wynne war tot, bevor er überhaupt begriffen hatte, was vorging.«
»Glauben Sie denn, daß der Mörder aus einem plötzlichen Impuls heraus handelte?« fragte ich. »Wenn er Wynnes Revolver benutzte, läßt das doch darauf schließen, daß er selbst keine Waffe hatte.«
»Wir werden morgen erfahren, ob der Schuß wirklich aus Wynnes Revolver abgefeuert wurde, aber ich möchte fast darauf wetten. Davon, daß der Mörder einem momentanen Impuls gehorchte, bin ich allerdings nicht ganz überzeugt. Was hatte dieser Unbekannte zu so später Stunde im Haus zu suchen? Wenn wir das wüßten, wären wir schon einen guten Schritt weiter. Und wie kam er überhaupt hinein? Es gibt drei Eingänge im Erdgeschoß, und alle waren verschlossen und überdies auf der Innenseite verriegelt. Das heißt, zwei waren verriegelt; der dritte ein Seiteneingang, führt in die Küche und wird nachts nur mit dem Schlüssel verschlossen. Er führt übrigens auch zur Hintertreppe, aber von da gelangt man nur zur Dienstbotenwohnung.«
»Und die Fenster?«
»Nun, Hugo behauptet, ein offenstehendes Fenster entdeckt zu haben; ich traue jedoch der Sache nicht recht. Es sieht fast so aus, als ob er aus einem bestimmten Grund den Mordversuch verstärken wollte und deshalb das Fenster selbst öffnete. Der Eifer, mit dem er seine angebliche Entdeckung meldete, machte mich ein wenig stutzig. Außerdem hätten wir in dem weichen Grund vor dem Fenster Fußspuren finden müssen; es waren aber keine da.«

»Was bezweckt denn Hugo damit?«
»Hören Sie gut zu, Miss Adams. Wenn Wynne eine Lebensversicherung hatte, dann ist Hugo sehr daran interessiert, daß das Urteil bei der Leichenschau nicht auf Selbstmord lautet. Wenn er selbst der Mörder ist, dann wird er alles tun, um den Verdacht von sich abzulenken. Das sind zwei Gründe, und ich kann Ihnen noch weitere nennen, wenn Sie wollen.«
»Sie glauben, daß Hugo der Mörder ist?«
»Langsam, langsam. Wir werden auch die andere Möglichkeit prüfen müssen; das heißt, wir müssen herausfinden, wie jemand durch eine verschlossene Tür ins Haus gelangte und warum er Wynne mit dessen eigenem Revolver erschoß und dann das Ganze als Selbstmord zu tarnen versuchte. Dieser letzte Punkt ist wichtig. Hugo kommt dafür nicht in Betracht, denn warum sollte er einen Mord als Selbstmord ausgeben wollen?«
»Keine Ahnung«, entgegnete ich. »Sie sagen es mir besser gleich.«
»Denken Sie nach. Sowohl Hugo als auch Mary und Miss Juliet können nur verlieren, wenn das Urteil auf Selbstmord lautet.«
»Also hat der unbekannte Mörder die Leiche in dieser seltsamen Stellung vor den Sekretär gelegt?«
»Im Moment vermute ich, daß es sich so abspielte. Hugo versuchte, das Ganze als Mord erscheinen zu lassen, aber ich glaube nicht, daß er Gelegenheit hatte, die Lage der Leiche zu verändern. Miss Juliet sorgte offenbar dafür, daß nichts berührt wurde, bis die Polizei kam. Weiß der Himmel, was Hugo angestellt hätte, um zu beweisen, daß es nicht Selbstmord war. So gelang es ihm nur, das Fenster in der Bibliothek zu öffnen.«
»Sie haben natürlich die Umgebung des Hauses abgesucht?«
»Durchgekämmt, und zwar mit einem feinen Kamm«, erwiderte er und gähnte. »Dicht neben der Einfahrt fand ich die Spur eines Frauenschuhs mit hohen Absätzen, aber ziemlich weit vom Haus weg. Das ist übrigens ein Kapitel, das wir auch berücksichtigen müssen. Wynne hatte eine verhängnisvolle Wirkung auf Frauen.«

Es mag seltsam erscheinen, aber die Begegnung mit dem jungen Mädchen fiel mir tatsächlich erst jetzt wieder ein. Der Inspektor maß dem Vorfall jedoch keine allzugroße Bedeutung bei.

»Glauben Sie wirklich, daß sie etwas mit der Sache zu tun hat?« fragte er. »Für ein junges Mädchen ist es heute nicht mehr ungewöhnlich, um ein Uhr morgens allein unterwegs zu sein, besonders wenn sie einen Wagen hat. Das mit dem Wagen ist allerdings nur eine Vermutung von Ihnen, nicht?«

»Ich bin überzeugt, daß er ihr gehörte.«

»Also gut – es liegt mir fern, Ihre Überzeugungen anzuzweifeln. Nehmen wir einmal an, sie kannte Wynne; vielleicht hat sie einen kleinen Flirt mit ihm gehabt. Heute nacht fährt sie zufällig hier vorbei und sieht das Haus, das sonst immer dunkel dalag, hell erleuchtet. Sie hält an, steigt aus und entdeckt beim Näherkommen den Polizeiwagen vor der Tür; sie muß also nicht unbedingt ein Detektiv sein, um sich zusammenzureimen, daß da wohl etwas vorgefallen ist.«

»Sie machte aber den Eindruck, als ob sie nicht nur eine vage Ahnung hätte, sondern ziemlich konkrete Befürchtungen. Sie sah ganz verstört aus.«

»Und sie wollte ihren Namen nicht nennen?«

»Nein. Sie sagte, sie würde anrufen, aber bis jetzt hat sie's nicht getan.«

»Wieso wollte sie denn noch anrufen, wenn sie bereits wußte, was passiert war? Es ist allerdings auch möglich, daß sich ein Anruf erübrigte, weil sie einen der Reporter ausholte oder draußen wartete, bis Dr. Stewart das Haus verließ.«

»Dann hätte sie genausogut mit mir kommen und sich Gewißheit verschaffen können.«

»Nun, ich werde der Sache morgen – oder vielmehr heute – nachgehen. Es sollte nicht allzu schwierig sein, ihre Identität festzustellen. Vielleicht fürchtete sie, in etwas Unangenehmes hineingezogen zu werden; aber wir können uns in diesem Spiel keine unbekannten Figuren leisten.«

Zum Schluß erzählte mir der Inspektor noch, wie Miss Juliet die Leiche ihres Neffen entdeckt hatte. Die alte Dame war wie üblich ungefähr um zehn Uhr zu Bett gegangen und hatte zwei Stunden ruhig geschlafen. Dann erwachte sie und schaute auf die Uhr an der Wand neben ihrem Bett. Es war zehn vor zwölf, und sie schickte sich an, wie jede Nacht, nachzusehen, ob Wynne zu Hause war und unten die Tür abgeschlossen hatte.

»Sie müssen wissen, daß der Junge manchmal mit leichter Schlagseite nach Hause kam«, erklärte der Inspektor, offensichtlich bemüht, mich mit stärkeren Ausdrücken zu verschonen. »Er neigte dazu, hin und wieder zu tief ins Glas zu schauen.«

Miss Juliet wollte eben aufstehen, als sie plötzlich bemerkte, daß jemand draußen im Korridor an ihrer Schlafzimmertür vorbeiging. Sie hörte natürlich nichts, aber wie alle Tauben registrierte sie die leisesten Vibrationen und wußte, was es bedeutete, wenn ihr Bett erschüttert wurde.

»Herbert!« rief sie. »Bist du es, Herbert?«

Sie zog Pantoffeln und Schlafrock an und stieg in den dritten Stock hinauf. Sie erwartete, den Jungen schlafend im Bett vorzufinden, und ärgerte sich darüber, daß er das Licht so unbekümmert brennen ließ.

Aber was sie durch die offene Tür erblickte, bewirkte, daß sie schreiend die Treppe wieder hinunterlief und im zweiten Stock wie von Sinnen gegen die Tür der Dienstbotenwohnung zu hämmern begann. Diese Tür war jedoch seit Jahren schon verschlossen und verriegelt, und die Dienstboten mußten erst den Umweg über die Hintertreppe und die Küche machen. Als sie außer Atem im zweiten Stock ankamen, stand Miss Juliet immer noch da und trommelte hysterisch gegen die Tür.

Sie führte die beiden zu Herberts Zimmer hinauf, blieb aber mit Mary draußen, während Hugo hineinging und sich umsah. Sie hatte ihm eingeschärft, nichts zu berühren, und sie war überzeugt, daß er in der kurzen Zeit nichts veränderte. Die Polizei, die kurz danach eintraf, fand die Leiche und den Revolver vor dem Sekretär liegen. Das Fenster stand offen, aber da es im dritten Stock war, konnte es unmöglich als Fluchtweg benutzt worden sein.

Nachdem Miss Juliet ihre Aussage beendet und Hugo gebeten hatte, Arthur Glenn, ihren Anwalt, zu rufen, bekam sie

eine Herzattacke, und Mary benachrichtigte Dr. Stewart. Den Selbstmordverdacht habe Miss Juliet übrigens energisch zurückgewiesen, fügte der Inspektor noch hinzu.
Inzwischen war es vier Uhr morgens geworden, und ich begleitete ihn zu seinem Wagen, den er ein Stück vom Haus entfernt geparkt hatte.
»Wie soll ich mich weiter verhalten?« fragte ich, als er schon am Steuer saß.
»Nicht anders als üblich«, erwiderte er. »Beobachten Sie alles so unauffällig wie möglich. Ich habe übrigens Anweisung gegeben, daß niemand das Zimmer des Jungen betritt; ich will es noch einmal gründlich durchsuchen.«
Er wollte eben abfahren, als mir noch etwas einfiel.
»Wynne hatte doch sicher einen Hausschlüssel, nicht?«
»Ja – warum?«
»Könnte er denn nicht jemand mit nach Hause gebracht haben?«
»Wenn Hugo die Wahrheit sagt, jedenfalls nicht. Und warum sollte er uns in diesem Punkt täuschen wollen? Er gäbe alles darum, beweisen zu können, daß Wynne jemand bei sich hatte. Statt dessen erklärte er, daß er um elf Uhr herum noch auf war und Wynne nach Hause kommen hörte, daß der Junge aber allein gewesen sei.«
Damit gab der Inspektor Gas und raste in seinem üblichen Tempo davon.
Es war immer noch dunkel, obwohl ich am Himmel einen schwachen Streifen Helligkeit zu entdecken glaubte. Ich fröstelte, als ich mich umwandte und ins Haus zurückkehrte.
Oben in ihrem Zimmer lag Miss Juliet wie zuvor ruhig in dem riesigen Bett, den Kopf hochgelagert, so daß sie leichter atmen konnte. Wieder hatte ich das merkwürdige Gefühl, sie schlafe gar nicht wirklich, sondern stelle sich nur so.
Ich trat an das Bett und schaute auf sie hinunter. Wie alt sie eigentlich war, weiß ich noch heute nicht, vermutlich beinahe achtzig. Es hieß, daß sie in ihrer Jugend eine große Schönheit gewesen sei, aber davon waren jedenfalls keine Spuren mehr vorhanden. Wie sie so dalag, sah sie unendlich müde und verbraucht aus und erweckte auch nicht den

Eindruck, daß ihr das Alter als Ersatz für verlorene Schönheit und Jugend wenigstens ein ruhiges Leben und Seelenfrieden gebracht hatte. Ich konnte mir eher vorstellen, daß sie mit den Jahren hart und bitter geworden war; dafür zeugten auch die Worte am Ende ihrer Aussage. Der Inspektor hatte mir davon erzählt.
»Er ist tot«, hatte sie geschlossen, »und ich will nichts Böses über ihn sagen. Aber wenn jemand ihn ermordete, dann wird er seine Gründe gehabt haben. Ich kannte den Jungen gut genug, um das zu wissen. Selbstmord war es auf keinen Fall; dazu hätte er den Mut nie aufgebracht.«

5

Schließlich – lange nach vier Uhr – legte ich mich auf mein Sofa und versuchte, noch etwas Schlaf zu finden. Aber wieder war es das Haus, das mich wach hielt. Wenn vorher Geisterfinger unheimliche Wirbel getrommelt hatten, so schien es mir nun, daß gespensterhafte Gestalten ihr Unwesen auf der Treppe trieben, und als sich einmal ein Vorhang im Wind bauschte und meine Hand streifte, konnte ich nur mit Mühe einen Aufschrei unterdrücken.
Dann mußte ich doch eingenickt sein, aber nur ganz kurz. Ich erwachte von einer Erschütterung des Nußbaumbetts, die sich auf mein Sofa übertrug, und realisierte sofort, was das bedeutete. Mit einem Ruck setzte ich mich auf. Was ich sah, ließ mich erstarren: das Bett war leer!
Im selben Moment wurde die Schlafzimmertür vorsichtig geöffnet, und Miss Juliet, weiß wie ein Leintuch, kam mit unsicheren Schritten herein. Als sie mich erblickte, blieb sie reglos stehen und starrte mich an. Sie trug ihren Schlafrock, aber keine Pantoffeln. Ich hatte mich zu sehr erschreckt, um meinen aufsteigenden Ärger ganz zu verbergen; ich sprang vom Sofa und ging ihr entgegen.
»Sie wissen genau, daß Sie nicht aufstehen sollten, Miss Mitchell«, bemerkte ich streng. »Wenn Sie etwas haben wollen, brauchen Sie es nur zu sagen.«

Auch wenn sie meine Worte nicht verstand, begriff sie jedenfalls, daß ich ungehalten war.
»Ich bin im Korridor ein wenig auf und ab gegangen, weil ich einen Krampf im Bein hatte«, erklärte sie mit ihrer monotonen Stimme. »Legen Sie sich nur ruhig wieder hin; mir fehlt nichts.«
Sie trat auf ihr Bett zu, und obwohl es im Zimmer noch ziemlich dunkel war, schien mir, sie halte etwas in der Hand, das ich aber nicht erkennen konnte. Dann machte sie eine rasche Bewegung, und ich war fast sicher, daß sie etwas unter das Kissen gleiten ließ. Als ich hinzueilte, um ihr ins Bett zu helfen, beharrte sie darauf, daß sie allein zurechtkomme; ich durfte nicht einmal die Decken glätten.
»Lassen Sie das, bitte«, sagte sie. »Ich bin nicht so hilflos.«
Immerhin konnte sie mich nicht daran hindern, ein Heizkissen an ihre Füße zu legen, wobei ich entdeckte, daß ihre Fußsohlen ziemlich schmutzig geworden waren. Auch ihr Puls schlug wieder viel zu rasch und unregelmäßig, und ihr Atem ging mühsam und stoßweise. Nun, ein zweites Mal sollte es ihr nicht gelingen, mich zu täuschen, indem sie sich schlafend stellte. Wir spielten von da an ein richtiges Katz-und-Maus-Spiel miteinander, das einer gewissen Komik nicht entbehrte: jedesmal, wenn ich mich auf dem Sofa aufrichtete und blinzelnd vor Müdigkeit über das Fußende des Nußbaumbetts spähte, schloß Miss Juliet blitzschnell die Agen, sobald sie meinen Kopf auftauchen sah.
Was es mit dem geheimnisvollen Gegenstand unter ihrem Kopfkissen auf sich hatte, konnte ich nicht feststellen; als Mary mich um acht Uhr für kurze Zeit ablöste, hatte ich jedenfalls noch nichts herausgefunden. Hugo servierte mir das Frühstück – ein niedergeschlagener, erschöpfter Hugo. Im Gegensatz zu seiner Frau, die eine Haltung verletzter Würde zur Schau trug, sah er verlegen aus, als hätten die Ereignisse der letzten Nacht für ihn etwas Demütigendes gehabt.
»War es schlimm für Sie, Hugo?« erkundigte ich mich.
»Ich habe es nicht anders erwartet«, erwiderte er.
Ich fragte nicht weiter, sondern aß meinen Toast, trank von dem schwachen Tee und betrachtete gedankenvoll meine schäbige Umgebung, die nur noch ein trauriger Abglanz

einstiger Wohlhabenheit war. Die abgetretenen Teppiche, das fadenscheinige, sorgfältig ausgebesserte Tischtuch, das kärgliche, aber mit großem Aufwand servierte Essen – all das deutete darauf hin, wie verzweifelt man im Mitchell-Haus bemüht war, wenigstens noch einen gewissen Schein zu wahren. Wynne paßte schlecht in dieses Bild, und sein Tod hinterließ jedenfalls keine fühlbare Lücke.
Bevor ich wieder hinaufging, benutzte ich die Gelegenheit, mich rasch etwas umzusehen. Ich fand heraus, daß der rückwärtige Teil des Hauses, in dem die Küche, die Vorratskammer und die Waschküche lagen, ein offenbar erst später aufgeführter zweistöckiger Anbau aus Holzfachwerk war; der ältere, dreistöckige Teil des Hauses bestand aus Backstein. Die Hintertreppe führte nur bis in den zweiten Stock; das bedeutete also, daß man die angeblich seit Jahren verschlossene und verriegelte Tür benutzen mußte, wenn man vom dritten Stock über die Hintertreppe zum Seiteneingang gelangen wollte. Ich beschloß, diese Tür einer näheren Prüfung zu unterziehen.
Das Ergebnis war enttäuschend: Ich fand die Tür tatsächlich fest verschlossen und den Riegel vorgeschoben. Der Mörder konnte unmöglich das Haus auf diesem Weg verlassen und die Tür hinter sich verriegelt haben.
Meine Neugier brachte mich beinahe in Schwierigkeiten, denn als Mary unvermutet aus Miss Juliets Schlafzimmer trat, blieb mir gerade noch Zeit, mich blitzschnell zu bücken und vorzugeben, meinen Schuh zu binden. Sie schien ebenso erschrocken wie ich und eilte mit auffallender Hast an mir vorüber, doch gelang es ihr nicht, mich darüber zu täuschen, daß sie etwas unter ihrer Schürze versteckte.
Am Fuß der Treppe hielt sie inne und schaute zurück, und für den Bruchteil einer Sekunde begegneten sich unsere Blicke. Dann wandte ich mich rasch ab, denn in meiner Lage konnte es ein verhängnisvoller Fehler sein, Verdacht zu zeigen.
Ich hatte die Schlafzimmertür noch nicht erreicht, als die Türglocke läutete. Natürlich blieb ich stehen und lauschte, und es kam mir vor, als ob Mary nicht sofort öffnete, sondern sich erst noch in der Nähe der Bibliothek zu schaffen machte; aber ganz sicher war ich nicht.

An seiner Stimme erkannte ich den Besucher: Mr. Glenn, der auf dem Weg ins Büro vorbeikam, um sich nach Miss Juliets Befinden zu erkundigen. Es war wohl am besten, wenn ich ihm selbst Auskunft gab, auch auf die Gefahr hin, Marys aufgeregten Redeschwall zu unterbrechen.

»Das ist wirklich eine Zumutung«, sagte Mr. Glenn gerade, als ich zu den beiden trat. »Hugo braucht sich eine solche Behandlung nicht gefallen zu lassen, und ich werde dafür sorgen, daß sie ihn nicht nochmals in die Zange nehmen. Bitte rufen Sie ihn jetzt, ich muß mit ihm sprechen.«

Er sah ärgerlich aus, als er sich zu mir wandte. »Diese Polizeimethoden«, schimpfte er. »Hugo ist hier seit dreißig Jahren angestellt, und man sollte meinen, das dürfte genügen, um seine Vertrauenswürdigkeit zu beweisen. Worauf ist die Polizei überhaupt aus? Entweder beging Wynne Selbstmord, oder es war ein Unfall, und ich sehe nicht ein, weshalb sich die Polizei für die näheren Umstände interessiert. Wie geht es Miss Mitchell heute morgen? Hat sie etwas Schlaf gefunden?«

»Es geht ihr besser, aber ich glaube nicht, daß sie viel geschlafen hat.«

Wie er so in der schäbigen alten Halle stand, war es, als ob ihm plötzlich der Kontrast zu seiner eigenen blühenden Erscheinung, einem sauber rasierten Gesicht, dem teuren, gutgeschnittenen Anzug auffiele. Er runzelte die Stirn.

»Sie hat ein hartes Leben gehabt«, bemerkte er unvermittelt. »Nicht daß sie durch dieses unglückselige Ereignis viel verliert, aber... Hat sie sich überhaupt dazu geäußert?«

»Mit mir hat sie nicht darüber gesprochen.«

»Wir halten es für das beste, wenn sie an einen Unfall glaubt. Das hat man Ihnen doch gesagt?«

»Dr. Stewart erwähnte es, ja.«

Er senkte die Stimme. »Miss Mitchell und ihr Neffe waren nicht besonders gute Freunde, müssen Sie wissen; aber den Gedanken, daß er sich selbst umbrachte, könnte sie nicht ertragen. Hoffentlich spielt uns der Leichenbeschauer in dieser Hinsicht keinen Streich.«

Dann kam Hugo, und ich ging zu meiner Patientin zurück. Ihr Gesicht war gerötet, doch sie hatte kein Fieber. Ich badete

sie – was nicht ohne Protest abging, denn sie verlangte erst, daß Mary es tun sollte – und entdeckte zu meinem Erstaunen, daß ihre Füße wieder sauber waren.
Des Rätsels Lösung fand sich im Badezimmer in Gestalt eines feuchten Waschlappens; allein oder mit Marys Hilfe hatte Miss Juliet heimlich die Spuren ihres nächtlichen Ausflugs beseitigt. Ich half ihr in das frisch bezogene Bett und deckte sie zu, was sie diesmal ohne Widerstand geschehen ließ.
Hugo und Mr. Glenn hatten ihre Unterredung in der Bibliothek beendet; ich hörte ihre Stimmen unten in der Halle. Hugo schien etwas zuversichtlicher zu sein, als er sich von Mr. Glenn verabschiedete.
Nur zwei Ereignisse jenes Morgens schienen mir von Bedeutung zu sein. Das erste war, daß Hugo gleich nach Mr. Glenns Weggang in den dritten Stock hinaufstieg, dort etwa zwei Minuten blieb und dann wieder herunterkam. Ich glaube nicht, daß er Wynnes Zimmer betrat; wahrscheinlich blieb er unter der Tür stehen und schaute nur hinein. Der zweite erwähnenswerte Vorfall war meine Unterredung mit Dr. Stewart.
»Miss Juliet ist eine kranke Frau«, erklärte er, »und zwar schon seit Jahren. Sie hätte schon längst richtige Pflege haben sollen, aber sie konnte nicht daran denken, sich eine Pflegerin zu leisten. Nun, jetzt sieht es für sie etwas besser aus – das heißt, wenn nicht irgendein Dummkopf von Leichenbeschauer entscheidet, daß es Selbstmord war.«
»Dann hatte Wynne also eine ziemlich hohe Lebensversicherung?«
Er schaute mich nachdenklich an. »Ich bin nicht genau unterrichtet, aber wahrscheinlich so hoch, daß die Versicherungsgesellschaft auf alle Fälle versuchen wird, für Selbstmord zu plädieren. Obwohl das absurd ist. Warum sollte Wynne eine Lebensversicherung abschließen und dann Selbstmord begehen, um das Geld einer alten Frau zu hinterlassen, die ohnehin nicht mehr lange zu leben hat und um die er sich nie kümmerte?«
»Lautet die Police auf ihren Namen?«
»Die Versicherungssumme fällt an seine Erben, aber das

kommt auf dasselbe heraus. Er hatte außer Miss Juliet keine Verwandten.«

»Und Sie kennen die Höhe des Betrags nicht?«

»Nein. Aber ich habe heute morgen Mr. Glenn angerufen, und er wird Erkundigungen einziehen. Für mich ist es ein Rätsel, woher Wynne das Geld hatte, um die Prämien zu bezahlen, und weshalb er überhaupt eine Lebensversicherung abschloß.«

»Es ist wohl nicht anzunehmen, daß er versuchte, Miss Juliet das Geld zurückzuerstatten, das sein Vater durchgebracht hat?« fragte ich.

Er gab einen entrüsteten Laut von sich. »Sie haben Herbert Wynne offensichtlich nicht gekannt«, bemerkte er nur.

Im Laufe des Morgens versuchte ich übrigens wiederholt, hinunter in die Bibliothek zu gelangen, aber jedesmal, wenn ich schon fast dort war, klingelte wieder einer dieser verwünschten Reporter an der Tür, und ich mußte den Rückzug antreten, wenn ich nicht mit Hugo zusammentreffen wollte. Wahrscheinlich hätte ich es aufgegeben; doch eine merkwürdige Entdeckung, die ich nach dem Mittagessen machte, ließ mich an meinem Plan festhalten.

Mary hatte mich für die Mittagspause wieder abgelöst, und als ich nach einer Weile zurückkam, konnte ich von weitem riechen, daß in Miss Juliets Zimmer etwas verbrannt worden war. Ich sagte nichts, sah mich jedoch unauffällig um und bemerkte die verkohlten Papierfetzen im Kamin; auch der Schreibblock mit Bleistift auf Miss Juliets Nachttisch entging mir nicht. Sogleich war mir klar, was sich während meiner Abwesenheit abgespielt hatte: Mary, die ihrer Herrin etwas mitteilen wollte, hatte ihre Botschaft aufgeschrieben, um sie Miss Juliet nicht laut ins Ohr rufen zu müssen. Und nachdem Miss Juliet die Nachricht gelesen hatte, entschied sie, die Sache sei unbedingt geheimzuhalten und das Papier müsse verbrannt werden.

6

Etwas später packte ich in dem mir angewiesenen kleinen Zimmer meinen Koffer aus und richtete mich für einen Aufenthalt von unbegrenzter Dauer ein.
Miss Juliets Befinden war nicht allzugut an jenem Nachmittag. Sie wälzte sich unruhig im Bett herum, und ich merkte, daß sie mich immer noch beobachtete. Sie zeigte sich sogar erleichtert, als ich ihr sagte, ich würde in meiner Freizeit gern rasch nach Hause gehen, um einige zusätzliche Kleider zu holen, da ich nur die eine Tracht mitgebracht hätte. »Sagte« ist allerdings ein etwas unzutreffender Ausdruck für die Lautstärke, die ich anwenden mußte, um mich ihr verständlich zu machen.
»Gehen Sie nur«, erwiderte sie, als sie endlich begriffen hatte. »Und Sie brauchen sich nicht zu beeilen.«
Von meiner Wohnung aus versuchte ich den Inspektor anzurufen. Er war in seinem Büro, und ich wurde gleich verbunden. Seine Stimme kam mir ernst und gespannt vor, aber er hörte aufmerksam zu, als ich ihm von Miss Juliets nächtlichem Ausflug und der verbrannten Botschaft erzählte.
»Glauben Sie, daß Miss Juliet in den dritten Stock hinaufging?« fragte er, als ich geendet hatte.
»Aus ihren schmutzigen Fußsohlen zu schließen, muß sie eine ganze Weile herumgewandert sein. Bestimmt war sie weiter als nur im Korridor.«
»Sie vermuten also, daß sie etwas geholt hat, möglicherweise aus Wynnes Zimmer, und es Mary zur Verwahrung gegeben hat?«
»So sieht es jedenfalls aus.«
»Sind Sie sicher, daß sie das Haus nicht verließ?«
Das war eine weitere Möglichkeit. »Weshalb fragen Sie? Haben Sie etwas gefunden?«
Das hatte er anscheinend: den Abdruck eines schmalen weibliche Fußes auf einem staubbedeckten Stück Boden hinten bei der Waschküche. »Als ob jemand in bloßen Strümpfen dort gestanden hätte«, erklärte er. »Es kann natürlich bedeutungslos sein, aber es interessiert mich doch.

Was für Schuhe trägt Mary im Haus?«
»Flache Filzpantoffeln. Und sie hat schmale Füße.«
»Nun, dann stammt der Abdruck vermutlich von ihr. Die Bibliothek konnten Sie also noch nicht durchsuchen?«
»Nein. Ich weiß nicht, ob es jetzt überhaupt noch einen Zweck hat; wahrscheinlich komme ich zu spät.«
»Schauen Sie sich in der Bibliothek trotzdem um. Übrigens hat Mr. Glenn herauszukriegen versucht, wie hoch die Versicherung ist. Es soll ein ganz netter Betrag sein.«
»Wieviel?«
»Er kann es noch nicht genau sagen, aber wahrscheinlich sind es an die hunderttausend Dollar.«
Ich schnappte nach Luft. Hunderttausend Dollar! Das übertraf meine kühnsten Vorstellungen. Dabei hatte Wynne kein eigenes Geld gehabt und höchst selten etwas verdient...
»Aber wie in aller Welt –«
»Fragen Sie mich nicht; ich weiß es auch nicht. Es sind eine ganze Anzahl Policen da, die alle auf seinen Namen lauten. Offenbar pflegte Wynne jeweils eine gewisse Summe auf der Bank zu deponieren, von der er dann die Prämie bezahlte.«
Mehr sagte der Inspektor nicht; er war überhaupt nicht sehr mitteilsam, und ich vermutete, daß ihm der Fall ziemlich zu schaffen machte. Er erwähnte noch kurz das Ergebnis der ballistischen Untersuchung: die Kugel war tatsächlich aus Wynnes Revolver abgefeuert worden. Außerdem konnten die verwischten Fingerabdrücke auf dem Revolver eindeutig als von Wynne stammend identifiziert werden, und fremde Fingerabdrücke hatten sich weder auf der Waffe noch irgendwo im Zimmer gefunden.
Ich erkundigte mich noch nach dem geheimnisvollen jungen Mädchen, und er mußte zugeben, daß die Nachforschungen der Polizei bis jetzt erfolglos gewesen waren. Er schien aber in diesem Punkt zuversichtlich zu sein.
»Wir werden sie schon noch finden«, meinte er. »Obwohl ich, wie Sie wissen, nicht überzeugt bin, daß sie uns weiterhelfen kann. Haben Sie übrigens Ihren Revolver mit?«
»Nein.«
»Gut. Man weiß ja nie, wer Ihre Sachen durchstöbern könn-

te, und ich möchte nicht, daß Sie an die Luft gesetzt werden. Wenn mich nicht alles trügt, werde ich Sie noch brauchen können.« Damit hängte er auf.

Das war Dienstag. Montag hatte man Wynne gefunden, und am nächsten Tag, Mittwoch, sollte die Leichenschau sein. An diesem selben Abend noch kamen Dr. Stewart, Mr. Glenn und der Inspektor in der Bibliothek zu einer Dreierkonferenz zusammen, die bis neun Uhr dauerte. Ich sah nur Dr. Stewart, als er Miss Juliet einen kurzen Besuch abstattete und mir ein Schlafmittel für sie gab.

Um halb elf schlief Miss Juliet fest, und auch Hugo und Mary waren zu Bett gegangen, nachdem sie das ganze Haus hermetisch abgeschlossen hatten. Hugo hatte den ganzen Abend zum Umfallen müde ausgesehen.

Meine Gelegenheit schien gekommen, und ich war fest entschlossen, sie zu ergreifen. Kurz nach elf Uhr schlich ich mich leise aus Miss Juliets Zimmer.

Die Durchsuchung der Bibliothek förderte, wie ich befürchtet hatte, nichts zutage. Ich darf wohl behaupten, daß ich weiß, wie man einen Raum rasch und gründlich durchsucht, denn ich hatte so etwas im Auftrag des Inspektors schon mehrmals gemacht.

Erschwerend war natürlich der Umstand, daß ich keinen Schimmer hatte, wonach ich eigentlich suchte. Ich tastete die Polstersessel ab, fühlte in alle Ritzen zwischen den Polstern, faßte unter die Ecken des Teppichs und leuchtete mit der Taschenlampe hinter unzählige Reihen verstaubter Bücher – nichts. Das heißt, hinter einer Bücherreihe in der Nähe der Tür fand ich einen Fetzen schmutziges Zeitungspapier, den ich aber dort liegenließ. Zu meinem Glück, wie sich später herausstellte.

Warum ich mich plötzlich entschloß, meine Nachforschungen auf den großen Salon gegenüber der Bibliothek auszudehnen, ist mir bis heute nicht klar. Ich glaubte nicht, daß Marys Versteck sich dort befinden könnte; sie war wohl kaum auf die Idee verfallen, in der kurzen Zeit, die ihr zur Verfügung stand, die schwere Doppeltür zu öffnen. Aber einerseits interessierte mich dieser Salon schon lange, da früher die glänzendsten Gesellschaften dort gegeben wor-

den waren, und andererseits hatte sich meine Nervosität inzwischen ziemlich gelegt.
Vorsichtig öffnete ich die beiden Türen und glitt leise in den Raum. Der schmale Strahl meiner Lampe zeigte mir jedoch bald, daß auch hier alle Spuren einer großen Vergangenheit verblaßt oder ganz verschwunden waren, und wenn die Bibliothek muffig und bedrückend wirkte, so machte der Salon mit seiner Ansammlung von scheußlichen alten Plüschsesseln und -sofas in spätviktorianischem Stil einen geradezu deprimierenden Eindruck.
Ich ließ den Lichtstrahl langsam der Wand entlang bis zum letzten der von schweren Vorhängen eingefaßten Fenster wandern, als meine Hand plötzlich stockte. Was ich sah, war weniger erschreckend als einfach unerwartet: in einem Plüschsessel unter dem Fenster, von dem aus man den Eingang zum Anbau überblickte, saß, nur teilweise bekleidet, Hugo. Er war fest eingeschlafen.
Obwohl ich mir seine Anwesenheit im Salon nicht erklären konnte, ließ ich ihn schlafen und zog mich lautlos zurück. Ich glaube, ich knipste sogar meine Taschenlampe aus, denn ich erinnere mich, daß ich in der vollständig dunklen Halle stand und lauschte, ob ihn das Schließen der schweren Türen nicht geweckt hatte. Nichts rührte sich, und ich schickte mich an, im Dunkeln meinen Weg die Treppe hinauf zu ertasten. Ich war schon halbwegs oben, als mich ein kalter Schauder überlief: die Uhr in der Halle begann keuchend Mitternacht zu schlagen.
Doch ein schlimmerer Schock sollte erst noch kommen. Ich hatte eben den zweiten Stock erreicht, als mich plötzlich die schreckliche Gewißheit überfiel, daß ich nicht allein war. Und dann sah ich es: ein dunkler Schatten, der sich aus der Ecke bei der Tür löste und auf mich zuzuschwanken schien.
Ich hörte eine Stimme schreien und merkte nicht einmal, daß es meine war. In meiner Panik muß ich die Treppe wieder hinuntergerannt und gestürzt sein, obwohl ich mich nicht klar daran erinnern kann, denn als Hugo herbeigeeilt kam, wäre er beinahe über mich gestolpert. Er machte Licht, und ich sehe noch jetzt sein geisterbleiches Gesicht vor mir, als er

sich über mich beugte und feststellte, daß ich nicht verletzt war. Seine Verstörtheit wich jedoch bald, und er schüttelte mich nicht allzu sanft.
»Was ist los? Was geht hier vor?«
»Jemand war oben an der Treppe. Er kam auf mich zu.«
»Es ist niemand da, Miss.«
»Ich weiß aber, daß jemand da war. Ich bin nicht hysterisch. Glauben Sie, ich erschrecke mich selbst freiwillig zu Tode?«
Erst jetzt bemerkte ich, daß er einen altmodischen Revolver in der Hand hielt.
Aber er hatte recht: Es war niemand da. Die Tür zur Dienstbotenwohnung erwies sich als verschlossen und verriegelt. Miss Juliet schnarchte friedlich und hatte von allem nichts gehört.
Hugo und ich durchsuchten in jener Nacht das ganze Haus. Ich war überzeugt, daß niemand unbemerkt an mir vorbei die Treppe hinuntergelangt sein konnte, und so konzentrierten wir uns hauptsächlich auf den dritten Stock. Außer Wynnes Hinterzimmer gab es noch zwei unbewohnte, spärlich möblierte Räume, die nach vorne lagen, und eine kleine Kammer. Wir fanden jedoch nichts, auch keine Anzeichen dafür, daß jemand einen der Räume betreten hätte. Trotzdem bestand Hugo darauf, daß wir weitersuchten. Er hatte immer noch seinen Revolver in der Hand, hielt es aber offenbar nicht für nötig, diese Tatsache oder sein plötzliches Auftauchen aus dem Salon zu erklären.
Es war heller Tag, als ich todmüde auf mein Sofa sank und alsbald in einen unruhigen Schlummer verfiel. Noch im Halbschlaf beschäftigten mich eine Menge Fragen: Warum, zum Beispiel, hatte Hugo an dem Salonfenster Wache gehalten? Er wußte zweifellos mehr, als er sagen wollte – was war es, das er verschwieg? Und wer war der schwarze Schatten im zweiten Stock gewesen? Denn jemand war dort gewesen, darauf beharrte ich immer noch.
Auch Hugo machte sich anscheinend seine Gedanken und kam zum Schluß, daß er mir eine Erklärung schulde. Beim Frühstück rückte er damit heraus.

»Sie haben sich vielleicht über meinen Revolver gewundert, Miss«, begann er, als er eine Tasse Tee vor mich hinstellte.
»Ich habe mich in der letzten Nacht über verschiedene Dinge gewundert«, erwiderte ich trocken.
»Können Sie nicht beschreiben, was Sie sahen?«
»Es sah aus wie ein Geist, aber ich glaube nicht, daß uns das viel weiterbringt.«
»Groß oder klein?«
»Nun, ich war natürlich ziemlich aufgeregt. So genau kann ich es nicht beschreiben, aber ich würde sagen, eher groß – ein großer Mann, der gebückt ging. Einen Augenblick war er da, und im nächsten sah ich ihn schon nicht mehr.«
Es bestand kein Zweifel, daß Hugo beunruhigt war, und es stellte sich heraus, daß auch er in der vergangenen Nacht ein merkwürdiges Erlebnis gehabt hatte.
Er erzählte, unterstützt von Mary, die sich ebenfalls zu uns gesellte, folgende Geschichte: Nachdem am Abend zuvor Dr. Stewart gegangen war, hatten sich die beiden zurückgezogen. Etwa um halb elf hatte Hugo das Licht gelöscht, war aber noch einmal aufgestanden, um ein Fenster zu öffnen. Dabei blickte er zufällig hinunter und glaubte in der Nähe des Seiteneingangs, eng an die Hausmauer gepreßt, einen Schatten zu entdecken.
Eilig warf er ein paar Kleidungsstücke über, nahm seinen Revolver und schlich die Hintertreppe hinunter. Beim Seiteneingang hielt er inne und lauschte; da er jedoch nichts hörte, beschloß er, den Eingang von einem Fenster des Salons aus zu überwachen. Lange spähte er angestrengt hinaus, ohne etwas Verdächtiges zu bemerken; schließlich setzte er sich und wurde nach einer Weile vom Schlaf übermannt.
Das war seine Geschichte, und was ich gesehen hatte, bestätigte sie. Ich fragte mich nur, ob sein Bericht vollständig war oder ob er nicht vielleicht etwas verschwieg, das Mary nicht erfahren sollte. Während er erzählte, hatte er mehrmals forschend zu ihr hinübergeblickt – wollte er sich ihrer Zustimmung versichern, oder beobachtete er einfach, wie sie reagierte? Mir machte er nicht den Eindruck eines Mannes, der seiner Frau unbedingt vertraut.

Als ich mein Frühstück beendet hatte, rief der Inspektor an, und wie wir es für solche Fälle verabredet hatten, stellte ich mich, als sei er ein Arzt.
»Miss Adams«, sagte er, »ich möchte gern, daß Sie etwas für mich erledigen.«
»Jawohl, Herr Doktor.«
»Geben Sie vor, rasch ein wenig Luft schöpfen zu wollen, und sehen Sie nach, ob Sie irgendwo nahe bei der Hausmauer die Abdrücke einer Baumleiter finden. Ich erkläre Ihnen später, warum.«
»Es tut mir leid, Herr Doktor«, erwiderte ich, denn Hugo ging gerade durch die Halle, »aber ich glaube kaum, daß ich vor ein paar Tagen frei sein werde. Wenn es dann nicht zu spät ist, würde ich die Pflege gern übernehmen.«
»Tun Sie es bald, und kommen Sie heute nachmittag bei mir vorbei«, sagte der Inspektor und hängte auf.
Ich hatte mit Hugo und Mary vereinbart, unsere nächtlichen Abenteuer vor Miss Juliet geheimzuhalten. Sie war immer noch nervös und rastlos an diesem Morgen, und obwohl ich nicht annahm, daß Wynnes Tod ihr nahegehen könnte, hatte ich den Eindruck, daß irgend etwas sie beschäftigte.
Der Morgen zog sich endlos hin. Die Leichenschau war auf elf Uhr angesetzt, und um halb elf verließen Hugo und Mary das Haus. Da Miss Juliet eingeschlummert war, stand der Ausführung meines Auftrags nichts im Wege. Ich hatte zwar nur eine sehr vage Vorstellung von einer Baumleiter, sagte mir aber, daß wohl alle Leitern zweifache Abdrücke hinterließen. Als Ausgangspunkt wählte ich den Haupteingang, suchte dann unter den Bibliotheksfenstern bis zum Anbau und um diesen herum bis zum Seiteneingang zwischen Küche und Salon.
Ich fand keine Spuren einer Leiter, aber als ich in der Nähe des Seiteneingangs ein Gebüsch umging, sah ich mich plötzlich dem Mädchen gegenüber, das mich in der Nacht von Herbert Wynnes Tod angehalten hatte. Sie stand in der Ecke an die Hausmauer gelehnt, und wenn ich je ein zu Tode erschrockenes junges Mädchen gesehen habe, war sie es.

7

Als sie mich erkannte, wich der Ausdruck des Schreckens jedoch augenblicklich von ihrem Gesicht.
»Großer Gott!« rief sie erleichtert aus. »Ich dachte schon, sie seien zurückgekommen!«
»Wer sei zurückgekommen?«
»Die Dienstboten. Ich wartete, bis ich sie weggehen sah, bevor ich zum Tor hineinschlüpfte.«
»Und was wollen Sie hier, wenn ich fragen darf?«
»Ich wollte mit Ihnen sprechen«, erklärte sie. »Sie sind schließlich Krankenschwester; Sie werden mich verstehen. Und ich muß ganz einfach mit jemand sprechen, sonst werde ich verrückt. Glauben Sie mir: er hat sich nicht selbst umgebracht. Es ist mir ganz egal, wie das Urteil bei der Leichenschau lautet, aber es war kein Selbstmord.«
Ich betrachtete sie, und es fiel mir auf, wie schlecht sie aussah, sogar jetzt, als ihr Gesicht nicht mehr von Angst verzerrt war. Mit ihren verschwollenen Augen machte sie den Eindruck, als hätte sie seit Tagen nicht mehr geschlafen.
»Wieso wissen Sie, daß er nicht Selbstmord beging?« fragte ich.
»Weil ich ihn sehr gut kannte. Ich war – verlobt mit ihm. Und er erwähnte mir gegenüber, daß er in Gefahr sei.«
»In was für einer Art Gefahr?«
»Das weiß ich nicht. Er erzählte mir nur, er werde verfolgt. Deshalb hat er auch seinen Revolver gereinigt. Er war überzeugt, daß ihn jemand umbringen wolle.«
»Aber er hat Ihnen doch sicher gesagt, weshalb er auf diese Idee kam.«
»Er hat mir gegenüber nur diese Andeutungen gemacht. Ich hatte das Gefühl, daß irgend etwas vorging, aber er wollte nie mit mir darüber sprechen.«
»Sind Sie schon bei der Polizei gewesen?«
Sie schüttelte den Kopf. »Nein. Ich möchte mich aus der Sache heraushalten. Aber ich sage Ihnen, er rechnete damit, daß so etwas passieren könnte. Und einmal warnte er mich und meinte, wenn ihm etwas zustieße, sei auch ich in Gefahr.«
»Aber das ist doch lächerlich!« rief ich aus. »Weshalb sollte

jemand Sie umbringen wollen? Sind Sie überhaupt sicher, daß es wirklich kein Unfall war? Es kommt oft vor, daß beim Reinigen eines Gewehrs oder eines Revolvers ein Schuß losgeht.«

Wieder schüttelte sie den Kopf. »Er ist ermordet worden«, erklärte sie, »und ich weiß, wer der Mörder ist.«

Nachdem ich mir ihre Geschichte angehört hatte, war ich allerdings nicht so überzeugt, daß ihre Vermutung stimmte. Aber bevor ich sie überhaupt erzählen ließ, ging ich unter dem Vorwand, ich müsse nach Miss Juliet sehen, ins Haus und rief die Polizeizentrale an. Ich tat es nicht gern, doch es war wichtig, daß jemand dem Mädchen folgte und ihre Identität feststellte. Bei Miss Juliet schaute ich rasch hinein und fand sie wach, aber ruhig.

»Ich brauche nichts«, sagte sie mit ihrer tonlosen Stimme. »Gehen Sie nur ruhig ein wenig an die frische Luft.«

Als ich zu dem Mädchen zurückkam, fand ich sie auf der Türschwelle kauernd, ein Häuflein Elend, das mir ans Herz griff. Ihre Geschichte jedoch erzählte sie klar und zusammenhängend.

Sie und Wynne waren seit langem ineinander verliebt gewesen. Seine Fehler, die sie recht gut kannte, schreckten sie nicht ab, aber auf ihre Eltern machte er einen ungünstigen Eindruck, und sie hatten ihm schließlich das Haus verboten. Von da an trafen sie sich an allen möglichen Orten; manchmal gingen sie spazieren oder fuhren in ihrem kleinen Wagen irgendwohin, und oft saßen sie stundenlang im Kino. Sie mußten jedoch vorsichtig sein und sich meistens außerhalb der Stadt treffen, denn es gab da noch einen anderen jungen Mann, der ein Auge auf sie geworfen hatte und unangenehm werden konnte, wenn er sie mit Wynne zusammen sah.

»Was verstehen Sie unter ›unangenehm werden‹?« unterbrach ich sie.

Sie errötete, hielt meinem Blick jedoch stand. »Ach, nicht was Sie denken. Dazu wäre er nie imstande.« Sie zählte mir sogar alle guten Eigenschaften dieses andern Jungen auf, um mich zu überzeugen. Dann fuhr sie fort.

Herbert und sie waren eine Zeitlang recht glücklich gewesen, bis ungefähr vor einem Monat plötzlich eine Veränderung mit ihm vorging. Im Frühling hatte er etwas Geld in Papieren angelegt, von denen er glaubte, sie würden im Kurs steigen; sie waren jedoch den ganzen Sommer über niedrig geblieben. Das hatte ihn deprimiert, denn er hatte damit gerechnet, die Papiere möglichst bald mit Gewinn verkaufen zu können.

»Aber das heißt noch lange nicht, daß er deswegen Selbstmord beging«, beeilte sie sich hinzuzufügen. »Natürlich regte er sich auf; er war jedoch überzeugt, der Kurs würde im Herbst steigen. Im Grunde kümmerten ihn Geldfragen überhaupt nicht sehr, und ich merkte auch bald, daß ihn in Wirklichkeit etwas anderes mehr beschäftigte. Es war, als ob er sich vor etwas fürchtete.«

»Und er sagte Ihnen nicht, vor was?«

»Nein. Das war damals, als er erwähnte, daß ihm jemand auf der Straße folgte und daß er in Gefahr sei.«

»Wußte er denn, wer ihm folgte?«

Sie zögerte. »Zuerst glaubte er, es sei mein Vater. Es war jemand mit einem Wagen, und meine Familie hatte schon früher versucht, mich zu überwachen und ihn von mir fernzuhalten. Aber ich wußte, daß mein Vater nichts damit zu tun hatte. Ich vermutete sogar eine Zeitlang, daß Herbert sich alles nur einbilde – bis ich eines Abends selbst beobachtete, wie uns ein Wagen langsam folgte. Zuerst hatte ich einen bestimmten Verdacht, doch dann stellte sich heraus, daß ich mich irrte.«

»Dachten Sie, es sei der Junge?«

Sie nickte. »Aber er war es nicht. Ich hätte seinen Wagen erkannt.«

»Und der Wagen Ihres Vaters war es auch nicht?«

»Meine Eltern spielten an jenem Abend bei Freunden Bridge. Ich hörte sie spät nachts zusammen nach Hause kommen.«

»Wer glauben Sie denn, daß es war?«

Sie sah sich rasch um, bevor sie antwortete.

»Hugo«, sagte sie. »Miss Juliets Butler.«

»Hugo hat keinen Wagen. Es gibt überhaupt keinen Wagen hier.«

»Er hätte einen mieten können, nicht? Oder Miss Juliet mietete ihn für Hugo.«
»Aber warum denn? Glauben Sie nicht, daß *Sie* sich nun Dinge einbilden?«
»Soviel ich weiß, bilde ich mir Herberts Tod nicht nur ein. Überlegen Sie doch! In den Zeitungen steht, daß er eine sehr hohe Lebensversicherung hatte. Wer gab ihm das Geld, um die Prämien zu bezahlen? Und wieso hätte er überhaupt eine Lebensversicherung abschließen sollen? Sie kennen die Umstände nicht. Miss Juliet war verzweifelt, weil sie das Haus nicht mehr halten konnte.«
»Aber sogar das –«
»Was wissen Sie von Miss Juliet?« unterbrach sie mich mit erhobener Stimme. »Sie haßte Herbert. Sie haßte schon seinen Vater, weil er ihre Schwester heiratete und ihr Geld durchbrachte. Außerdem war sie stolz. Sie hat ihre frühere Rolle in der Gesellschaft nicht vergessen, und sie würde eher einen Mord begehen als im Armenhaus enden. Sie haben doch Gelegenheit, Miss Juliet zu beobachten. Trauert sie um Herbert? Tut es ihr auch nur im geringsten leid um ihn? Sie wissen genau, daß sie nichts dergleichen empfindet.«
»Aber wenn Miss Juliet in einer so verzweifelten Lage war, wie Sie sagen, woher hätte sie dann das Geld genommen, um ihren Neffen so hoch zu versichern?«
»Vielleicht hatte Hugo Geld. Herbert erwähnte mehr als einmal, wie geizig Hugo sei und daß er sich wohl ein schönes Stück Geld auf die hohe Kante gelegt habe.«
Wie dem auch war, jedenfalls hatte Herbert die letzten zehn Tage vor seinem Tod einen weniger niedergeschlagenen Eindruck gemacht. Er hatte einen Plan entwickelt, nach dem sie beide zusammen die Stadt für immer verlassen sollten. Über Einzelheiten äußerte er sich nicht, sondern sagte ihr nur, sie solle sich bereit halten, damit sie jederzeit wegfahren könnten. Wynne wartete nur noch, erklärte sie, bis er seine Aktien ohne Verlust weiterverkaufen und so über die 10000 Dollar verfügen konnte, die er hineingesteckt hatte.
»Woher hatte denn Wynne ursprünglich die 10000 Dollar gehabt? Von Miss Juliet vielleicht?« erkundigte ich mich.
»Miss Juliet hat zeit ihres Lebens nie 10000 Dollar auf einmal

gesehen«, erwiderte sie verächtlich. »Aber ich weiß auch nicht, woher das Geld kam. ›Ein unverhoffter Glücksfall‹ war die einzige Erklärung, die Herbert abgab.«
Dann, etwa vor einer Woche, hatten sie ein Erlebnis gehabt, das ihnen einen gehörigen Schreck eingejagt hatte. Sie waren über Land gefahren, überzeugt, daß ihnen diesmal niemand folgte. Auf dem Heimweg sprachen sie über ihren Fluchtplan, und Wynne hielt am Straßenrand an, schaltete das Licht ein und breitete eine Landkarte aus. Da sie beide über die Karte gebeugt waren, achteten sie nicht darauf, daß sich ein Wagen in rasendem Tempo näherte. Kurz vor ihrem Auto verlangsamte er die Fahrt, und aus dem Wageninnern wurden mehrere Schüsse auf sie abgegeben, die aber glücklicherweise nicht trafen, sondern nur die Windschutzscheibe zerschmetterten. Nach dieser Erfahrung fuhren sie nicht mehr aus. Wynne war hochgradig nervös; seine Hände zitterten, und er beklagte sich, nachts nicht mehr schlafen zu können. Während der nächsten drei oder vier Tage hatten sie sich überhaupt nicht mehr gesehen, sondern nur noch miteinander telefoniert.
Nun kam sie auf ihr letztes Zusammensein an dem verhängnisvollen Montagabend zu sprechen. Sogar jetzt noch erzählte sie mit bemerkenswerter Fassung, obwohl sie mehrmals ihr feuchtes, zerknülltes Taschentuch an die Augen führte.
Sie hatten sich gegen neun Uhr vor einem kleinen Kino getroffen. Herbert schien ruhiger, ja fast heiter, obwohl er ihr erzählte, daß er seinen Revolver bei sich habe. Als sie das Kino verließen, entdeckte sie, daß sie ihre Handtasche nicht mehr hatte, und während Wynne draußen wartete, ging sie rasch zurück und fand die Tasche auch richtig unter ihrem Platz am Boden liegen. Wynne hatte sich inzwischen ein Abendblatt gekauft und studierte die Börsenberichte. »Sieht aus, als ginge alles zum Teufel«, meinte er, als sie zu ihm trat, machte jedoch keinen besonders niedergeschlagenen Eindruck. Dann hängte er sich bei ihr ein und begleitete sie zu ihrem Wagen, wobei er sich vergewisserte, daß niemand ihnen folgte. Er öffnete ihr den Schlag, und sie stieg rasch ein. »Nur noch ein oder zwei Tage!« sagte er und küßte sie. »Ein oder zwei Tage, und wir sind aus allem raus.«

Damit trat er vom Wagen zurück und ging pfeifend die Straße hinunter. Und das war das letzte, was sie von ihm sah.
Bis dahin hatte ich den Eindruck gehabt, daß sie mir alles wahrheitsgemäß erzählte, obwohl sie vielleicht gewisse Einzelheiten verschwieg. Der Rest ihrer Erzählung jedoch klang weniger glaubwürdig.
Sie war, behauptete sie, gar nicht erst nach Hause zurückgekehrt, sondern planlos in der Nacht herumgefahren, was sie oft tat, wenn sie nachdenken wollte. Es war schon sehr spät, als sie auf dem Heimweg beim Mitchell-Haus vorbeifuhr und die Lichter sah. Die Fortsetzung kannte ich.
Nun, möglich war es immerhin; junge Mädchen benehmen sich ja heutzutage oft recht merkwürdig. Wenn ihre Darstellung stimmte, mußte sie allerdings weit aufs Land hinausgefahren sein, denn in zwei Stunden legt ein Wagen eine ganz schöne Strecke zurück. Aber was sich auch zugetragen haben mochte: sie war jedenfalls felsenfest überzeugt, daß Hugo – mit dem schweigenden Einverständnis Miss Juliets – Wynne ermordet hatte.
Ich riet ihr, mit ihrer Geschichte freiwillig zur Polizei zu gehen, da man ihr früher oder später doch auf die Spur kommen werde, aber sie weigerte sich hartnäckig.
»Was würde das nützen?« meinte sie achselzuckend. »Das Urteil lautet garantiert auf Tod durch Unfall, und damit ist der Fall erledigt.«
»Nicht unbedingt«, erwiderte ich.
»Ich bin hergekommen, um mit Ihnen zu sprechen, und das habe ich getan. Wenn Sie der Polizei Meldung erstatten wollen, habe ich nichts dagegen – unter der Bedingung, daß ich nicht hineingezogen werde. Für mich ist der Fall klar: Hugo und Miss Juliet haben Herbert ermordet, und sie würden auch mich kaltblütig umbringen, wenn ich mich ihnen in den Weg stellte.«
Die ganze Zeit über hatte ich verstohlen nach irgendeinem Zeichen Ausschau gehalten, daß die Polizei meinen Wink befolgte, und als das Mädchen sich nun von der Schwelle erhob, sah ich unten an der Straße einen unauffälligen dunklen Wagen mit laufendem Motor stehen.

»Ich bin froh, daß ich mit Ihnen sprechen konnte«, sagte sie und streckte mir die Hand hin. »Ich habe sonst niemand.«

Sie entfernte sich langsam auf dem Fahrweg. Ich sah ihr nach, bis sie in ihrem Sportwagen saß, und kam mir richtig gemein vor. Sobald dieser Fall erledigt war, wollte ich meine Beziehung zur Polizei lösen, schwor ich mir. Ich hatte genug von dieser Art schmutziger Arbeit. Jener Burke hatte doch recht gehabt: ich war nichts Besseres als ein Lockspitzel.

Der kleine Wagen setzte sich in Bewegung, und der Polizeiwagen folgte ihm die Straße hinunter.

8

Hugo und Mary waren noch nicht zurück, als ich, knapp eine Stunde später, einen Zeitungsjungen ein Extrablatt ausrufen hörte. Ich ging auf die Straße und erstand mir eine Nummer: Das Urteil lautete tatsächlich auf Tod durch Unfall. Das erschien ganz logisch, denn in der Begründung war darauf hingewiesen, daß jegliche Pulverspuren fehlten und daß der Revolver offensichtlich zum Zwecke der Reinigung hervorgeholt worden war.

Ich überließ es Dr. Stewart, der kurz danach kam, Miss Juliet zu informieren. Sie nahm seinen Bericht ruhig auf, und obwohl ich sie genau beobachtete, konnte ich kein Zeichen der Erleichterung feststellen; sie seufzte nur und fragte, ob Hugo und Mary noch nicht zurück seien. Mr. Glenn, der etwas später erschien, erklärte ihr dann die Konsequenzen des Urteils, die darin bestanden, daß Miss Juliet eine beträchtliche Summe an Versicherungsgeldern ausbezahlt werden würde. Aber auch er sah sich getäuscht, falls er freudige Überraschung erwartet hatte.

»Nichts kann Ihren Neffen zurückbringen«, versuchte er ihr zuzusprechen, »und es gibt wirklich keinen Grund, weshalb Sie die Veränderung der Umstände, die aus dem Urteil für Sie resultiert, nicht zur Kenntnis nehmen sollten.«

Er mußte seine Worte wiederholen, aber sogar als sie alles begriffen hatte, äußerte sie sich eine ganze Weile nicht dazu.
»So kann ich das Haus also halten«, sagte sie schließlich. »Mit Blutgeld!«
»Sie dürfen das nicht so ansehen, Miss Juliet.«
»Wie denn sonst?«
»Nun, denken Sie daran, was das Geld für Sie bedeutet: einen gesicherten, behaglichen Lebensabend in Ihrem Heim, einem Haus, das jahrelang ein Zentrum des kulturellen Lebens unserer Stadt war. Das ist nicht zu verachten.«
Lächelnd erhob er sich, doch als er sich von ihr verabschiedete, machte sein Lächeln einem besorgten Ausdruck Platz. »Hoffentlich sind Sie nun überzeugt, daß es ein Unfall war, Miss Juliet. Hören Sie auf, sich selbst zu quälen.«
Am Nachmittag ließ ich Miss Juliet in Marys Obhut zurück und benutzte meine Freistunde dazu, den Inspektor in seinem Büro aufzusuchen.
»Das Urteil kennen Sie wohl schon?« fragte er mich als erstes. »Vielen Dank übrigens für Ihren Anruf. Wir haben das Mädchen; das heißt, wir wissen, wer sie ist, und können sie jederzeit vorladen, falls wir es für nötig halten.«
»Wer ist sie?«
»Paula Brent.«
»Paula Brent!«
Meine offensichtliche Verblüffung amüsierte ihn. Es war aber auch ein seltsamer Streich des Schicksals! Wenn die Mitchells einst als die erste Familie der Stadt gegolten hatten, so nahmen nun die Brents ihre Stelle ein – mit dem kleinen Unterschied, daß die Mitchells zu ihrer Zeit niemals ein Bild von sich in der Presse geduldet hätten, während die Brents selbst für das nötige Maß an Publizität sorgten. Warum nur hatte ich das Mädchen nicht erkannt? Bestimmt hatte ich im vergangenen Jahr in der Zeitung Dutzende von Bildern Paula Brents als Debütantin gesehen. Und sie also war Wynnes Verlobte gewesen! Kein Wunder, daß sich ihre Familie der Verbindung widersetzt hatte.
Er war von meinem Bericht weniger beeindruckt, als ich angenommen hatte.

»Wir werden uns einmal mit dem Mädchen unterhalten müssen«, sagte er, »obwohl ich nicht das Gefühl habe, daß sie etwas Konkretes weiß. Sie empfand gegen Miss Juliet von Anfang an eine Abneigung, die sich nun zum Mordverdacht entwickelt hat. Immerhin erklärt ihre Geschichte den gepackten Koffer, über den ich mir bisher vergeblich den Kopf zerbrochen habe.«
Die Ereignisse der Nacht zuvor schienen ihn jedoch sehr zu interessieren, besonders der Umstand, daß ich Hugo im Salon vorgefunden hatte.
»Es ist natürlich möglich, daß er wirklich jemand sah«, bemerkte er nachdenklich. »Andererseits müssen wir damit rechnen, daß er mehr weiß, als er uns gegenüber zugibt. Wenn es überhaupt ein Mordfall ist, haben wir es jedenfalls mit einem intelligenten Mörder zu tun. Und wenn wir glauben sollen, daß der Mord von einem Außenstehenden begangen wurde, gibt es keinen bessern Beweis für einen ersten Einbruch, als den Versuch zu einem zweiten. Falls Sie allerdings sicher sind, daß es nur ihre Nerven waren?«
»Wenn ich diese Sorte Nerven hätte«, entgegnete ich ziemlich scharf, »würde ich kaum für Sie arbeiten!«
»Es war also wirklich etwas da?«
»Ich bin ganz sicher. Ein formloser schwarzer Schatten. Aber nur ganz kurz; plötzlich sah ich ihn nicht mehr.«
»Und er bewegte sich auf Sie zu?«
»Es kam mir wenigstens so vor. Wenn ich eine Schußwaffe gehabt hätte, hätte ich davon Gebrauch gemacht, so sicher wie ich hier sitze!«
Er lehnte sich im Stuhl zurück, zog seine Pfeife heraus und stopfte sie bedächtig.
»Abdrücke einer Leiter haben Sie wohl nicht gefunden?«
»Nichts dergleichen.«
»Dann hören Sie sich einmal diese Geschichte an, und sagen Sie mir, was Sie davon halten. In der Nacht vom Montag auf Dienstag, zwischen drei und vier Uhr früh, also ungefähr drei Stunden nach Wynnes Tod, rief ein Mr. Baird aus der Nachbarschaft der Mitchells die Polizeiwache des Distrikts an. Er erklärte, er habe in der Garage nach seinem kranken Hund gesehen und bei dieser Gelegenheit einen Mann mit

einer Leiter beobachtet, der eben das Anwesen der Manchesters betreten habe. Die Manchesters hatte er bereits benachrichtigt. Einige der diensttuenden Leute fuhren sogleich hin, um die Sache zu untersuchen, und sie fanden auch tatsächlich eine Leiter. Sie gehörte zwar den Manchesters, die aber beweisen konnten, daß niemand von ihnen sie dort zurückgelassen hatte, wo sie entdeckt wurde. Das heißt mit anderen Worten, daß jemand die Leiter entwendete, sie für seine Zwecke brauchte und nachher einfach irgendwo hinlegte.«

»Wie lang war die Leiter?«

»Lang genug, um bei den Mitchells bis zu dem Dachvorsprung beim Anbau zu reichen.«

»Und um zu dem Fenster im dritten Stock zu gelangen, das immerhin noch ein Stück höher liegt, breitete der Eindringling seine Flügel aus und flog hinauf.«

Der Inspektor lachte. »Sie haben recht«, sagte er, »das ist der Haken bei der Sache. Das Fenster liegt zu hoch. Aber der Zeitpunkt ist ganz interessant, nicht? Um zwei Uhr schafften wir die Leiche aus dem Haus, um drei Uhr oder etwas später kam ich zurück und unterhielt mich mit Ihnen.«

»Dann glauben Sie also, daß dieses Geräusch, das Sie hörten –?«

»Möglicherweise, ja. Natürlich ist mir die Vorstellung etwas peinlich, daß ich vor der Tür saß und mit Ihnen schwatzte, während vielleicht jemand eine Leiter ans Haus stellte, damit jemand anders entkommen konnte. Wenn das je ruchbar würde, wäre ich erledigt.«

»Aber ich hörte ja auch ein Geräusch, als ich Mary in die Küche begleitete, und das war viel früher«, wandte ich ein. »Konnte Baird den Mann mit der Leiter beschreiben?«

»Nur sehr vage. Er war groß und offenbar kräftig, meint Baird, denn er trug die Leiter mit Leichtigkeit. Er kam über einen Bauplatz, um die offene Straße zu vermeiden. Etwas an der Beschreibung will mir übrigens nicht in den Kopf: Baird schwört, der Mann habe einen Smoking getragen! Er kann sich natürlich auch irren. Das Gesicht hat Baird nicht gesehen, denn der Mann hatte den Hut tief in die Stirn

gezogen. Wozu überhaupt die Leiter, wenn sie doch nicht bis zu dem Fenster im dritten Stock hinaufreichte?«
»Ich habe ja auch keine Spuren gefunden.«
»Die zwei Abdrücke hätte man leicht verwischen können.« Der Inspektor war zum Fenster getreten und kehrte mir den Rücken.
»Weshalb plagen wir uns eigentlich noch ab?« bemerkte er unvermittelt. »Ihre junge Freundin hat ja den Fall für uns gelöst, Miss Juliet und ihre Dienstboten ermordeten Wynne, damit Miss Juliet das Armenhaus erspart blieb. Hugo mietete einen Wagen und folgte ihm überallhin, und natürlich mußte sich Wynne zur Selbstverteidigung einen Revolver zulegen. Wozu hat er wohl diese ganze Räubergeschichte erfunden?«
»Sie könnte zufällig auch wahr sein.«
»Möglich. Dann sagen Sie mir aber, weshalb Hugo, nachdem er Wynne während einiger Zeit gefolgt war und einmal sogar auf ihn schoß, den Jungen schließlich doch im Haus ermordete, wodurch er automatisch zu den Verdächtigen gehört. Erklären Sie mir das, Miss Pinkerton mit dem roten Hut. Er gefällt mir übrigens, Ihr Hut.«
»Vielen Dank. Ich lechzte schon nach einem freundlichen Wort.«
Er schmunzelte, kehrte zu seinem Schreibtisch zurück und setzte sich wieder.
Ich fragte ihn noch einmal nach den Fingerabdrücken auf dem Revolver. Das war ein wichtiger Punkt, der das Urteil sicherlich stark beeinflußt hatte.
»Sie stammen wirklich von Wynne«, erklärte der Inspektor. »Obwohl sie verwischt waren, konnten sie einwandfrei identifiziert werden.«
Er öffnete eine Schublade und legte drei Fotos vor mich hin. »Schauen Sie sich die einmal an«, sagte er. »Vielleicht fällt Ihnen etwas auf, das mir entgangen ist. Ich habe so lange über ihnen gebrütet, daß ich sie schon nicht mehr sehen kann.«
Ich trat mit den Aufnahmen zum Fenster und studierte sie sorgfältig. Die erste war eine Nahaufnahme der Leiche, die zweite zeigte die Leiche und den Sekretär und die dritte

einen noch größeren Ausschnitt des Zimmers mit dem Kamin. Ich entdeckte nichts, was meine besondere Aufmerksamkeit erregte, abgesehen von einem kleinen weißen Fleck zwischen der Leiche und dem Sekretär auf dem zweiten Bild, den ich für einen Fehler im Film hielt.
»Finden Sie etwas?« fragte der Inspektor.
»Nein. Dieser kleine weiße Fleck hier auf dem Boden ist wohl ein Fehler im Film?«
»Ein Fehler im Film? Sagen Sie das nicht, wenn Johnny Nicholson Sie hören kann!« Er trat neben mich und blickte auf das Bild in meiner Hand.
»Wo sehen Sie einen Fleck?«
»Hier, gleich vor dem Sekretär.«
»Sieht aus wie ein Stück Papier«, meinte er. »Glauben Sie, daß es etwas zu bedeuten hat?«
»Ich weiß nicht recht; ich fragte mich nur. Die Zeitung auf dem Schreibtisch – ist das nicht eine Nummer der *News*?«
»Stimmt.«
»Paula Brent erwähnte aber, daß sich Wynne an jenem letzten Abend den *Eagle* kaufte und die Börsenberichte studierte.«
»Das heißt nicht unbedingt, daß er ihn auch mit nach Hause nahm. Immerhin möchte ich ganz gern wissen –« Er betrachtete die Stelle noch einmal durch die Lupe, und irgend etwas schien plötzlich sein Interesse zu erregen.
»Haben Sie eine Ahnung, wo die Zeitung jetzt sein könnte?« erkundigte er sich.
»Ich erinnere mich nur, daß der Polizist, den Sie bei der Leiche zurückließen, darin gelesen hat.«
Das war zuviel für den Inspektor. »Dieser unglaubliche Trottel!« brach er aus. »Dieser dreimal verfluchte Idiot! – Das Zimmer wurde wohl noch in derselben Nacht gereinigt, nicht?«
»Erst am nächsten Tag. Sie selbst gaben die Erlaubnis. Und ich glaube, Mary räumte ziemlich gründlich auf.«
»Das bezweifle ich keinen Augenblick«, knurrte er. »Wahrscheinlich wußte sie sogar Bescheid, oder mindestens Miss Juliet. Möglich, daß das ihren nächtlichen Ausflug erklärt.

Dieser verdammte Kelly! Wenn die Zeitung jetzt noch genauso dort läge...«

Es war mir natürlich bekannt, daß am Tatort nie etwas verändert werden sollte; aber andererseits waren die Untersuchungen ja bereits abgeschlossen gewesen, als der unglückselige Kelly die Zeitung vom Sekretär nahm.

»Was geschieht im Mitchell-Haus mit den alten Zeitungen?« fragte er. »Werden sie aufbewahrt?«

»Hugo verbrennt sie.«

»Natürlich!« erwiderte er empört. »Diese eine auf jeden Fall. Weshalb nur bin ich nicht auf die Idee gekommen? Ich stelle mich auf den Kopf, um herauszufinden, wie in aller Welt der Junge es fertigbrachte, sich zu erschießen, ohne Pulverspuren zu hinterlassen, und dabei liegt die Lösung vor meiner Nase. Sehen Sie sich diesen Fetzen Zeitungspapier auf dem Boden noch einmal an. Fällt Ihnen dabei nichts ein?«

»Nicht das geringste.«

»Nun, gewissen andern Leuten hat dieses klare Indiz auch nichts gesagt.« Er war immer noch aufgebracht. »Mindestens ein halbes Dutzend intelligente junge Polizeibeamte, deren ausdrückliche Aufgabe es ist, solche Dinge zu finden und ihre Bedeutung zu erkennen, konnte mit diesem Stück Papier nichts anfangen.«

»Soll das vielleicht heißen, daß Herbert Wynne doch Selbstmord beging?«

»Ich halte es für durchaus möglich, und es ist ein Skandal, daß diese sogenannten Detektive – mich übrigens nicht ausgenommen – nicht imstande waren, einen so naheliegenden Schluß zu ziehen. In Neuengland hatten sie im vergangenen Frühjahr einen ähnlichen Fall, und ich könnte mir denken, daß Wynne und vielleicht sogar die alte Dame darüber in der Presse gelesen haben.«

Er nahm eine Zeitung, entfaltete sie und legte sie flach auf den Schreibtisch, aber so, daß sie auf der einen Seite ein Stück über die Kante herunterhing. Dann kniete er sich hin.

»Passen Sie auf!« sagte er. »Ich werde jetzt Selbstmord begehen, aber ich bin sehr hoch versichert und will deshalb nicht, daß es wie Selbstmord aussieht; man soll glauben, es sei Mord oder Unfall. Ich demonstriere Ihnen nun, wie ich das anfange.«

9

»Das ist mein Revolver«, erklärte er und zeigte mir seinen Füllfederhalter. »Ich will also verhüten, daß man Pulverspuren auf mir findet, wenn ich nun abdrücke. Zu diesem Zweck hebe ich mit der einen Hand die zwei, drei ersten Seiten der Zeitung hoch, aber nur gerade so weit, daß sie nicht mehr in der Schußlinie sind. Wenn ich abgedrückt habe und zurücksinke, fallen sie von selbst wieder auf die restlichen Blätter. Aber auch die letzten Seiten lasse ich weg; sie bleiben einfach flach liegen, und ich schieße nur durch die mittleren. Sehen Sie, was ich dadurch erreiche?«

»Ich glaube, ja.«

»Pulverspuren können so nur auf dem Zeitungspapier, aber nicht auf mir gefunden werden. Dabei sieht die Zeitung von außen ganz unverdächtig aus, denn die Kugel hat ja nur die mittleren Blätter durchschlagen. Zufällig hat Kelly wohl nur die ersten Seiten gelesen und deshalb nichts bemerkt. Ich gehe übrigens jede Wette ein, daß auf dem Fetzen Zeitungspapier vor dem Sekretär Pulverspuren waren, denn dieser Fetzen wurde meiner Ansicht nach nicht aus der Zeitung herausgerissen, sondern herausgeschossen. Ja, Miss Adams, Wynne scheint ein gerissener Kerl gewesen zu sein, und wenn ich meine Theorie beweisen kann, spart das den Versicherungsgesellschaften eine ganze Menge Geld.«

»Mich überzeugt Ihre Theorie nicht«, sagte ich störrisch.

»Sie müssen aber zugeben, daß viel dafür spricht«, erwiderte er. »Es könnte auch sein, daß der Zeitungsfetzen noch gar nicht auf dem Boden lag, als meine Leute das Zimmer durchsuchten, sondern sich erst später durch eine Erschütterung aus der Zeitung löste.«

»Wie erklären Sie sich dann die Putzlappen und das Maschinenöl auf dem Sekretär?«

»Alles Tarnung, Miss Pinkerton. Ein verdammt geschicktes Täuschungsmanöver.«
Ich schüttelte zweifelnd den Kopf. »Sprechen Sie mit dem Mädchen!« schlug ich vor. »Ich kann einfach nicht glauben, daß Wynne an jenem Abend ins Kino ging, anschließend die Börsenberichte studierte, sich von Paula ganz zuversichtlich verabschiedete und ihr noch einmal einschärfte, sich bereit zu halten, daraufhin pfeifend die Straße hinunterschlenderte und sich wenig später erschoß. Das ist doch Unsinn.«
Er sah etwas weniger zuversichtlich aus. »Warum haben Sie alle diese Einzelheiten nicht früher erwähnt? Aber ich werde das Mädchen schon dazu bringen, mir die Wahrheit zu sagen.«
»Sie wird Ihnen genau dasselbe erzählen wie mir. Es ist ja möglich, daß Wynne Selbstmord beging, aber jedenfalls hatte er den Entschluß noch nicht gefaßt, als er sich von ihr verabschiedete. Das war um elf Uhr, und Miss Juliet fand seine Leiche ungefähr um zwölf, was bedeutet, daß weniger als eine Stunde blieb, in der er nach Hause ging und irgend etwas erlebte oder erfuhr, das ihn bewog, sich das Leben zu nehmen. Und woher hatte er plötzlich eine Nummer der *News*? Sie glauben doch nicht, daß er sich eigens eine zweite Zeitung kaufte, um sie für seinen Trick mit den Pulverspuren zu verwenden, wenn er den *Eagle* bereits in der Tasche trug? Nein, nein, das kann mir niemand weismachen. Sprechen Sie mit Paula Brent, und versuchen Sie herauszufinden, wer diese Nummer der *News* auf den Sekretär legte. Wenn es möglich ist, Selbstmord als Mord erscheinen zu lassen, warum dann nicht auch umgekehrt – Mord als Selbstmord?«
»Sie vergessen, daß es gar nicht wie Selbstmord aussah.«
»Nun, dann eben wie ein Unfall. So lautet doch das Urteil: *Tod durch Unfall*, nicht wahr? Und noch etwas: Ich glaube nicht, daß Wynne diese Geschichte von dem Wagen, der ihn verfolgte, einfach erfunden hat. Wer hat dann bei ihrem letzten Ausflug aufs Land auf ihn geschossen? Sie werden sicher feststellen, daß das stimmt.«
»Solche Dinge passieren heutzutage«, erwiderte er. »Es mag sich vielleicht so zugetragen haben, aber ein Zusammen-

hang mit Wynnes Tod braucht deshalb nicht zu bestehen. Wenn er seinen Selbstmord als Mord ausgeben wollte, konnte er nichts Besseres tun, als eine solche Geschichte zu erfinden und dafür zu sorgen, daß sie zum richtigen Zeitpunkt in Umlauf kommen würde.«

»Aber warum sollte er seinen Tod als Mord ausgeben wollen? Woraus schließen Sie das? Wenn er selbst diese ganze Staffage mit den Putzlappen und dem Öl aufbaute, dann bezweckte er doch damit, daß jedermann an einen Unfall glauben sollte. Falls er überhaupt irgend etwas bezweckte.«

Damit stand ich auf und verabschiedete mich von dem Inspektor, der mir stirnrunzelnd nachblickte.

Ich ging jedoch nicht sofort zu Miss Juliet zurück. Irgendwie hatte mich das Verhalten des Inspektors verstimmt, und außerdem machte ich mir Gedanken darüber, daß ich zum erstenmal in der langen Zeit unserer Zusammenarbeit entschieden anderer Meinung war als er und sogar mit der Gegenpartei sympathisierte. Ich glaubte nicht, daß Herbert Wynne Selbstmord begangen hatte. Ich war überzeugt, daß Paula Brents Geschichte im wesentlichen der Wahrheit entsprach, und Paula tat mir leid, wenn ich daran dachte, was ihr bevorstand.

Unentschlossen trat ich auf die Straße und winkte dann, einem plötzlichen Impuls gehorchend, ein Taxi herbei. Nach dem Einsteigen zögerte ich, bevor ich die Adresse der Brents angab, und während der ganzen Fahrt kämpfte ich mit mir selbst. Konnte ich verantworten, was ich zu tun im Begriff war? Und war es überhaupt nötig, Paula zu warnen? Natürlich würde man bei einer Befragung keine Gewalt anwenden, aber die Polizei ließ sich auch nichts vormachen. Sie würden sehr bald herausfinden, daß Paula etwas verschwieg, und dann würde ein wahres Trommelfeuer von verfänglichen Fragen auf sie niederprasseln, bis sie erschöpft war und sich durch eine unüberlegte Antwort verriet. Ich kannte die Polizei und ihre Tricks.

Das Brentsche Haus in Rosedale, einem früheren Vorort, der nun bereits zur Stadt gehörte, war mir vom Sehen vertraut als eines jener imposanten Häuser im Kolonialstil, die ei-

gentlich nicht direkt an der Straße, sondern halb versteckt zwischen Bäumen liegen sollten. Statt dessen war fast das ganze Grundstück verbaut, und auch auf der Rückseite befand sich nur eine Garage, die an eine schmale Zufahrtsstraße und rechts und links an ähnliche Garagen angrenzte.
Aus der Art, wie Paula bei meinem Eintreten von einem Diwan aufsprang, schloß ich, daß sie nicht allein gewesen war; jemand mußte das Zimmer durch eine andere Tür verlassen haben, als der Butler mich meldete.
»Sie haben also die ganze Zeit über gewußt, wer ich bin!« sagte sie.
Ich hatte gar nicht mehr an ihr so sorgfältig gewahrtes Inkognito gedacht und war einen Augenblick verwirrt, dann erwiderte ich rasch: »Jedermann kennt doch Ihr Bild aus der Zeitung, Miss Brent.«
»Seltsam«, meinte sie, »darauf wäre ich nie bekommen.«
Sie sah besser aus und brachte sogar ein Lächeln zustande, obwohl sie offenbar nicht recht wußte, was sie von meinem Besuch halten sollte.
Ich erklärte kurz, weshalb ich sie aufsuchte. Die Aussicht auf eine Befragung durch die Polizei schien ihr einen ziemlichen Schrecken einzujagen; sie setzte sich so abrupt, als hätten ihre Knie plötzlich nachgegeben.
»Wieso glauben Sie, daß die Polizei mich vorladen will?«
»Man hat Sie heute morgen mit mir gesehen, und ich habe das Gefühl, daß jemand Ihnen folgte, um Ihre Identität festzustellen«, erwiderte ich schamlos. »Ich dachte, ich sollte Sie warnen, damit Sie sich vorbereiten können. Die Polizei weiß nämlich, wie sie vorgehen muß, um alles aus Ihnen herauszuholen.«
Es schien mir, daß ihre Hände zitterten, als sie sich nun eine Zigarette anzündete. Dann schaute sie mich wieder mit jenem trotzigen Blick an, den ich schon vorher an ihr bemerkt hatte.
»Ich werde genau das sagen, was ich Ihnen gesagt habe.«
»Wenn Sie noch weitere Einzelheiten wissen –«
»Es gibt keine weitern Einzelheiten. Herbert wurde ermordet, wahrscheinlich von Hugo, und Miss Juliet ist darüber

orientiert. Wenn die Polizei beabsichtigt, Hugo und Miss Juliet reinzuwaschen, werde ich dafür sorgen, daß die Reporter das Nötige erfahren! Sie können das meinetwegen der Polizei melden.«
Aber im nächsten Augenblick brach ihre herausfordernde Haltung zusammen, und sie lag schluchzend auf dem Diwan. Ich tat mein Bestes, sie zu beruhigen, und wahrscheinlich besiegelte diese Szene meinen Standortwechsel vollends. Von nun an fand mich die ganze weitere Entwicklung des Falles nicht mehr auf der Seite der Polizei, sondern auf der Seite dieses Mädchens, und ich ließ mich auch dadurch nicht beirren, daß Paula, kaum hatte ich mich verabschiedet, schon zu der Tür unterwegs war, hinter der ihr geheimnisvoller Besucher wartete und wahrscheinlich alles mit angehört hatte.

Miss Juliet entwickelte an diesem Abend einen erfreulichen Appetit, und überhaupt schien jedermann im Haus weniger niedergedrückt zu sein. Sogar das Essen, von Hugo mit fast jugendlichem Elan serviert, war reichlicher als sonst. Und warum auch nicht? Wynnes Tod bedeutete für niemand einen großen Verlust, und die hunderttausend Dollar Versicherungsgelder verkörperten finanzielle Sicherheit und Unabhängigkeit in einem Alter, in dem man diese Dinge am meisten schätzt.
Meine Betrachtungen wurden von Hugo unterbrochen, der mir den Nachtisch brachte und dann stehenblieb.
»Verzeihung, Miss«, begann er, »aber ich dachte, es würde Sie vielleicht interessieren, daß Dr. Stewart und Mr. Glenn beschlossen haben, die Nacht hier zu verbringen.«
»Beide? Wozu das?«
»Die Herren halten es für angezeigt, Miss. Mr. Glenn will bis zwei Uhr bleiben; danach wird ihn Dr. Stewart ablösen. Er erwähnte etwas von einem Fall, der ihn bis dahin aufhalten werde.«
»Und sie haben keine weitere Erklärung abgegeben?«
»Nein, Miss.«
Seine Reserviertheit ärgerte mich. »Hören Sie, Hugo«, sagte ich, »wenn Sie einen Verdacht haben, ist es Ihre Pflicht, die

Polizei davon zu unterrichten und niemand sonst. Was beunruhigt Sie? Offenbar war letzte Nacht jemand im Haus, der in dieser Nacht wieder eindringen könnte. Was wissen Sie darüber?«

Aber ich brachte nichts Neues aus ihm heraus. Mr. Glenn und Dr. Stewart waren beide am späten Nachmittag dagewesen, und Mr. Glenn hatte diese Nachtwache angeregt.

»Jedenfalls ist es sehr gut möglich, daß jemand, der sich Montag nacht und letzte Nacht ins Haus schlich, auch heute wieder kommen wird«, meinte Hugo abschließend.

»Aber warum denn, Hugo? Was kann denn jemand jetzt noch im Haus wollen?«

»Ich habe keine Ahnung, Miss.«

Das klang aufrichtig, und ich glaubte ihm; aber irgendwie nahm ich diese Nachtwache nie ganz ernst, obwohl sie zum Teil recht dramatisch verlief. Dafür machte ich im Laufe des Abends einige Beobachtungen, die mich ziemlich beschäftigten. Die erste betraf Hugo und Mary; mir schien, als klappe nicht ganz alles zwischen ihnen, doch fand ich nicht heraus, was los war. Mary stand mit verkniffenem Gesicht am Herd, während Hugo das Serviertablett für Miss Juliet vorbereitete, und einmal, als er sie etwas fragte, gab sie keine Antwort. Und als ich nach dem Abendessen wieder ins Krankenzimmer zurückkehrte, kam mir Miss Juliet viel unruhiger vor; ich war sicher, daß Mary ihr in meiner Abwesenheit irgend etwas gesagt hatte, das sie aufregte.

Um neun Uhr trat Mr. Glenn seine Nachtwache an, nicht ohne zuvor eine gründliche Haussuchung vorzunehmen, in die er sogar den Keller einschloß. Bei dieser Gelegenheit brachte er es fertig, über einen Topf mit Farbe zu stolpern und die ganze Kellertreppe hinunterzustürzen. Er war nicht verletzt, aber zutiefst erschüttert, daß ihm so etwas passieren konnte; ich hörte ihn bis hinauf ins Krankenzimmer fluchen. Über und über mit roter Farbe verschmiert wie mit Blut, bot er einen so unwiderstehlich komischen Anblick, daß ich herzhaft lachte wie lange nicht mehr. Ihm aber blieb nichts anderes übrig, als sich von zu Hause einen andern Anzug kommen zu lassen, und natürlich war er für den Rest seiner Wache denkbar schlechter Laune.

Mary sah auch nicht eben entzückt aus, als sie sich die Kellertreppe betrachtete.
»Wie in aller Welt konnte das geschehen, Mary?« fragte ich sie.
»Weiß ich nicht, Miss. Er hat hier auch gar nichts zu suchen gehabt.«
Nach diesem bewegten Auftakt kehrte für einige Zeit Ruhe ein. Mr. Glenn beabsichtigte offenbar zu arbeiten, denn um zehn Uhr erschien seine Privatsekretärin, eine gewisse Florence Lenz. Ihr hatten wir übrigens den zweiten Zwischenfall in dieser Nacht zu verdanken.
Ich sah sie, als sie sich in der Halle die Nase puderte, bevor sie in die Bibliothek ging, und sie war mir sofort unsympathisch. Diesen Typ kannte ich zur Genüge: Nie vergessen solche Frauen, daß ihr Chef ein Mann ist, und wenn er, wie Mr. Glenn, etwas vorstellt und als Junggeselle leichte Beute zu sein scheint, hören sie schon die Hochzeitsglocken läuten oder hoffen zumindest, daß eine nette kleine Wohnung für sie herausschaut.
Immerhin war sie zweifellos eine tüchtige Sekretärin. Die Tür zur Bibliothek stand offen; man hörte Mr. Glenn, der ihr mit monotoner Stimme bis Mitternacht fast ununterbrochen diktierte. Ab und zu erhob er sich und machte einen kurzen Rundgang.
Um zwölf Uhr entließ er sie und befahl seinem Chauffeur, sie in seinem Wagen nach Hause zu bringen. Ich hatte mich gerade hingelegt in der Hoffnung, endlich etwas Schlaf zu finden; aber keine drei Minuten später wurde an der Tür Sturm geläutet, und Mr. Glenn stürzte hinaus. Natürlich erhob auch ich mich wieder, und ich muß zugeben, daß mir nicht ganz geheuer zumute war.
Mr. Glenn öffnete, und da stand sein Chauffeur mit der Sekretärin auf den Armen. Der arme Kerl sah so hilflos aus wie jeder Mann in einer solchen Situation.
»Was ist passiert?« fragte Mr. Glenn. »Ist sie verletzt?«
In diesem Moment wurde Miss Lenz lebendig, befreite sich aus den Armen des Chauffeurs, stolperte auf Mr. Glenn zu und sank graziös zu seinen Füßen nieder. Ich nahm mir nicht erst die Zeit, Pantoffeln anzuziehen, sondern rannte barfuß

im Morgenrock hinunter. Als ich jedoch ihre Augenlider hochhob, wußte ich sofort Bescheid: Miss Lenz war ebensowenig ohnmächtig, wie ich es war. Kurz entschlossen ging ich in die Küche und holte eine Flasche Salmiakgeist. Solche vorgetäuschten Ohnmachten waren mir schon zu oft begegnet, als daß ich nicht gewußt hätte, wie ich sie am wirkungsvollsten behandeln konnte.
Ich hielt Miss Lenz also die offene Flasche unter die Nase, und der Erfolg ließ nicht lange auf sich warten. Sie würgte und hustete und setzte sich schließlich auf, wobei sie mich mit einem haßerfüllten Blick bedachte.
»Nehmen Sie sich zusammen, Miss Lenz«, bemerkte Mr. Glenn ungerührt. »Was ist los? Was ist Ihnen zugestoßen?«
»Ein Mann«, erwiderte sie, immer noch hustend. »Ein Mann. Er schlug mich nieder und rannte über mich weg.«
»Er schlug Sie nieder? Das heißt also, er griff Sie an?«
»Er schlug mich nieder und rannte über mich weg.«
»Das haben Sie schon einmal gesagt. Wo war das?«
»Gleich um die Ecke.«
»Um welche Ecke?«
»Hinten die Hausecke.«
Irgend etwas mußte vorgefallen sein, da ihr Knie aufgeschürft war und sie eine Beule am Kopf hatte. Das schien auch Mr. Glenn zu überzeugen, denn er wandte sich wortlos um und ging hinaus. Der Chauffeur, der verlegen in einer Ecke gestanden hatte, folgte ihm erleichtert. Wir blieben allein zurück.
»Das mit dem Salmiakgeist war ein gemeiner Trick von Ihnen!« zischte Miss Lenz mich wütend an.
»Er belebte Sie aber wieder.«
»Er hat mich fast umgebracht!«
Ich erwiderte nichts, sondern holte rasch in meinem Zimmer etwas Verbandstoff und Heftpflaster. Ein wenig schämte ich mich doch und gab mir deshalb Mühe mit ihrem Knie, was sie prompt ausnutzte und ein Riesentheater machte, besonders als Mr. Glenn zurückkam.
Dann erzählte sie noch einmal ihre Geschichte, die zusammenhängend folgendermaßen lautete: Bevor sie nach Hause

fuhr, hatte sie beschlossen, sich noch ein wenig umzusehen, »einen Augenschein zu nehmen«, wie sie sich ausdrückte. Das Mitchell-Haus war für sie ein Begriff, wie für jedermann in der Stadt, und schließlich hatte man nicht alle Tage eine solche Gelegenheit.

»Ich sagte Mac, ich sei gleich wieder zurück« – Mac war der Chauffeur – »und schickte mich an, um das Haus herumzugehen. Als ich jedoch um die Ecke bog, raste ein Mann wie aus einer Kanone geschossen dahinter hervor und prallte mit mir zusammen. Da lag ich nun am Boden, aber meinen Sie, der Kerl hätte sich auch nur den Anschein gegeben, sich um mich zu kümmern? Ganz im Gegenteil – er war mit einem Satz über mich hinweg und im Dunkel verschwunden. Fragen Sie Mac; er hörte ihn davonrennen.«

Damit hatten wir also einen neuen Faktor, der möglicherweise mit Wynnes Tod zusammenhing, obwohl mir vorläufig nicht klar war, auf welche Weise.

Miss Lenz wurden wir schließlich los; allerdingt mußte Mr. Glenn sie zum Wagen begleiten und stützen, weil sie sich mit ihrem Knie so anstellte.

Um zwei Uhr kam Dr. Stewart, und seine Reaktion auf Miss Lenz' Abenteuer war typisch. »Der arme Kerl erschrak wahrscheinlich mehr als sie«, meinte er trocken. Er schien dem Vorfall nicht die geringste Bedeutung zuzumessen, und ich merkte bald, daß er auch von der Idee der Nachtwache nicht allzu begeistert war. »Ich habe ja nichts dagegen, mein Teil beizutragen«, sagte er zu mir, »sogar wenn es mich ein paar Stunden Schlaf kostet. Daran bin ich schließlich gewöhnt. Aber was zum Teufel glauben Glenn und Hugo eigentlich? Was sollte einen Einbrecher in diesem Haus interessieren? Ein Haufen schäbiger Möbel?«

Danach legte er sich ohne weiteres auf das alte Sofa in der Halle und machte kein Hehl daraus, daß er für den Rest der Nacht dort zu bleiben gedachte. Ich hörte wenig später von meinem provisorischen Lager in Miss Juliets Zimmer sein rhythmisches Schnarchen durch das stille Haus tönen, und bald darauf nickte ich selbst ein, fest entschlossen, seinem Beispiel zu folgen und mich diesmal nicht um meinen kostbaren Schlaf bringen zu lassen.

Am nächsten Morgen erwachte ich frühzeitig, blieb aber noch eine Weile liegen und dachte an meinen gestrigen Besuch beim Inspektor und an seine Theorie. Ich kam wieder zu demselben Ergebnis: wenn es möglich war, einen Selbstmord als Mord erscheinen zu lassen, dann konnte umgekehrt ein Mord auch als Selbstmord ausgegeben werden, und in diesem letzten Fall hätte die Zeitung eine wichtige Funktion zu erfüllen. Angenommen zum Beispiel, gegen Hugo würde eine Mordanklage erhoben – was wäre dann einfacher für Hugo, als mit der Zeitung herauszurücken und an Hand der Pulverspuren zu beweisen, daß Wynne alles sorgfältig vorbereitet habe, damit man seinen Selbstmord als Mord oder Tod durch Unfall ansehen sollte?

Das würde bedeuten, daß die Zeitung nicht vernichtet, sondern im Gegenteil sorgfältig aufbewahrt worden war, vielleicht doch in der Bibliothek versteckt oder noch besser in der Dienstbotenwohnung...

Um sieben Uhr hörte ich Dr. Stewart unten in der Halle. Er war aufgestanden und wusch sich an dem altmodischen Marmorwaschtisch unter der Treppe, und bald darauf machte er einen kurzen Rundgang um das Haus. Nachdem er gefrühstückt hatte, sah er nach Miss Juliet und kam dabei noch einmal auf den nächtlichen Zwischenfall zu sprechen.

»Meiner Ansicht nach war überhaupt niemand hinter dem Haus«, erklärte er. »Diese Miss Dingsda stolperte über irgend etwas und stürzte, und dann erfand sie eine haarsträubende Geschichte, um sich wichtig zu machen. Mr. Glenn ist Junggeselle, wie Sie vielleicht wissen.«

Nachdem auch er sich verabschiedet hatte, ging ich zum Frühstück hinunter. Hugo schien ziemlich aufgeräumt, und ich ertappte mich dabei, daß ich ihn mit neuem Verdacht und einer Art moralischer Mißbilligung betrachtete. Was war das überhaupt für ein Mann, der sich durch kein Zittern seiner Hand verriet, als er mir eine Tasse Kaffee und den gebratenen Speck brachte, und der fast schwungvoll das Morgenblatt mit der Schlagzeile *»Herbert Wynne: Tod durch*

Unfall« vor mich hinlegte? Ich schaute auf und begegnete seinem Blick, aber seine Augen wichen mir aus. Oder kam es mir nur so vor?
»Damit wäre der Fall wohl abgeschlossen, Hugo.«
»Hoffentlich, Miss. Abgeschlossen und erledigt.«
Doch seine Munterkeit war bei näherem Zusehen nicht ganz echt, und auch Mary wirtschaftete immer noch verdrießlich und wortkarg in der Küche herum.
An diesem Morgen – Donnerstag – war Wynnes Begräbnis. Ich hörte später, daß die Trauergemeinde aus einigen wenigen alten Familienfreunden und aus einer Menge unbeteiligter Fremder bestand, die lediglich ihre morbide Neugier hergetrieben hatte, und ich wußte, daß wohl nur ein einziger Mensch unter den Anwesenden aufrichtigen Schmerz empfand: Paula Brent. Um die Konsequenzen, die ihre Teilnahme an dem Begräbnis haben konnte, kümmerte sie sich offenbar nicht.
Hugo blieb zu Hause, aber ungefähr um zehn Uhr erschien Mary, ganz in Schwarz, unter der Tür von Miss Juliets Zimmer und rief der alten Dame zu:
»Dann gehe ich also, Miss Juliet.«
»Danke, Mary.«
Das war alles.
Kurz vor dem Mittagessen verlangte mich der Inspektor am Telefon. Er werde sich am Nachmittag mit Paula Brent unterhalten, erklärte er, und es wäre wünschenswert, wenn ich dabeisein könnte.
»Achten Sie darauf, ob sie nicht von der ersten Version ihrer Geschichte abweicht«, fügte er hinzu. »Natürlich ist sie jetzt ziemlich durcheinander, aber sie wird sich bis heute nachmittag fassen.«
Ich schaute mich um. Hugo schien in der Küche beschäftigt, und Mary war noch nicht zurück, also konnte ich es riskieren zu sprechen.
»Muß das unbedingt heute nachmittag sein?« fragte ich. »Etwas mehr Zeit hätten Sie ihr nach dem Begräbnis schon geben können.«
»Sie hat drei Tage Zeit gehabt; ich denke, das genügt«, erwiderte der Inspektor.

Mary kam wenig später zurück, und als ich nach dem Essen wieder ins Krankenzimmer wollte, fand ich, daß sie während meiner Mittagspause sämtliche Kleider Wynnes oben aus dem Schrank geholt und auf die Treppe zum dritten Stock gelegt hatte. Da lagen sie nun, säuberlich aufgeschichtet: die Hemden, Krawatten und Anzüge eines Toten. Für mich hatte der Anblick etwas Schreckliches, und noch mehr der Gedanke, mit welch unziemlicher Eile man die Sachen des armen Jungen wegschaffte.
»Was soll das?« fragte ich Mary, auf die Kleider deutend. »Damit hätte man doch noch etwas warten können, nicht?«
»Es war Miss Juliets Idee«, erwiderte sie mürrisch. »Sie will sie noch durchsehen, bevor die Heilsarmee sie bekommt. Und wieso nicht jetzt gleich? Er braucht sie ja doch nicht mehr.«
Ich rechnete fast damit, Miss Juliet wieder in erregtem Zustand vorzufinden, und so war es auch. Ich gab ihr ein Beruhigungsmittel und riet ihr, sich vorläufig nicht mit den Kleidern zu befassen.
»Solche Dinge regen Sie noch viel zu sehr auf, Miss Juliet, und ich kann das dem Arzt gegenüber nicht verantworten«, erklärte ich entschieden. »Abgesehen davon spielt es doch keine Rolle, wenn die Kleider noch einen Tag oder zwei hierbleiben.«
Sie nickte. »Mary wollte sie aus dem Haus haben«, entgegnete sie. »Aber Sie haben recht; es eilt wirklich nicht.«
Was sollte ich nun von diesen einander widersprechenden Behauptungen halten? Hatten die beiden die Kleider bereits zusammen durchgesehen, in der Hoffnung, etwas Bestimmtes zu finden? Ich beobachtete Miss Juliet, die ohne Appetit in dem Essen herumstocherte, das ich ihr gebracht hatte. Fürchtete sie, Wynne habe einen Hinweis hinterlassen, einen Brief vielleicht, der das Urteil des Leichenbeschauers umstoßen könnte? Es kam ja häufig vor, daß Selbstmörder Briefe schrieben.
Andererseits hätte Wynne, falls er sich wirklich selbst erschoß, wohl kaum zuvor einen Brief abgefaßt, in dem er seine Absicht erklärte, denn er hatte ja alle erdenklichen Anstrengungen gemacht, den wahren Sachverhalt zu vertu-

schen. Oder existierte vielleicht ein Brief von Paula? Sicher hatte sie ihm geschrieben.
Nach längerem Nachdenken kam ich zu dem Schluß, daß dies die einzig logische Theorie war. Paula hatte Wynne geschrieben und in ihrem Brief die Gefahr erwähnt, in der er sich zu befinden glaubte; vielleicht hatte sie sogar einen Verdacht geäußert. Das setzte natürlich voraus, daß Miss Juliet sowohl über diese Gefahr als auch über Paula Brents Existenz unterrichtet war, und ich konnte weder das eine noch das andere als sicher annehmen. Mit absoluter Bestimmtheit wußte ich überhaupt nur eines: das die Kleider des Jungen systematisch durchsucht worden waren.
Aber ließ sich daraus wirklich etwas schließen? Natürlich war es verdächtig, daß Mary bei meinem Erscheinen hastig einen Mantel auf die Treppe legte, wobei ich gerade noch die nach außen gestülpte Tasche bemerkte. Die Tasche an sich bewies jedoch nichts; jedermann sieht Kleider, die er weggeben will, nochmals durch. Möglicherweise hatte sogar die Polizei die Taschen schon durchsucht. Es blieb also nur das sonderbar Verstohlene an Marys Benehmen.
Ich gab es auf und dachte statt dessen an meinen Besuch auf der Polizeizentrale. Wie sollte ich mich verhalten, wie Paula gegenübertreten?
Als ich dann vor der Tür des Büros stand und die Hand schon auf der Türklinke hatte, zögerte ich tatsächlich noch eine ganze Weile, ehe ich hineinging. Paula schien jedoch gar nicht sonderlich überrascht, sondern blickte nur mit einem resignierten Lächeln zu mir auf.
»Haben sie Sie auch erwischt?« fragte sie.
»Es sieht so aus«, gab ich mit schlechtem Gewissen zurück.
Paula wirkte ziemlich gefaßt; es kam mir nur etwas übertrieben vor, daß sie ein schwarzes Kleid und einen kleinen schwarzen Hut trug. Offenbar hatte sie sich seit dem Begräbnis nicht mehr umgezogen. Der Inspektor schien jedoch davon beeindruckt, denn er behandelte sie rücksichtsvoller, als es sonst in solchen Fällen seine Art war.
Ihre Darstellung der Ereignisse entsprach fast wörtlich genau der Geschichte, die sie mir erzählt hatte. Der Inspektor schau-

te mich ab und zu fragend an, und ich nickte bestätigend. Erst später, als er präzise Fragen zu stellen anfing, hatte ich das Gefühl, sie sei ihrer Sache nicht mehr ganz so sicher.
»Sie sagten aus, daß Sie in der Nacht von Herberts Tod zum Mitchell-Haus fuhren. Sie sind aber nicht mit Herbert im Haus gewesen?«
»Wie meinen Sie das?«
»Ich frage nur, Miss Brent. Ich will damit nicht andeuten, daß wir Sie des Mordes an Herbert Wynne verdächtigen; das wäre ja absurd. Aber könnte es nicht sein, daß Sie eine Auseinandersetzung hatten, und nachdem Sie gegangen waren, beschloß er – Sie verstehen meine Überlegung.«
»Das stimmt nicht. Wir haben uns nie gestritten.«
»Dann sagen Sie mir bitte, was Sie taten, nachdem sich Herbert von Ihnen verabschiedet hatte.«
»Ich fuhr in meinem Wagen herum«, antwortete sie. »Ich dachte, das würde mich beruhigen.«
»Zwei Stunden lang fuhren Sie herum? Wo denn?«
»Ich habe nicht darauf geachtet.«
»Das ist Unsinn«, entgegnete er scharf. »Sie kennen die Umgebung der Stadt, und sie mußten sich zumindest orientieren, um wieder nach Hause zu kommen. Haben Sie bestimmte Gründe, die Wahrheit zu verschweigen?«
»Aber das hat doch nichts mit Herberts Tod zu tun. Ich sehe nicht ein, wozu Sie das alles wissen wollen?«
Sie konnte ihre Verwirrung nicht ganz verbergen, und diesen Moment nutzte der Inspektor zu einem Überraschungsangriff aus.
»Wozu brauchten Sie eigentlich diese Leiter?« fragte er.
Sie starrte ihn mit offenem Munde an.
»Ich habe keine Ahnung, von was für einer Leiter Sie sprechen«, erklärte sie schließlich.
»Ich glaube doch«, erwiderte er ruhig. »Und ich warne Sie ausdrücklich davor, etwas zu verheimlichen, das in irgendeinem Zusammenhang mit diesem Fall steht. Sie schleppten eine Leiter über zwei Rasenplätze und durch das Gebüsch im Garten der Mitchells; die Spur, die Sie hinterließen, ist deutlich genug. Ich habe hier eine Skizze, wenn Sie sie sehen wollen.«

Aber sie zeigte kein Interesse für die Skizze. Sie saß zusammengesunken auf ihrem Stuhl, mit bleichem, verzerrtem Gesicht. »Ich verstehe Sie nicht«, murmelte sie schwach. »Ich weiß nicht, wovon Sie sprechen.«
Auch mir war nicht ganz klar, was der Inspektor bezweckte. Gestern nachmittag noch hatte er mir den Vorfall geschildert, und nach seiner Darstellung war es ein Mann gewesen, der mit der Leiter gesehen wurde. Warum brachte er jetzt Paula damit in Verbindung? Aber ich wußte, daß er seine eigenen Methoden hatte, und im nächsten Moment ließ er das Thema fallen und wandte sich andern Dingen zu.
»Sie erzählten Miss Adams, daß Herberts Familie, das heißt Miss Mitchell und ihre Dienstboten, kein gutes Verhältnis zu Herbert hatten.«
»Sie haßten ihn.«
»Woher wissen Sie das?«
»Er hat es mir oft genug gesagt. Und in der letzten Zeit, etwa seit einem Monat, wurde es noch schlimmer.«
»Was meinen Sie damit?«
»Sie folgten ihm, wenn er ausging. Er begann sich zu fürchten.«
»Aber das ist doch absurd. Die alte Miss Mitchell kann niemand folgen.«
»*Jemand* folgte ihm. Deshalb hatte er von da an auch immer einen Revolver bei sich.«
»Und er äußerte keinen bestimmten Verdacht?«
»Er wußte nicht, wer es sein könnte, und ich zuerst auch nicht, aber jetzt glaube ich, daß es Hugo war.«
»Warum Hugo?«
Ich brauche diesen Teil ihrer Geschichte nicht zu wiederholen; interessant war nur, was sie neu hinzufügte: Herbert habe von einem Brief gesprochen, den er schreiben wolle und der ihr, falls ihm etwas zustoße, alles erklären werde. Auf mündliche Erörterungen habe er sich nicht eingelassen. Mittwoch morgen, als ich sie überraschte, habe sie übrigens vorgehabt, sich ins Haus zu schleichen, um den Brief zu suchen.
»Deshalb waren Sie dort? Oder vielleicht, um allfällige Leiterspuren zu verwischen?«

»Was für Leiterspuren?«
Plötzlich begann sie zu weinen. Sie wisse nichts von einer Leiter, brachte sie unter Schluchzen hervor, und sie möchte jetzt endlich in Ruhe gelassen werden. Immerhin habe sie Herbert nicht umgebracht, obwohl man das, aus dem Verhalten des Inspektors zu schließen, annehmen könnte. Als sie sich nach einer Weile wieder beruhigt hatte, vermied es der Inspektor taktvoll, die Leiter nochmals zu erwähnen.
»Glauben Sie, daß sonst noch jemand von der Existenz dieses Briefes weiß?«
»Nein. Herbert hat sicher mit niemand davon gesprochen.«
Der Inspektor nickte und stand auf.
»Ich brauche wohl nicht zu betonen, daß Sie nicht verhaftet sind. Allerdings möchte ich Ihnen etwas später noch einige Fragen stellen. Ich lasse Ihrer Familie mitteilen, daß Sie erst abends zurückkommen. Inzwischen haben Sie wohl nichts gegen eine kleine Erfrischung.«
»Warum stellen Sie Ihre Fragen nicht jetzt gleich? Wenn ich unschuldig bin, haben Sie kein Recht, mich hierzubehalten.«
»Habe ich das nicht? Möglich.« Er lächelte. »Leider kann ich Sie nicht jetzt befragen, aber denken Sie doch bitte daran, daß wir beide dasselbe wollen. Wir wollen beide wissen, wer Herbert Wynne ermordet hat, falls er ermordet wurde, und warum.«

11

Eine Polizeibeamtin, die der Inspektor herbeigerufen hatte, führte Paula hinaus. Der Inspektor sah ihr nach, wie sie mit trotziger Miene und hocherhobenen Hauptes das Büro verließ, und wandte sich dann an mich.
»Nun, Miss Adams?«
»Es ist dieselbe Geschichte. Wie fanden Sie übrigens heraus, daß sie die Leiter hergeschleppt hatte?«
»Das ist nur so eine Vermutung von mir. Wir entdeckten

Spuren, die zum Mitchell-Haus führten, aber keine, die davon wegführten; daraus schloß ich, daß jemand die Leiter zum Haus schleppte, der nicht genügend Kraft hatte, sie zu tragen, also eine Frau oder ein Mädchen. Daß sie zurückgetragen wurde, wußten wir, denn der Mann ist ja gesehen worden.«
»Dann war es Paula, die den Fußabdruck hinterließ, von dem Sie gesprochen haben?«
»Ich glaube schon. Sie trug Schuhe mit hohen Absätzen, die sie auszog. Sie mag in einer Panik gewesen sein, aber das hinderte sie nicht daran, überlegt zu handeln.«
»Und nach Ihrer Theorie holte sie die Leiter, damit jemand vom Dach heruntersteigen konnte?«
»Erraten, Miss Pinkerton.« Er zog seine Pfeife aus der Tasche und stopfte sie sorgfältig.
»Ist Ihnen übrigens nicht auch aufgefallen, daß Paula ängstlich bemüht war, ihre Familie aus der Sache herauszuhalten? Sie betonte, wie sehr Miss Mitchell und die Dienstboten den Jungen haßten, aber mir scheint, jemand anders hätte eigentlich noch mehr Grund gehabt, ihn ins Pfefferland zu wünschen. Wynne war ein labiler Schwächling, und ausgerechnet in ihn mußte ein so nettes Mädchen wie Paula Brent sich verlieben.«
»Sie meinen, Mr. Brent wollte ihn aus dem Weg schaffen? Ich glaube aber nicht, daß –«
»Nicht? Väter sind manchmal ziemlich empfindlich, was ihre Töchter anbetrifft. Ich kann mir jedenfalls gut vorstellen, daß Mr. Brent Wynne allerhand zutraute und den verständlichen Wunsch hatte, seine Tochter vor ihm zu schützen. Natürlich werde ich jetzt nicht hingehen und Mr. Brent des Mordes an Herbert Wynne beschuldigen; aber wir müssen jede kleinste Möglichkeit in Betracht ziehen. Und um für einen Moment zu der Selbstmordtheorie zurückzukehren: wäre es nicht auch denkbar, daß Paula ihm an diesem Abend den Laufpaß gab und ihn so zu seinem Entschluß bewog?«
»Das halte ich für unwahrscheinlich«, entgegnete ich entschieden. »Ob sie ihn wirklich liebte oder ob es nur eine oberflächliche Verliebtheit war, weiß ich nicht, aber jedenfalls trägt sie immer noch seinen Ring.«

Er nickte. »Einen sehr schönen Ring, nebenbei bemerkt. Es würde mich interessieren, woher er das Geld dafür hatte... Aber ich bin noch nicht fertig mit Mr. Brent. Übrigens stimmt es, daß die Windschutzscheibe an Paulas Wagen von Kugeln durchschlagen wurde; wir haben uns vergewissert.«

»Aha. Dann folgte also Mr. Brent dem Wagen seiner Tochter und schoß auf Wynne! Wie konnte er denn sicher sein, daß er nicht Paula treffen würde?«

Ich sah dem Inspektor an, daß er sich ärgerte, obwohl er lachte. »Das meinte ich natürlich nicht; ich habe Ihnen ja gesagt, daß diese Schüsse vielleicht überhaupt nichts mit dem Fall zu tun haben. Ich dachte an etwas anderes. Nehmen wir einmal an, der Vater folgte den beiden am Montag abend und wartete vor dem Kino auf sie. Nachdem Paula im Wagen weggefahren ist, beschließt er die Gelegenheit zu benutzen und mit dem Jungen ein Wort zu reden. Er geht ihm nach und wird von ihm eingelassen. In Wynnes Zimmer beginnt eine Auseinandersetzung, die damit endet, daß der Vater den auf dem Sekretär liegenden Revolver ergreift und Wynne erschießt – vielleicht weil er herausgefunden hat, daß die Sache mit Paula sogar schlimmer ist, als er dachte. Es braucht also kein vorsätzlicher Mord gewesen zu sein. Und vielleicht war es dieser Schuß, der Miss Juliet weckte, ohne daß es ihr bewußt wurde. Sie wissen, was dann geschah: Miss Juliet steht auf, öffnet die Tür, sieht das Licht im dritten Stock und steigt die Treppe hinauf. Mr. Brent sitzt in der Falle! Was tut er in den paar Sekunden, die ihm noch bleiben? Er legt die Leiche vor den Sekretär und den Revolver, den er zuvor mit seinem Taschentuch abgewischt hat, daneben. Dann benutzt er den einzigen Fluchtweg, der ihm noch offensteht.«

»Das Fenster?«

»Jawohl, das Fenster. Wahrscheinlich kann sich ein starker Mann ohne weiteres auf den Dachvorsprung hinüberschwingen. Und nun müssen wir uns wieder Paula zuwenden. Sie hat etwas geahnt oder ihren Vater nach dem Kino sogar gesehen; jedenfalls folgt sie den beiden zum Mitchell-Haus, weil sie gute Gründe zu der Befürchtung hat, daß sie

aneinandergeraten könnten. Sie ist in Wirklichkeit überhaupt nicht aufs Land hinausgefahren. Während sie vor dem Haus noch zögert, hört sie einen Schuß, und gleich darauf geht das Licht an, zuerst nur in Miss Juliets Schlafzimmer, dann im ganzen Haus. Was kann sie tun? Soviel sie weiß, ist ihr Vater noch immer im Haus. Ein Streifenwagen der Polizei trifft ein, später ein Wagen der Polizeizentrale. Sie versteckt sich und wartet weiter. Dann hält sie Ihr Taxi an, weil sie hofft, von Ihnen etwas Konkretes zu erfahren. Sie muß unbedingt herausbekommen, was geschehen ist.
Mr. Brent jedoch sitzt auf dem Dach fest, und wenn er dort gefunden wird, steht es bös um ihn. Der Rest ist leicht zu erraten: Vielleicht sah er Paula unten und gab ihr ein Zeichen, oder sie entdeckte ihn; auf jeden Fall schleppte sie diese Leiter herbei, und er kletterte eiligst herunter. Ich will nicht sagen, daß sich alles genauso zugetragen hat und daß Mr. Brent der Mörder ist, aber so ähnlich stelle ich mir die Ereignisse der Montagnacht vor.«
»Dann kam Paula also am Mittwoch morgen, als sie wußte, daß die Dienstboten ausgegangen waren, zurück, um –«
»– um nachzusehen, ob die Leiter Spuren hinterlassen hatte, und sie wenn nötig zu beseitigen. Sie überraschten sie dabei, und so erzählte sie Ihnen ihre Geschichte.«
Ich saß eine Weile ganz still und überlegte. Das klang alles sehr logisch und einleuchtend, aber ein oder zwei Punkte schienen mir doch noch nicht geklärt zu sein.
»Mr. Brent ging nicht mit Wynne ins Haus«, bemerkte ich schließlich. »Wynne hatte ja bereits begonnen sich auszuziehen.«
»Dann folgte er ihm eben später.«
»Aber wie? Wie kam er hinein? Die Türglocke ist mit der Dienstbotenwohnung verbunden und hätte Hugo und Mary bestimmt aufgeweckt.«
»Vielleicht rief er Wynne, oder er warf Kieselsteine gegen sein Fenster. Sie wissen ja, daß das funktioniert.«
Ich war immer noch nicht überzeugt. »Wynne hätte ihn nicht eingelassen. Er mußte sich doch sagen, daß eine Aussprache mit Paulas Vater für ihn unangenehm werden könnte.«
Der Inspektor zuckte die Schultern. »Wir wollen einmal

sehen, was geschieht, wenn ich nun die Brents über Paulas Verbleib informiere. Ich bin sicher, daß ihr Vater sehr bald hier hereinplatzen wird; jedenfalls wenn meine Theorie stimmt, und wahrscheinlich auch sonst.« Die Aussicht schien ihn nicht unbedingt zu begeistern.
Bevor ich mich verabschiedete, erwähnte er noch, er werde am Abend rasch vorbeikommen, um einen Blick auf den Fenstersims von Wynnes Zimmer und den Dachvorsprung zu werfen. »Wenn das ein Mord war, hielt sich während der ganzen Zeit, als wir die Leiche und das Zimmer untersuchten, jemand auf dem Dach verborgen«, erklärte er. »Ich sah zwar einmal zum Fenster hinaus und auf das Dach hinüber, aber der große Kamin bot genügend Deckung. Paula weiß übrigens, wer dort festsaß, auch wenn es nicht ihr Vater war.«
Ich stand schon unter der Tür, als er noch etwas hinzufügte. »Die Theorie, die wir eben entwickelt haben«, bemerkte er, »paßt natürlich nicht nur auf Brent, sondern auf jeden, der an Paula interessiert ist. Vergessen Sie das nicht.«
Es war vier Uhr, als ich das Büro des Inspektors verließ, und halb fünf, als ich in die Auffahrt des Mitchell-Hauses einbog. Unterwegs kaufte ich mir die Abendausgabe des *Eagle* und warf einen Blick auf die Schlagzeilen. *»Junges Mädchen aus der Gesellschaft im Zusammenhang mit dem Fall Mitchell vorgeladen«* lautete eine fette Überschrift. Die Presse war also entschlossen, aus dem Fall weiterhin möglichst viel Kapital zu schlagen. Nun, vom *Eagle* mindestens konnte man wohl nichts anderes erwarten.
Ich muß gestehen, daß ich mir keine besonderen Gedanken machte, als ich Dr. Stewarts Wagen vor dem Haus bemerkte. Doch als Hugo mir die Tür öffnete und ich sein Gesicht sah, ahnte ich nichts Gutes.
»Miss Juliet geht es schlecht«, sagte er. »Der Doktor hat bereits nach Ihnen gefragt, Miss.«
Ich eilte sogleich ins Krankenzimmer und fand Dr. Stewart und Mary über Miss Juliet gebeugt, die mit geschlossenen Augen und gerötetem Gesicht in ihren Kissen lag. Der Doktor hielt ihr ein mit Amylnitrit getränktes Tuch unter die Nase, dessen durchdringender Geruch das ganze Zimmer erfüllte.

Volle zehn Minuten vergingen, bis er sich aufrichtete und mir das Tuch übergab. »Das sollte genügen«, bemerkte er. »Können Sie sich diesen plötzlichen Anfall erklären, Mary? Hat sie sich über irgend etwas aufgeregt?«
»Ich weiß nicht, Herr Doktor; sie schien ganz ruhig. Ich hatte ihr die Zeitung und ihre Lesebrille gebracht. Plötzlich tat sie einen raschen Atemzug, und die Zeitung entfiel ihr. Daraufhin rief ich Hugo, und er meinte, wir sollten lieber nach Ihnen schicken.«
Dr. Stewart blieb bis fast um sieben Uhr abends. Inzwischen hatte sich Miss Juliet etwas erholt, aber sie sah noch immer sehr angegriffen aus und lag meist mit geschlossenen Augen da, obwohl sie bei Bewußtsein war. Sie weigerte sich auch, irgendwelche Nahrung zu sich zu nehmen.
Der Doktor hatte sich schon verabschiedet und wollte eben gehen, als sie plötzlich die Augen öffnete und leise, aber deutlich sagte: »Ich möchte Arthur Glenn sprechen.«
»Aber nicht mehr heute abend, Miss Juliet. Morgen früh, wenn es Ihnen besser geht.«
Sie nickte und schloß die Augen wieder.
Ich folgte dem Doktor in den Korridor, wo er schweigend stehenblieb und anscheinend überlegte.
»Miss Juliets Zustand gefällt mir, offen gesagt, nicht sehr«, erklärte er schließlich. »Ich frage mich, ob – haben Sie die Abendausgabe des *Eagle* auf ihrem Bett gesehen? Ich vermute fast, daß ein Artikel über die Befragung einer gewissen Paula Brent durch die Polizei diesen Schock verursacht hat.«
»Ich habe die Schlagzeile gelesen«, erwiderte ich vorsichtig.
»Sie müssen wissen, daß der Großvater dieses Mädchens seinerzeit ein Verehrer der alten Dame war. Natürlich ist er jetzt tot, aber das würde ihre Erregung doch bis zu einem gewissen Grad erklären, nicht wahr? Außerdem machte sie sich vielleicht auch Gedanken darüber, weshalb die Polizei den Fall noch weiter verfolgt, nachdem der Leichenbeschauer sein Urteil schon abgegeben hat.«
»Es sieht so aus, als ob die Polizei nicht ganz befriedigt wäre«, sagte ich naiv.

»Natürlich ist sie nicht befriedigt!« gab er ungeduldig zurück. »Aber mir liegt nur daran, künftig solche Aufregungen von Miss Juliet fernzuhalten, und Ihre Pflicht ist es, dafür zu sorgen. Die Presse soll schreiben, was sie will, solange es Miss Juliet nicht zu sehen bekommt. Sie ist eine alte Frau, und ihr Herz kann jeden Augenblick versagen. Hat sie übrigens Ihnen gegenüber etwas von einem Testament erwähnt?«

»Bis jetzt nicht, nein.«

»Es ist möglich, daß sie in der nächsten Zeit daran denkt, ein neues Testament zu machen; schließlich hat sie allen Grund dazu. Soviel ich weiß, existiert irgendwo ein altes, das ganz schöne Legate für Mary und Hugo enthalten soll. Bitte vergessen Sie nicht, mich rechtzeitig zu benachrichtigen; ich möchte versuchen, etwas Geld für das St.-Lukas-Krankenhaus zu bekommen.«

Ich nehme an, daß das ganz natürlich war; jedenfalls hatte das St.-Lukas-Krankenhaus durch Dr. Stewart schon etliche Zuwendungen erhalten. Trotzdem sah ich dem Doktor nicht besonders freundlich nach, als er die Treppe hinunterging, und ich fühlte mich keineswegs verpflichtet, in seinem Sinne zu handeln.

Ob es wohl stimmte, daß Mary und Hugo nach dem bestehenden Testament ziemlich viel erben sollten? Das war ein neuer Faktor, den es in Betracht zu ziehen galt.

12

Es war noch ziemlich früh, aber ich wollte rechtzeitig alles für die Nacht vorbereiten, weil ich wußte, daß der Inspektor kommen würde. Doch als ich den *Eagle* zusammenfaltete und weglegte, hielt ich plötzlich inne. Etwas in mir hatte fast hörbar »klick« gemacht, und zwei Stücke des Puzzles, die ich lange vergebens hin und her gewendet hatte, fügten sich wie von selbst zusammen. Ich begriff erst weshalb, als ich überlegte, was ich eben getan hatte: Als ich die Kissen von Miss Juliets Bett aufschüttelte, mußte ich wohl daran gedacht haben, daß Miss Juliet unter den Kissen etwas verborgen hatte, und gleich darauf brachte mir die Berührung mit der Zeitung meine Suche in der Bibliothek in Erinnerung. Daß mir der Fetzen Zeitungspapier, den ich dort hinter den Büchern gefunden und achtlos liegengelassen hatte, erst jetzt wieder einfiel!

Mein erster Impuls war, sofort hinunterzugehen und nachzusehen. Dann sagte ich mir jedoch, daß Hugo mich hören könnte, und ich beschloß zu warten, bis alles im Haus ruhig war oder bis der Inspektor kam. Das wenigstens hatte ich von der Polizei gelernt: keine überflüssigen Risiken durch unangebrachte Eile auf mich zu nehmen.

Ich hatte nichts mehr zu tun, und es war erst acht Uhr. Offenbar schlief Miss Juliet noch nicht, wie ich gehofft hatte, denn plötzlich öffnete sie die Augen und fragte mich, ob ich Mr. Glenn schon angerufen hätte.

»Noch nicht«, entgegnete ich. »Kann das nicht bis morgen früh warten?«

Aber sie bestand darauf, ich sollte es jetzt tun, damit er am Morgen sofort zu ihr komme; sie habe ihm etwas Wichtiges zu sagen. Schließlich gab ich nach und rief ihn unten von der Halle aus an.

»Was will sie denn?« fragte er. »Haben Sie eine Ahnung?«

»Ich weiß nicht, aber ich glaube, es ist etwas, das sie seit Wynnes Tod beschäftigt.«

»Gut«, erwiderte er. »Ich gehe heute abend ins Theater; da kann ich ja auf dem Weg rasch vorbeikommen.«

Miss Juliet zeigte sich befriedigt, als ich ihr den Bescheid brachte, aber gleichzeitig schien sie dem Besuch Mr. Glenns mit gemischten Gefühlen entgegenzusehen. War sie doch noch im Zweifel über ihren Entschluß?

Ich stand am Fenster und hielt Ausschau nach Mr. Glenns Wagen, als sie wieder zu sprechen anfing.

»Ich kannte Paula Brents Großvater ziemlich gut«, bemerkte sie mit ihrer monotonen Stimme. »Was wollte die Polizei von dem Mädchen? Paula weiß bestimmt nichts über Herbert.«

»Machen Sie sich keine Gedanken deswegen, Miss Juliet«, erwiderte ich, so freundlich es eben geht, wenn man jemand

anschreien muß. »Die Polizei hat unzählige Leute befragt.«
»Aber warum denn? Wenn sie glauben, daß es ein Unfall war?«
»Wahrscheinlich steckt die Versicherungsgesellschaft dahinter. Sie wissen ja, wie schwer es ist, diese Leute von etwas zu überzeugen.«
»Von was müssen sie denn überzeugt werden?«
Ich zögerte und fühlte, daß Miss Juliet mich beobachtete; aber um nichts in der Welt wollte mir eine geeignete Ausrede einfallen.
»Nun«, erklärte ich schließlich, »das ist natürlich alles Unsinn, Miss Mitchell. Sie wollen einfach die Gewißheit haben, daß er nicht – daß es nicht absichtlich geschah.«
»Daß er nicht Selbstmord beging, meinen Sie?«
»Ja.«
Sie schloß die Augen, und mir war, als sähe ich Tränen unter ihren Lidern hervordringen, aber ich hätte es bei dem schwachen Dämmerlicht nicht beschwören können. Gleich darauf sagte sie: »Da ist Arthur. Wollen Sie ihn heraufführen. Und dann muß ich Sie bitten, uns allein zu lassen.« Sie hatte die Erschütterung durch Mr. Glenns schweren Wagen gespürt, bevor ich etwas hörte.
Ich entfernte mich nicht weit, nur in mein Zimmer hinüber, doch vernahm ich außer den ersten Worten nichts von Miss Juliets Geständnis. Ich legte es auch gar nicht darauf an, denn ich hatte dem Inspektor ein für allemal klargemacht, daß ich kein Horcher an der Wand sein wolle.
»Arthur«, begann Miss Juliet, als er die Tür noch nicht geschlossen hatte, »ich habe stillschweigend geduldet, daß etwas sehr Schlimmes geschah, aber jetzt muß ich mir's von der Seele reden.«
Daraufhin schloß Mr. Glenn die Tür hinter mir. Er sah imposant aus in seinem Abendanzug, aber er kam jedenfalls erst sehr spät ins Theater denn die Aussprache dauerte eine gute halbe Stunde. Ich verstand wie gesagt nicht, um was es ging; alles, was ich hörte, war ein monotones Murmeln, unterbrochen von gelegentlichen Ausrufen Mr. Glenns, denen ich jedoch nicht viel entnehmen konnte.

»Das glaube ich nicht«, erklärte er einmal mit erhobener Stimme. »Es ist mir ganz egal, was er Ihnen erzählte, aber das glaube ich einfach nicht.«
Kurz nach neun ging er hinunter und fuhr gleich darauf in seinem Wagen weg.
Miss Juliet sah müde aus, als ich ihr Zimmer wieder betrat, aber ruhig und gefaßt.
»Ich fühle mich viel besser, meine Liebe«, bemerkte sie. »Nun werde ich bestimmt schlafen können.«
Und das tat sie auch, wenigstens während des Teils der Nacht, der für mich am schlimmsten werden sollte.
Der Inspektor kam erst um halb zehn, und bis dahin hatte ich noch keine Gelegenheit gefunden, in die Bibliothek zu gehen. Hugo strich nervös unten herum, betrat bald den Salon und bald die Bibliothek, um gleich danach seine ziellose Wanderung wiederaufzunehmen. Er hatte auch allen Grund zur Unruhe, wenn meine Vermutung über den Gegenstand von Miss Juliets Bericht zutraf!
Ich glaube nun über gewisse Vorgänge in der verhängnisvollen Montagnacht ziemlich genau im Bild zu sein. Herbert Wynne hatte Selbstmord begangen, und Miss Juliets Schuld bestand darin, daß sie es gewußt, aber die ganze Zeit geschwiegen hatte. »Es ist mir ganz egal, was er Ihnen erzählte« – bezog sich diese Bemerkung Mr. Glenns nicht eindeutig darauf, daß Wynne Miss Juliet gegenüber von dem Trick mit der Zeitung gesprochen hatte? Miss Juliet mußte die Zeitung in Wynnes Zimmer gefunden, den losen Fetzen vom Fußboden aufgehoben und ihn wieder fein säuberlich in die Zeitung gelegt haben. Als Mary dann die Zeitung versteckte, war das lose Blatt immer noch darin gewesen, aber derjenige, der die Zeitung aus der Bibliothek entfernte, mußte übersehen haben, daß der Fetzen herausgefallen war.
Der Inspektor brachte einen seiner Leute mit, einen gewissen Evans, und die beiden stiegen, von Hugo begleitet, unverzüglich in den dritten Stock hinauf. Nach einer Weile vernahm ich Stimmen und verworrene Geräusche, aus denen ich schloß, daß sich Evans auf das Dach hinübergeschwungen hatte.
Ich trat auf den Korridor hinaus und lauschte.

»Also gut«, rief der Inspektor gerade, »dann beschaffen wir uns eben eine Leiter!«

Damit kamen er und Hugo schon die Treppe herunter, und ich zog mich schleunigst zurück. »Es muß doch irgendwo in der Nachbarschaft eine Leiter geben«, hörte ich den Inspektor schon sagen, und Hugos Stimme darauf, ruhig, respektvoll: »Ich glaube, die Manchesters haben eine, Sir. Aber das ist ziemlich weit von hier.«

Hugo wußte also von der Leiter! Ich wartete, bis die beiden Männer das Haus verlassen hatten, und eilte dann in die Bibliothek. Aber ich war mit meinen Gedanken nicht recht bei der Suche nach dem Zeitungsfetzen. Offenbar hatten der Inspektor und ich gleichzeitig die Seiten gewechselt: Ich war jetzt, nach allem, was ich wußte und mir zusammengereimt hatte, überzeugt, daß Wynne Selbstmord begangen hatte, und da kam nun der Inspektor wieder mit seiner Mordtheorie und schleppte Leitern herum, um sie zu beweisen! Ich war so versunken in meine Überlegungen, während ich mechanisch unter die Bücherreihen griff, daß ich Hugo und den Inspektor nicht zurückkehren hörte. Es schien auch gar nicht so einfach, das Zeitungsblatt wieder zu finden, und eine Weile glaubte ich sogar, daß jemand es entfernt habe. Erst als ich eine ganze Anzahl Bücher herausgenommen und auf dem Boden aufgetürmt hatte, entdeckte ich es, und die Pulverspuren bestätigten mir, daß ich richtig vermutet hatte. Ich befestigte das Stück Papier sorgfältig unter meiner Schürze und war eben daran, die Bücher wieder an ihren Platz zurückzustellen, als ich in der Halle draußen ein Geräusch hörte und mich umdrehte. In der Tür stand Hugo mit derartig wutverzerrtem Gesicht, daß es mir einen richtigen Schock versetzte. Im ersten Moment konnte er nicht einmal sprechen.

»Was suchen Sie hier, Miss?« stieß er schließlich heiser hervor.

»Ein Buch zum Lesen«, entgegnete ich kurz. Inzwischen hatte er seine Selbstbeherrschung zurückgewonnen, und seine Stimme klang beinahe wieder normal.

»Dann nehmen Sie sich eins; ich warte hier und mache das Licht aus.«

»Ich glaube, dieses hier wäre nicht schlecht«, sagte ich und ergriff aufs Geratewohl einen der Bände. Erst später schaute ich ihn mir genauer an und fand, daß es eine hochwissenschaftliche Abhandlung über griechische Kunst war. Mit dem Buch unter dem Arm und dem Zeitungsfetzen unter der Schürze marschierte ich aus der Bibliothek und spürte, daß Hugo mich beobachtete, bis er mich oben an der Treppe veschwinden sah.
Vor der Tür zu Miss Juliets Zimmer blieb ich stehen und hörte ihn wieder hinausgehen, wahrscheinlich um sich an der Rettung von Evans zu beteiligen. Evans und Hugo brachten daraufhin die Leiter zurück, was der Inspektor benutzte, um sich kurz mit mir zu unterhalten.
»Wir sind auf der rechten Spur«, berichtete er aufgeräumt. »Jemand entkam tatsächlich Montag nacht durch dieses Fenster. Hielt sich mit den Händen am Sims fest und schwang sich auf das Dach hinüber.«
»Heißt das, daß Sie Fingerabdrücke fanden?« fragte ich ungläubig.
»Es sind Abdrücke vorhanden, aber sehr verwischt. Immerhin, wir haben doch Fortschritte gemacht.«
Als ich ihm den Zeitungsfetzen gab, sah er ziemlich verdutzt aus.
»Also doch«, murmelte er. »Was fangen wir nun damit an? Wieso sollte ein Mörder sein Opfer durch eine Lage Zeitungspapier erschießen? Sehen Sie irgendeinen Sinn darin? Hatten Sie am Ende recht mit Ihrer Vermutung, daß der Mörder einen Selbstmord vortäuschen wollte? Aber wer würde etwas gewinnen, falls wir nun an Selbstmord glauben?«
»Wäre es vielleicht möglich«, meinte ich, »daß jemand, der einen Mord plant, der wie ein Unfall oder Selbstmord aussehen soll, sich dieses Stück Papier als eine Art Alibi aufheben könnte?«
»Das würde ihn natürlich schon entlasten. Aber nicht, wenn die dazugehörige Zeitung vernichtet wurde.«
Ich erzählte ihm daraufhin von dem gespannten Verhältnis zwischen Mary und Hugo. Er hörte aufmerksam zu.
»Und was schließen Sie daraus?«

»Das ist doch klar, nicht? Miss Juliet gab Mary die Zeitung, und Mary warf sie weg und verbrannte sie. Inzwischen mußte Hugo feststellen, daß die Polizei den Fall weiterverfolgt, und sein Alibi ist weg.«
Der Inspektor pfiff durch die Zähne, doch dann schüttelte er den Kopf. »Demnach war es also Hugo, der durch das Fenster floh? Und Paula Brent schleppte die Leiter für Hugo her? Das scheint mir schlecht zu passen, Miss Pinkerton.«
Er erwähnte noch, daß er Paula schließlich doch keine weitern Fragen mehr gestellt habe. Außerdem hätten Nachforschungen über Mr. Brent ergeben, daß er Montag nacht gar nicht in der Stadt gewesen sei.
»Das ist der neueste Situationsbericht. Wenn ich nur etwas damit anzufangen wüßte!«
Worauf prompt etwas geschah, das dem Fall ganz neue Aspekte verleihen sollte.

13

Die Türglocke läutete, und ein aufgeregter kleiner Mann verlangte den Inspektor zu sehen. »Mein Name ist Henderson«, erklärte er. »Ich habe auf der Polizeizentrale angerufen, und man sagte mir, Sie wären hier.« Er musterte mich. »Könnte ich Sie einen Moment allein sprechen, Inspektor?«
»Das ist nicht nötig. Reden Sie nur ruhig.«
»Nun, es handelt sich um folgendes: Vor etwa einer Stunde las ich in der Zeitung, daß Sie im Zusammenhang mit dem Fall Wynne Paula Brent befragt haben. Ich bin ein Nachbar der Brents und kann Ihnen vielleicht eine Information geben. Ich weiß aber nicht, ob es wichtig ist.«
»Alles ist wichtig bei diesem Fall«, erwiderte der Inspektor.
Mr. Hendersons Geschichte war bald erzählt. Zuerst erklärte er die Lage seines Hauses – er war nicht eigentlich ein Nachbar der Brents, aber seine Garage befand sich

genau gegenüber der ihrigen, nur durch eine schmale Zufahrtsstraße getrennt.
Am Montag abend waren Mr. Henderson und seine Frau im Theater gewesen und ungefähr um elf Uhr zurückgekommen. Er fuhr den Wagen in die Garage und ging ins Haus, als seiner Frau plötzlich einfiel, daß sie die Handtasche auf dem Sitz liegengelassen hatte. Er begab sich also nochmals in die Garage, und im selben Moment hörte er Paula in ihrem Sportwagen die Straße herauf und in die Garage fahren. Mr. Henderson hatte kein Licht gemacht; Paula konnte also nicht wissen, daß sich jemand in der gegenüberliegenden Garage befand. Kurz nachdem sie den Motor abgestellt hatte, hörte er Stimmen und erkannte sie: Paula sprach mit dem jungen Charlie Elliott, der nebenan wohnte und offenbar auf sie gewartet hatte.
»Großer Gott, Charlie, du hast mich erschreckt. Was willst du hier?«
»Das brauche ich dir nicht zu erzählen, Paula. Siehst du immer noch nicht ein, daß es so nicht weitergehen kann?«
»Ich bin dir keine Rechenschaft schuldig.«
»Und deine Eltern? Was würden sie wohl sagen, wenn sie wüßten, was ich weiß?«
Mr. Henderson gab zu, daß er interessiert zugehört habe, aber er sei auch bekümmert gewesen über den Streit der beiden. Jedermann in der Nachbarschaft habe die zwei gutaussehenden jungen Leute immer mit Wohlwollen betrachtet, und bis ungefähr vor einem halben Jahr seien sie auch ständig zusammengewesen.
Eine Weile habe er dann nichts mehr verstanden, bis Charlie schließlich erbittert ausgerufen habe: »Dann versuche ich eben selbst, die Sache in Ordnung zu bringen.«
»Aber nicht jetzt!« hatte Paula eingewendet.
»Doch, jetzt.« Damit war Charlie die Straße hinunter davongegangen.
»Nein, warten Sie«, sagte Mr. Henderson, als er an diesem Punkt seiner Geschichte angelangt war. »Ich vergaß zu erwähnen, daß ich etwas wie ein Handgemenge hörte, bevor er ging, und darauf Paulas erregte Stimme: ›Gib mir das zurück. Gib mir das sofort zurück, hörst du!‹«

Mr. Henderson hielt inne und wischte sich mit einem Taschentuch die Stirn ab. »Bitte nehmen Sie zur Kenntnis, daß ich nur herkam, weil ich es für meine Pflicht hielt. Ich mag die beiden gern, und ich glaube keinen Augenblick daran, daß Charlie Elliott ein Mörder ist. Natürlich habe ich meiner Frau von den Ereignissen jener Nacht erzählt, und als sie heute abend die Zeitung sah, bestand sie darauf, daß ich zur Polizei gehen sollte.«

»Um welche Zeit verließ Elliott Paula?«

»Ungefähr um Viertel nach elf, würde ich sagen. Aber sie folgte ihm erst etwa zehn Minuten später.«

»Sie ging also auch noch einmal weg?«

»Ja. Zuerst blieb sie eine Weile in der Garage, und ich wartete, weil – nun, ich stellte mir vor, daß sie verzweifelt war, und überlegte schon, ob ich irgend etwas für sie tun könnte. Aber dann startete sie plötzlich den Motor und fuhr davon.«

»Wann war das?«

»Etwa um halb zwölf, schätze ich. Jedenfalls machte mir meine Frau Vorwürfe über mein langes Wegbleiben. Sie ist ziemlich nervös«, erklärte er entschuldigend.

Er hatte seinem Bericht nicht mehr viel hinzuzufügen. Wann Paula zurückgekommen war, wußte er nicht, aber seine Frau, die nachts oft schlecht schlief, behauptete, sie habe den Wagen kurz nach halb vier gehört.

Der Inspektor dankte Mr. Henderson und schickte ihn nach Hause, und auch ich ging wieder hinauf, da Hugo und Evans jeden Moment zurücksein mußten.

Evans blieb nicht mehr lange, und als er sich verabschiedet hatte, nahm der Inspektor, von Hugo begleitet, nochmals eine genaue Haussuchung vor. Es wurde Mitternacht, bis er schließlich wegfuhr.

Gleich darauf erwachte Miss Juliet, und nach einer Weile ging ich in die Küche hinunter, um ihr ein Glas Milch zu holen. Ich muß sagen, daß es mir nicht ganz geheuer war, als ich die Milch heiß machte; in der Küche schien das Knarren und Knacken überall im Gebälk noch deutlicher vernehmbar, und ich eilte so rasch die Treppe wieder hinauf, wie ich es mit dem vollen Glas in der Hand nur konnte.

Miss Juliet trank die Milch gehorsam aus und schloß dann die Augen, aber bevor sie einschlief, wollte sie plötzlich wissen, ob Hugo schon zu Bett gegangen sei. Sie schien enttäuscht, als ich bejahte.
»Ich muß mit ihm sprechen«, erklärte sie. »Bevor Arthur morgen früh wiederkommt. Er hat ein Recht darauf, es zu wissen.«
Sie äußerte sich jedoch nicht weiter dazu, und bald danach war sie eingeschlafen. Ich zog meinen Morgenrock an und richtete das Sofa für die Nacht. Es war ein Uhr früh, als ich mich schließlich hinlegte.
Etwa eine Stunde später erwachte ich von einem Knall, der wie das Zuschlagen einer Tür tönte. Ich schaute auf das Leuchtzifferblatt meiner Uhr und stellte fest, daß es kurz nach zwei war. Der Wind draußen hatte sich zu einem richtigen Sturm gesteigert, aber im Haus schien alles ruhig, bis auf die Vorhänge, die sich am Fenster bauschten und im Luftzug zu knattern begannen.
Einen Augenblick sah ich schläfrig zum Fenster hinüber; dann setzte ich mich mit einem Ruck im Bett auf. Der Luftzug wehte die Vorhänge hinaus, nicht ins Zimmer herein! Das konnte nur bedeuten: jemand hatte irgendwo im Haus eine Außentür oder ein Fenster geöffnet.
Ich starrte wie gelähmt auf die Schlafzimmertür, bereit zu schreien, daß man es bis zur nächsten Polizeiwache hören könnte, falls sich die Türklinke auch nur um einen Zentimeter bewegte. Aber nichts rührte sich, und ich wollte schon erleichtert aufatmen, als ein dumpfes Geräusch von der Treppe her mich erneut zusammenfahren ließ.
Ich wußte sofort, was es war. Jemand ging die Treppe zum dritten Stock hinauf und war über die Kleiderstapel gestolpert.

Mein erster, beinahe unwiderstehlicher Impuls war, zu Miss Juliet ins Bett zu kriechen und mir die Leintücher über den Kopf zu ziehen. Dann aber riß ich mich zusammen, ging auf den Zehenspitzen zur Tür und lauschte angestrengt. Kein Zweifel: jemand schlich die Treppe hinauf, und bei aller Vorsicht konnte er nicht vermeiden, daß die alten Stufen eine nach der andern laut knarrten.
Ich überlegte nicht mehr lange, sondern stürzte hinaus in den dunklen Korridor und tastete mich zu der Tür der Dienstbotenwohnung. Daß ich Hugo immer noch verdächtigte, spielte auf einmal keine Rolle mehr.
»Hugo!« rief ich und warf mich gegen die Tür. »Hugo!«
Im nächsten Augenblick stürzte ich, stieß mit dem Kopf gegen etwas Hartes und verlor das Bewußtsein.
Als ich wieder zu mir kam, lag ich in einem Zimmer, das ich nie zuvor gesehen hatte, auf dem Boden. Mary stand im Nachthemd über mich gebeugt und besprengte mir das Gesicht mit Wasser. Irgendwoher hörte man ein Krachen und Poltern, das klang, als ob jemand eine Tür aufzusprengen versuchte. Hugo ließ sich nirgends blicken.
»Wo bin ich?« fragte ich mit schwacher Stimme.
»In unserm Wohnzimmer, Miss«, erwiderte Mary kurz. »Sie sind ohnmächtig geworden.«
Ich setzte mich mühsam auf und sah mich um. Mary war unter die offene Tür getreten und lauschte auf die Geräusche von oben; ihr Gesicht hatte einen gespannten und gleichzeitig gequälten Ausdruck. Sie reagierte nicht, als ich etwas zu ihr sagte.
»Eine starke Tür«, murmelte sie vor sich hin. »Sieht nicht so aus, aber es ist eine starke Tür.«
»Wer hat sich in dem Zimmer eingeschlossen?« fragte ich. »Hugo?«
Diesmal hatte sie mich gehört. Sie wandte sich um und blickte mich seltsam an.
»Hugo!« gab sie zurück. »Hugo ist oben und hilft der Polizei.«
Fast wie zur Bestätigung rief jemand in diesem Moment nach

einer Axt, und Hugo lief an der offenen Tür vorbei die Treppe hinunter.
Ich erhob mich, immer noch etwas schwankend. Das Zimmer, in dem ich mich befand, war klein und nur spärlich möbliert, aber peinlich sauber. In einer Ecke führte eine schmale Treppe nach unten; das mußte die Hintertreppe sein, zu der man von der Küche aus gelangte. Ich sah nun auch, wie ich zu Fall gekommen war: Vermutlich hatte die Tür, als ich mich dagegenwarf, schon halb offengestanden, und ich war wohl im Fallen auf eine Stuhllehne oder etwas Ähnliches aufgeschlagen; das bewies auch die schmerzhafte Beule an meiner Stirn.
Als ich mich unsicher auf die Tür zu bewegte, versperrte mir Mary den Weg.
»Setzen Sie sich lieber noch eine Weile, Miss«, meinte sie. »Sie sind ziemlich bös gestürzt.«
»Lassen Sie mich hinauf, Mary!« beharrte ich.
»Niemand geht jetzt hier hinauf. Die werden schon allein fertig.«
»Aber das hat doch keinen Sinn, Mary. Ich muß ja auch nach Miss Juliet sehen.«
Daraufhin gab sie mir widerwillig den Weg frei. »Vielleicht schießen sie sogar«, bemerkte sie noch. »Das würde mich kein bißchen wundern. Für ihn sieht's jedenfalls verzweifelt aus.«
»Für ihn? Für wen denn?«
Sie zuckte die Schultern. »Das werden Sie noch früh genug erfahren«, war alles, was ich aus ihr herausbekommen konnte.
Miss Juliet sah mir ängstlich entgegen, als ich ihr Zimmer betrat. Sie war hellwach.
»Was soll das bedeuten?« fragte sie. »Was ist da draußen für ein Hin und Her?«
Es hatte keinen Zweck, ihr etwas vorzumachen. Ich schrie ihr zu, daß die Polizei im Hause sei, um einen Einbrecher festzunehmen, der sich offenbar in einem Zimmer im dritten Stock eingeschlossen habe; die Tür müsse aufgebrochen werden.
Aber wenn ich erwartet hatte, die Nachricht werde sie

aufregen, sah ich mich getäuscht.
»Mir wäre es lieber, sie würden die Tür nicht aufbrechen«, bemerkte sie. »Mein Vater war immer so stolz auf unsere Türen. Sie sind alle massiv Nußbaumholz. Bitte sagen Sie ihnen doch, sie möchten so wenig Schaden als möglich anrichten.«
Ich schaute sie erstaunt an, aber sie wiederholte ihre Bitte. »Gehen Sie, sagen Sie es ihnen.«
Also verließ ich das Zimmer gehorsam und stieg über den Kleiderstapel in den dritten Stock hinauf. Oben fand ich den Inspektor, Evans und einen Polizeileutnant in Uniform vor, doch sie waren alle viel zu beschäftigt, um mich überhaupt zu beachten. Der Inspektor stand da mit einem Revolver in der Hand, und der Leutnant bearbeitete die Tür zu Wynnes Zimmer mit Axthieben, bis ihm der Inspektor Einhalt gebot.
»Die scheint ja äußerst stabil zu sein«, meinte er. Dann rief er mit lauter Stimme: »Achtung da drin! Ich werde jetzt durch das Schloß schießen!«
Nach einem Augenblick lautloser Stille drückte er ab. Die Explosion erschütterte das ganze Haus, die Tür sprang auf, und die drei Männer stürzten ins Zimmer. Sie brauchten nicht lange zu suchen: Am Kopfende des Bettes, gegen die Wand gelehnt stand ein großer, trotz seiner geisterhaften Blässe gutaussehender junger Mann. Er lächelte leicht.
Als er die drei Männer erblickte, trat er von der Wand weg und schaute sie an, immer noch mit demselben Lächeln. »Nicht schlecht, diese Tür«, sagte er. »Heutzutage macht man sie nicht mehr so.«
»Nicht schlecht, aber auch nicht gut genug«, gab der Inspektor zurück. »Durchsuchen Sie ihn, Evans.«
»Ich bin nicht bewaffnet.«
»Mich interessiert auch kein Revolver, sondern ein Schlüsselbund.«
Der Junge zuckte die Schultern und ließ sich widerstandslos die Taschen durchsuchen. Evans legte alles, was er zutage förderte, säuberlich nebeneinander auf den Sekretär: ein Taschentuch mit Monogramm, ein goldenes Zigarettenetui, eine Brieftasche, etwas Kleingeld und zuletzt einen Ring mit

mehreren Schlüsseln.
Als der Inspektor die Schlüssel nahm und betrachtete, lächelte der Junge wieder.
»Tut mir leid, Inspektor«, bemerkte er, »aber ich kann jeden einzelnen identifizieren. An diesem Ring sind nur meine Wagenschlüssel, der Büroschlüssel und der Hausschlüssel. Sie können sie alle ausprobieren, wenn Sie wollen.«
»Ich fürchte, Sie verkennen den Ernst Ihrer Lage, junger Mann«, entgegnete der Inspektor grimmig. »Nehmen Sie diese Schlüssel und versuchen Sie, ob sie zu einer der Türen hier passen, Jim«, sagte er zu dem Leutnant, der den Ring ergriff und stumm verschwand. Dann wandte er sich wieder an den Jungen. »Wie kamen Sie hier ins Haus?«
»Es könnte ja sein, daß ich die Türen offen fand.«
Der Inspektor grunzte verächtlich und trat ans Fenster.
»O'Reilly!« rief er hinunter. »Hat dieser lockere Vogel etwas zum Fenster hinausgeworfen?«
»Gehört habe ich nichts, Inspektor.«
»Schauen Sie doch mal nach, ob Sie keinen Schlüsselbund finden.«
Als er sich wieder umdrehte, sagte er zu dem Jungen: »Ich verhafte Sie, Elliot. Ich nehme an, Sie wissen, weshalb.«
»Einbruch?«
»Vorläufig, ja. Bis wir diese Schlüssel finden.«
»Und dann?«
»Dann werde ich Sie wegen Mordes an Herbert Wynne verhaften, begangen in der letzten Montagnacht in diesem Zimmer.«
Er zog ein Paar Handschellen aus der Tasche, und einen Augenblick lang dachte ich, der Junge werde ohnmächtig. Aber dann riß er sich zusammen und brachte sogar wieder ein schwaches Lächeln zustande.
»Ich habe ihn also ermordet«, bemerkte er. »Ich habe ihn ermordet, und auf geheimnisvolle Weise zieht es mich zum Schauplatz meines Verbrechens zurück, nicht wahr?«
»Falls das ein Witz sein soll, Elliott, ist er ziemlich unangebracht.«

»Ich wollte nicht witzig sein. Ich versuche nur, nicht in Tränen auszubrechen oder mich auf Sie zu stürzen. Und die Handschellen brauchen Sie nicht; ich komme freiwillig mit.«
»Um so besser für Sie.«
Der Leutnant kehrte zurück und meldete, daß keiner der Schlüssel zu einer der Haustüren passe. Dann tauchte Hugo auf, stand bewegungslos unter der Tür wie eine Statue, und aus Miss Juliets Zimmer hörte ich Mary die alte Dame anschreien, die Polizei habe den Einbrecher erwischt.
Plötzlich gab Elliott seine muntere Haltung auf und schaute den Inspektor verzweifelt an.
»Könnte ich nicht noch mit meiner Mutter sprechen?« bat er. »Es geht ihr nicht gut, und sie würde diesen Schock besser ertragen, wenn ich es ihr selber beibrächte.«
»Mir scheint, die Rücksicht auf Ihre kranke Mutter kommt ein wenig spät«, erwiderte der Inspektor steinern.
Elliott – in diesem Augenblick sah er aus wie ein kleiner Junge – hob die Arme in einer rührend hilflosen Geste, die mir ans Herz griff. Dann zuckte er die Schultern und versenkte die Hände in den Hosentaschen.
»Alles meine Schuld«, stellte er bitter fest. »Verzeihen Sie diesen Anflug von Schwäche, meine Herren. Kann ich wenigstens eine von meinen Zigaretten haben? Sie enthalten kein Gift, abgesehen von dem natürlichen Gift des Tabaks.«
Als niemand ihm antwortete, ging er hinüber zum Sekretär, nahm sich eine Zigarette aus seinem Etui und zündete sie an. Er kam mir vor wie ein junger, gutaussehender Schauspieler, der eine kleine Szene aus seiner Rolle probt. Dann drehte er sich um, sah die Polizisten nachdenklich an, und schließlich blieben seine Augen auf mir haften.
»Ich kenne Ihren Namen nicht, Miss«, bemerkte er. »Aber könnten Sie vielleicht jemand anrufen für mich?«
»Ihre Mutter?«
»Das werde ich selbst irgendwie erledigen. Nein, ich meine Paula Brent. Eigentlich sollten Sie sich sogar verpflichtet fühlen, etwas für sie zu tun, denn nur Ihretwegen ist Paula – doch lassen wir das. Sagen Sie ihr bitte, es sei ein kleiner

Zwischenfall passiert, aber sie brauche sich keine Sorgen zu machen. Wollen Sie ihr das ausrichten?«
Ich sah fragend zum Inspektor hinüber, doch in diesem Augenblick ertönten Schritte auf der Treppe, und Evans und O'Reilly betraten das Zimmer. Evans streckte die Hand aus, auf der an einem silbernen Ring zwei Schlüssel lagen.
»Haben Sie diese Schlüssel weggeworfen?« fragte er Elliott.
»Erwarten Sie nicht von mir, daß ich das zugebe. Glauben Sie, was Sie wollen«, entgegnete dieser. Aber seine Lippen waren weiß geworden; er vermochte niemand zu täuschen.
»Sie wissen genau, daß das Herbert Wynnes Schlüssel zum Seiteneingang und zu der Tür im zweiten Stock sind. Seine Initialen befinden sich auf dem Ring. Wie kamen Sie zu dem Schlüsselbund?«
»Das«, erklärte Elliott mit fester Stimme, »ist eine Angelegenheit, die außer mir niemand etwas angeht.«

15

Es war ungefähr halb drei, als Elliott abgeführt wurde, und er stieg scheinbar ganz unbekümmert inmitten der Polizisten die Treppe hinunter. Der Inspektor hatte ihm die Handschellen tatsächlich erlassen; ich glaube, er empfand eine halb widerwillige Bewunderung für die Art, wie sich der Junge gehalten hatte. Und schließlich waren sie immerhin zu viert, um auf ihn aufzupassen.
Der Inspektor hatte eine Vorliebe für Fälle, bei denen alles so eindeutig zusammenpaßte; der junge Elliott Montag nacht in Wynnes Zimmer und Miss Juliet, die ihm unbewußt den Rückweg abschnitt; das offene Fenster, zu dem er sich hinausschwang, und der Kamin, hinter den er sich duckte, als der Inspektor den Strahl seiner Taschenlampe auf das Dach richtete. Und dann Paula, die Elliott entdeckte und die Leiter herbeiholte, und der Mann im Smoking – natürlich Elliott –, der die Leiter zurücktrug.

Der Gedanke daran, daß der Inspektor nichtsahnend auf den Stufen zur Haustür gesessen und geraucht hatte, während die beiden ihre kühne Rettungsaktion durchführten, erheiterte mich, trotz der Tragik der Situation. Später stellte sich übrigens heraus, daß der Inspektor, als er jenem Geräusch folgte und plötzlich um die Hausecke verschwand, beinahe über die am Boden liegende Leiter gestolpert wäre!
Ich setzte mich auf das Sofa in Miss Juliets Zimmer und stützte meinen schmerzenden Kopf in beide Hände. Auf der Stirn hatte ich eine Beule von der Größe eines Gänseeis, und mein Gehirn kam mir vor wie ein Käsesoufflé, aber ich durfte jetzt nicht aufgeben, wenn ich verhindern wollte, daß etwas Schreckliches passierte.
Miss Juliet war wach, lag aber ruhig da. Unten in der Halle hörte ich Hugo Dr. Stewart und Mr. Glenn anrufen und ihnen die Ereignisse der Nacht mitteilen. Mary hatte sich zurückgezogen, nachdem Elliott abgeführt worden war. Ihr rätselhafter Gesichtsausdruck fiel mir wieder ein und der harte Blick, mit dem sie Hugo nachsah, als er die Polizei hinausbegleitete. Was ging in Mary vor?
Ich fand keine Antwort darauf, ebensowenig wie auf die Frage, was Elliott hier im Haus gewollt hatte. Je mehr ich darüber brütete, desto unsinniger erschien mir sein Verhalten, denn er mußte sich doch gesagt haben, daß es längst zu spät war, allfällige Spuren, die er zurückgelassen hatte, zu beseitigen.
Auch Miss Juliet in ihrem Bett dachte offenbar über Verschiedenes nach, denn plötzlich bemerkte sie: »Ich hätte gern morgen früh einen Geistlichen gesprochen, Miss Adams.«
»Gut, Miss Juliet.«
»Mary kennt meinen Pfarrer; sie soll ihn benachrichtigen. Ich habe zuerst eine Erklärung abzugeben und möchte nachher mit dem Pfarrer sprechen.«
»Ist das nicht ein wenig viel auf einmal? Wollen Sie nicht warten, bis Sie nicht mehr so geschwächt sind?«
»Ich werde vielleicht nie wieder zu Kräften kommen«, entgegnete sie und fügte hinzu: »Ich bin schließlich eine alte Frau, meine Liebe. Meine Tage sind gezählt.«

Natürlich machte ich die üblichen Einwände, sagte, es werde ihr bestimmt von Tag zu Tag bessergehen, und was dergleichen Redensarten mehr sind. Aber ich war nur mit halbem Herzen dabei; der Gedanke an Miss Juliets angekündigte Erklärung verfolgte mich. Würde diese Erklärung Charlie Elliott betreffen und ihn noch mehr kompromittieren? Es schien durchaus möglich, daß Miss Juliet, als sie in der Mordnacht die Treppe zum dritten Stock hinaufstieg, oben Charlie Elliott beobachtet hatte, der eben im Begriff war, sich auf das Dach hinüberzuschwingen, und daß sie später – während ich schlief – nochmals hinaufgegangen war, um nachzusehen, ob er sich immer noch auf dem Dach befand.

Wenn sich das so verhielt, hatte sie während der ganzen letzten Tage mit diesem Wissen im Bett gelegen und geschwiegen; aber nun wollte sie ihr Geheimnis offenbar preisgeben, auch wenn dadurch Elliotts Schicksal besiegelt wurde. Der Junge sollte ihr Brandopfer sein, sollte ihr dazu verhelfen, ihre Seele zu retten und in Frieden zu sterben! Mich schauderte, als ich daran dachte.

Als es draußen hell wurde, hatte ich einen Plan gefaßt, der mich zwar nicht ganz befriedigte, von dem ich mir aber doch einen gewissen Erfolg versprach. Er fußte darauf, daß die Erinnerung an Paula Brents Großvater Miss Juliet immer noch etwas bedeutete, und ich hoffte, es werde gelingen, diese kleine Schwäche der alten Dame auszunützen. Ich wollte ganz einfach Paula vor Mr. Glenn herkommen lassen, damit sie Miss Juliet bitten konnte, Charlie zu schonen.

Ich bin heute noch überzeugt, daß es geklappt hätte, und ich betrachtete es als ein tragisches Versagen meinerseits, daß ich mich anscheinend am Telefon nicht klar genug ausdrückte. Paula begriff zwar sofort und erklärte sich bereit, mit Miss Juliet zu sprechen, aber in ihrer Bestürzung über Elliotts Verhaftung muß sie den Zeitpunkt irgendwie verwechselt haben. Sie erschien um zehn, und ich hatte sie auf neun Uhr bestellt.

Jedenfalls kam sie genau eine Stunde zu spät.

16

Das Verhängnis an jenem Freitagmorgen, der für mich zu einem Alpdruck werden sollte, begann damit, daß um halb neun Uhr schon Inspektor Patton dastand. Er war in einer ziemlich selbstgefälligen und redseligen Verfassung, die ich an ihm sonst nicht kannte, und als er mich ganz offen in die Bibliothek rief, schloß ich, daß er den Fall für erledigt und jegliche Vorsicht für überflüssig hielt.

»Sie sehen mehr tot als lebendig aus«, bemerkte er, nachdem er mich gemustert hatte. »Ein wenig Ruhe nach diesem Fall wird Ihnen guttun, und ich glaube, wir sind bereits soweit.«

»Natürlich«, sagte ich bitter. »Sie haben Ihren Fall, und das ist alles, was Sie wollen, nicht wahr? Weshalb sollte es Sie noch kümmern, ob Elliott es wirklich getan hat oder nicht?«

»Sie sind wie alle Frauen«, erwiderte er ungerührt. »Sobald ein Mann einigermaßen gut aussieht, können Sie nicht glauben, daß es sich um einen Verbrecher handelt.«

»Ich weigere mich nur zu glauben, daß er ein solcher Narr ist. Wieso kam er letzte Nacht zurück und vielleicht schon ein- oder zweimal zuvor? Bitte erklären Sie mir das.«

»Es hat wirklich keinen Sinn, sich darüber den Kopf zu zerbrechen. Was uns interessiert, ist weder die letzte noch die vorletzte Nacht, sondern allein die Montagnacht.«

»Ach so«, entgegnete ich. »Nun, ich persönlich bin der Ansicht, daß Sie noch lange nicht auf den Kern der Sache gestoßen sind. Sie haben das Material für Ihren Fall, aber was übrigbleibt, reicht für einen zweiten. Warum, zum Beispiel, schoß Charlie Elliott durch diese Zeitung?«

Der Inspektor lächelte. »Wer sagt denn, daß er das tat? Der Zeitungsfetzen, den Sie fanden, war eine ganze Woche alt.«

Ich starrte ihn an. »Eine Woche alt?«

»Ein Irrtum ist ausgeschlossen, Miss Pinkerton; unsere Leute haben das genaue Datum festgestellt. Und was Ihren andern Einwand betrifft, so wissen Sie so gut wie ich, weshalb der Junge zurückkam.«

»Sie meinen wegen der Fingerabdrücke auf dem Fenstersims?«
»Ich nahm an, Sie würden sich das zusammenreimen. Ja.«
Er setzte sich in seinem Stuhl zurecht und zog die Pfeife heraus – eine Geste, die mich mit Verzweiflung erfüllte, denn wenn er sich jetzt anschickte, mir einen vollständigen Situationsbericht zu geben, konnte ich Paula unmöglich in Miss Juliets Zimmer schmuggeln. Selbst der Einwand, ich müsse rasch nach Miss Juliet sehen, würde mir nichts nützen; er würde einfach Mary hinaufbeordern.
So kam es, daß ich den Ausführungen des Inspektors diesmal nicht mit dem üblichen Interesse folgte; ich war viel zu sehr damit beschäftigt, die Auffahrt zu beobachten, um Paula nicht zu verfehlen. Immerhin konnte ich mir aus dem, was er mir als Ergänzung zu meinen eigenen Abenteuern erzählte, ein klares Bild von den Vorgängen der letzten Nacht machen.
Nach der etwas merkwürdigen Nachtwache Mr. Glenns und Dr. Stewarts hatte der Inspektor beschlossen, einen seiner Leute in der Nähe des Hauses zu postieren, und zudem zog er aus Hendersons Geschichte seine Konsequenzen und ließ Elliott unauffällig beschatten.
»Sie müssen wissen«, erklärte er, »daß ich Ihnen etwas verschwiegen habe, was ich vor vielleicht zwei Tagen entdeckte. Es hatte ja keinen Zweck, Ihnen Angst einzujagen.« Er sah mich von der Seite an. »Dieser Riegel an der Tür zur Dienstbotenwohnung ist in Wirklichkeit nicht viel mehr als eine Attrappe. Er wurde abgesägt oder abgefeilt, so daß er praktisch gar nicht mehr schließt, obwohl es immer noch so aussieht. Ich kam nicht gleich dahinter, aber ich hatte ja auch keinen Schlüssel, um die Tür aufzuschließen und mich zu vergewissern. Nun, daraus folgt logischerweise, daß jedermann, der im Besitz der Schlüssel zu dieser Tür und zum Seiteneingang ist, nach Belieben ein und aus gehen kann. Wynne nutzte das natürlich aus: Sobald Hugo und Mary sich zurückgezogen hatten, verließ oder betrat er das Haus unbemerkt und ungesehen über die Hintertreppe.«
»Und Hugo hatte keine Ahnung von dem abgesägten Riegel?«

»Er behauptete es wenigstens.«
»Glauben Sie ihm?«
»In diesem Punkt, ja. Ich bin überzeugt, daß Hugo sich auch nicht erklären konnte, wie Elliott ins Haus kam. Seine Verwirrung war echt.«
Wie der Inspektor weiter berichtete, stellte sich heraus, daß die Tür und der abgesägte Riegel in den letzten Tagen eine ziemliche Rolle gespielt hatten.
»Elliott mußte wegen der Fingerabdrücke unbedingt nochmals zurückkommen. Dienstag nacht war er bereits auf dem Weg in den dritten Stock, als Ihr Dazwischentreten ihn zu einem schleunigen Rückzug zwang. Auch Mittwoch nacht wurde er offenbar gestört, flüchtete wieder über die Hintertreppe und rannte, als er um die Hausecke bog, in diese Miss Lenz hinein.« Er grinste. »Und was in der vergangenen Nacht geschah, wissen Sie bereits zu einem guten Teil. Bleibt nur noch eine ungelöste Frage: wie kam er zum erstenmal – am Montag – ins Haus?«
»Hat er es Ihnen nicht gesagt?«
»Nein.«
»Das überrascht mich aber!« bemerkte ich in dem sarkastischen Ton, den der Inspektor gar nicht liebt.
»Sie kämpfen also immer noch für Ihren blonden Jüngling«, stellte er fest. »Nun, das hat man davon, wenn man bei solchen Dingen eine Frau zuläßt – sie wird immer ihren Gefühlen anstatt ihrem Verstand gehorchen.«
»Eine Frau *zuläßt*? Wie Sie sich vielleicht erinnern, bin ich keineswegs aus freiem Willen hier, sondern wurde in diesen Fall hineingezogen.«
Er erwiderte nichts darauf, sondern kam auf die Ereignisse der vergangenen Nacht zurück. Er selbst hatte nicht zu Hause geschlafen, sondern im Büro – aus einer Art Vorahnung, daß etwas passieren werde, wie er sagte. Und er sollte sich nicht täuschen. Um halb zwei hatte der Mann, der Elliott überwachte, den Jungen heimlich aus dem elterlichen Haus schleichen sehen und war ihm bis zum Mitchell-Grundstück gefolgt. Im Gebüsch hinter dem Haus fand er den Polizisten, der dort auf der Lauer lag, orientierte ihn und eilte dann zu der nächsten Telefonzelle, um den Inspektor zu benachrich-

tigen.
Als der Inspektor und Evans eintrafen, hatte Elliott das Haus bereits durch den Seiteneingang betreten und die Tür offengelassen. Die beiden gingen ihm leise nach, während der zweite Begleiter des Inspektors, ein junger Polizeileutnant, vorläufig mit dem Polizisten draußen blieb, damit Elliott nicht etwa auf einem andern Weg entkommen konnte.
Der Inspektor und Evans waren eben die Treppe hinaufgestiegen und im Wohnzimmer der Dienstboten angelangt, als von der Tür her ein lauter Schrei erklang und gleich darauf etwas in den stockdunklen Raum stürzte und fast vor ihren Füßen auf den Boden schlug.
»Das waren Sie«, bemerkte der Inspektor trocken, »und nur die Anwesenheit Evans' hinderte mich daran, das Hasenpanier zu ergreifen!«
Aber dann hatten sie ihre Taschenlampen auf mich gerichtet und mich erkannt, und zuerst dachten sie, ich sei tot.
»Das war ein schlimmer Augenblick«, sagte der Inspektor und lächelte grimmig. »Es sah wirklich so aus, als hätte Elliott kurzen Prozeß gemacht, und ich gestehe, daß ich befürchtete, meine wertvollste Mitarbeiterin verloren zu haben.«
Natürlich war nun nicht mehr daran zu denken gewesen, Elliott zu überraschen.
»Eine Dynamitexplosion könnte ihn kaum wirkungsvoller gewarnt haben«, meinte der Inspektor. »Aber der Fluchtweg war ihm abgeschnitten. Sich wieder aufs Dach hinüberzuschwingen, hatte keinen Sinn, denn diesmal konnte keine Freundin mit einer Leiter erscheinen, und vielleicht sah Elliott auch unsere Leute unten stehen. So schloß er sich in Herberts Zimmer ein und wartete ab. Das half ihm zwar nichts, aber vermutlich wollte er es uns nur nicht zu einfach machen.«
»Oder er wollte Zeit gewinnen, um das zu suchen, wozu er hergekommen war«, wandte ich ein.
»Die Fingerabdrücke auf dem Fenstersims? Dazu hatte er reichlich Zeit.«
»Hat er sie überhaupt berührt?«
Der Inspektor sah mich nachdenklich an. »Nun – nein, ich

glaube nicht. Aber das war auch gar nicht nötig. Als er sich vom Sims abstieß, hatte er sie schon genügend verwischt, wie er sich selbst vergewissern konnte. Auf was wollen Sie eigentlich hinaus?«

»Darauf, daß Elliott herkam, um etwas zu finden, und zwar keine Fingerabdrücke. Oder suchte er vielleicht unter dem Bett nach Fingerabdrücken?«

»Unter dem Bett? Unsinn.«

»Dann haben Sie also nicht bemerkt, daß das Bett um mehrere Zentimeter von der Wand weggerückt worden war? Mir ist das gestern aufgefallen.«

»Eins zu null für Sie«, sagte der Inspektor und erhob sich. »So etwas sollte mir nicht passieren, aber es ist mir tatsächlich entgangen. Ich werde mich jedenfalls oben noch einmal umschauen.«

Er zögerte und fragte dann: »Was halten Sie denn nun wirklich von der ganzen Geschichte, Miss Adams? Ich weiß, daß Sie eine Theorie haben, die meiner Auffassung widerspricht.«

»Allerdings«, entgegnete ich. »In einem frühern Stadium glaubten Sie, es handle sich um Selbstmord, und meiner Ansicht nach war es Mord. Und nun schwören Sie darauf, daß es Mord sei und –«

»– und daß wir den Mörder haben. Jawohl. Nun?«

»Ich versuche immer noch herauszufinden, warum auf diesem Zeitungsfetzen Pulverspuren sind. Und wäre es nicht möglich, daß Paula Elliott bewog, nach dem Brief zu suchen, den Wynne angeblich hinterlassen hat? Vielleicht hoffte sie, der Brief würde ihr Aufschluß geben über die Art der Gefahr, vor der Wynne sich fürchtete.«

»Wie wollen Sie denn wissen, daß eine solche Gefahr überhaupt bestand? Und daß sich Paula die Geschichte mit dem Brief nicht nachträglich ausgedacht hat, um Elliott zu schützen?«

»Herbert trug einen Revolver bei sich, und zwar nicht erst an jenem Montag. Das ist der beste Beweis, daß er sich fürchtete.«

»Sie zitieren wieder nur Paulas Geschichte.«

»Aber dann sagen Sie mir doch, woher er das Geld nahm, um

die Versicherungsprämien zu bezahlen und mit dem Rest noch zu spekulieren! Das können Sie nicht einfach auf sich beruhen lassen, nur weil Sie das Material für Ihren Fall schon beisammenhaben. Was werden Sie also unternehmen?«
Die Antwort darauf blieb er mir schuldig, denn in diesem Augenblick wurde er am Telefon verlangt. Es war der Bezirksanwalt, der ihn sofort zu sprechen wünschte, und so verabschiedete er sich.

17

Da Paula immer noch auf sich warten ließ, ging ich hinauf zu Miss Juliet und fand zu meiner Überraschung Hugo bei ihr. Das mußte einen besonderen Grund haben, denn Hugo hielt sich sonst nie in ihrem Zimmer auf, und ich bemerkte auch, daß er bestürzt und ärgerlich aussah. Durch die offene Tür hörte ich Miss Juliet mit ihrer monotonen Stimme sprechen, doch als Hugo mich erblickte, machte er eine warnende Handbewegung, die Stimme verstummte, und er ging wortlos an mir vorbei die Treppe hinunter.
Als etwas später Mr. Glenn kam, wurde er von Hugo gleich in ein aufgeregtes Gespräch gezogen, und es dauerte eine ganze Weile, bis Mr. Glenn ihn beschwichtigen konnte. Um was es sich handelte, verstand ich nicht. Dann erschien Hugo plötzlich wieder und richtete mir aus, Mr. Glenn wünsche mich zu sprechen.
Mr. Glenn, tadellos gepflegt und wie üblich eine Spur zu gut angezogen, schritt ruhelos in der Bibliothek auf und ab, als ich eintrat. Er schien ziemlich nervös zu sein.
»Das ist eine böse Sache, Miss«, begrüßte er mich. Er meinte offenbar die Ereignisse der letzten Nacht.
»Das kann man wohl sagen«, erwiderte ich.
»Weiß es Miss Juliet?«
»Noch nicht, nein.«
»Gut so. Versuchen Sie es ihr so lange als möglich zu verheimlichen, und schärfen Sie Mary ein, ihr keine Zeitung zu besorgen. Hugo ist absolut zuverlässig, aber Mary nicht.«

Er nahm seine Wanderung wieder auf. »Abgesehen davon glaube ich, daß Miss Juliet über Elliott bereits Bescheid weiß. Jedenfalls deutete sie das gestern abend an.«
»Was für einen Sinn hat es dann noch, seine Verhaftung vor ihr zu verheimlichen?« fragte ich. »Wenn sie doch schon etwas weiß...«
Er zögerte. »Ihnen kann ich es ja sagen«, meinte er dann. »Sie beabsichtigt, heute morgen eine formelle Erklärung abzugeben, und ich will, daß sie das unbeeinflußt tut. Die Erklärung bezieht sich auf etwas, das sie Montag nacht gesehen hat.«
»Sie sah Charlie Elliott, nicht wahr?«
»Dazu möchte ich mich nicht äußern«, entgegnete er kurz. »Es handelt sich einfach darum, daß Miss Juliet – zu Recht oder zu Unrecht – glaubt, sie habe nicht mehr lange zu leben, und sie wünscht diese Aussage vor ihrem Tod noch zu machen. Wir haben vereinbart, daß ich das Dokument unter Verschluß halten und es nur im Fall einer Irreführung der Justiz an die Öffentlichkeit bringen soll, aber nach dieser Verhaftung sieht natürlich alles anders aus. Trotzdem bin ich der Ansicht, daß Miss Juliet von der Verhaftung nichts zu wissen braucht.«
Ich hörte mit wachsender Verzweiflung zu, wie er sich darüber verbreitete, daß die Polizei ihrer Sache ohnehin schon sicher und jedermann über Elliotts Gefühle für Paula und seine Eifersucht auf Wynne orientiert sei. Als er mich endlich allein ließ und nach oben ging, war ich vor lauter Elend, Übermüdung und Ärger den Tränen nahe. Zu allem Überfluß trat Florence unter die Tür und musterte mich ironisch.
»O je«, sagte sie. »Hat er Sie denn so unzart behandelt?«
»Halten Sie um Himmels willen den Mund«, versetzte ich und ging an ihr vorbei und zur Haustür hinaus, um frische Luft zu schöpfen und meine Fassung zurückzugewinnen. Ich kam gerade rechtzeitig, um Paula in Empfang zu nehmen.
Da ich verhindern wollte, daß Florence sie sah, zog ich sie rasch um die Hausecke, wo wir vor jeder Beobachtung sicher waren. In meinem Ärger hätte ich sie am liebsten angeschrien, aber nach einem Blick auf ihr bleiches, verstörtes

Gesicht verzichtete ich darauf. Sie hatte meinen Arm ergriffen und umklammerte ihn wie eine Ertrinkende.
»Ist der Inspektor hier?« fragte sie. »Ich muß ihn unbedingt sprechen. Sind sie eigentlich verrückt geworden auf der Polizei?«
»Tut mir leid, aber sie fanden Elliott hier im Haus. Die Verhaftung war gerechtfertigt.«
»Erzählen Sie mir jetzt nichts; sagen Sie mir nur, ob der Inspektor da ist!«
»Er war da, mußte aber zu einer Besprechung mit dem Bezirksanwalt. Und nun versuchen Sie mir zuzuhören, Paula. Was Sie dem Inspektor mitzuteilen haben, kann warten. Sie haben Wochen, Monate zu Ihrer Verfügung; alle Zeit der Welt.«
»Aber es ist dringend! Wieso haben sie Charlie Elliott verhaftet und nicht mich?«
Ich mußte mich beherrschen, um sie nicht zu schütteln. »Reden Sie keinen Unsinn, Paula. Sie wissen genau, daß niemand Sie des Mordes an Herbert Wynne beschuldigen kann.«
»Ich habe Charlie diese Sache eingebrockt!« behauptete sie störrisch. »Die Polizei muß ihn wieder freilassen! Die Schlüssel, die Charlie letzte Nacht hatte, gehören mir. Ich habe sie ihm gegeben.«
»*Sie* haben sie ihm gegeben?«
»Sie brauchen mich nicht so anzusehen; es kümmert mich nicht, was Sie von mir denken. Ich habe ihm die Schlüssel gegeben, weil sich in Herberts Zimmer noch etwas von mir befindet, das Charlie holen wollte.«
»Was genau wollte er holen?« fragte ich.
»Meine Handtasche.«
Sie zögerte und schaute mich mißtrauisch an. »Ich möchte lieber mit dem Inspektor sprechen«, meinte sie dann.
»Und alles schlimmer machen«, erwiderte ich. »Ich bin Ihnen wenigstens wohlgesinnt, was man weder vom Inspektor noch von der übrigen Polizei behaupten kann. Wann haben Sie Charlie Elliott diese Schlüssel gegeben?«
»Ich sehe nicht ein –«
»Hören Sie zu«, unterbrach ich sie. »Wollen Sie eigentlich,

daß Charlie auf den elektrischen Stuhl kommt? Wenn Sie jetzt zur Polizei gehen und dort erzählen, daß Charlie am letzten Montag Ihre Schlüssel hatte, dann ist es aus mit ihm.«

Sie blickte mich entsetzt an.

»Ich sage Ihnen das in Ihrem Interesse«, fuhr ich fort. »Auf der Polizei weiß man viel mehr, als Sie ahnen. Der Inspektor weiß zum Beispiel Bescheid über die Leiter, und er glaubt auch zu wissen, wer sie hierherschleppte. Vielleicht kann er es nicht beweisen, aber versuchen wird er es jedenfalls. Ferner ist ihm bekannt, daß Charlie eifersüchtig war auf Wynne und daß Sie und Charlie sich Montag abend gestritten haben. Weshalb also zur Polizei rennen und Ihnen die Geschichte mit den Schlüsseln auf die Nase binden, wenn gar keine Notwendigkeit dazu besteht? Abgesehen davon, daß Sie dabei Ihren Ruf ruinieren würden.«

Bei den letzten Worten hob sie trotzig den Kopf. »Ich habe nichts getan, dessen ich mich schämen müßte«, erklärte sie. »Und ich habe Ihnen die Wahrheit gesagt, wenigstens zum Teil. Charlie Elliott war letzte Nacht hier, weil ich ihn darum bat.«

»Um Ihre Tasche zu holen? Machen Sie sich nicht lächerlich.«

»Um etwas zu holen.«

Ich wandte mich ab, als wollte ich gehen. »Also gut«, bemerkte ich. »Vielleicht laufen Sie ja wirklich besser zur Polizei und lassen sich dort ein wenig in die Zange nehmen. Ich habe zu tun.«

Aber sie kam mir nach und zupfte mich am Ärmel. »Sie dürfen nicht gehen«, bat sie. »Ich muß mit jemand sprechen, und ich weiß, daß Sie es gut mit mir meinen. Sie haben ja recht; es war keine Tasche, es war ein Brief. Der Brief, von dem ich Ihnen schon einmal erzählte.«

»Sie müssen sich schon deutlicher erklären«, erwiderte ich. »Wenn Sie etwas wissen, was Charlie Elliott nützen kann, dann rücken Sie heraus damit, und ich werde mein möglichstes tun, um Ihnen zu helfen. Wenn Ihnen das nicht genügt, verschwende ich hier nur meine Zeit, anstatt nach

Miss Juliet zu sehen. Was wissen Sie also von diesem Brief, und wo ist er?«

»Ich will es Ihnen sagen«, gab sie endlich nach. »Aber können wir uns nicht irgendwo setzen? Ich habe seit Tagen weder geschlafen noch gegessen.«

So sah sie auch aus, das arme Kind. Ich blickte mich um und entdeckte eine alte Bank, halb verloren zwischen dem Gebüsch, so daß wir vom Haus aus nicht beobachtet werden konnten. Was mir Paula dort erzählte, tönte ziemlich unwahrscheinlich, obwohl sie offenbar überhaupt nicht allzuviel wußte.

In den letzten Monaten, berichtete sie, war Herbert in irgendwelche zweifelhaften Geschäfte verwickelt gewesen. Mit der Zeit hatte er jedoch aus gewissen Vorfällen geschlossen, daß sein Partner – Paula vermutete, es sei Hugo gewesen – ihn loszuwerden versuche und daß er möglicherweise in Lebensgefahr sei. Nachdem dann aus dem fahrenden Wagen auf sie geschossen worden war, hatte Herbert darauf gedrängt, mit der Flucht nicht mehr zu warten. Er hatte ganz offensichtlich Angst gehabt, ohne daß sie aus ihm herausbekommen konnte, vor wem. »Ich werde einen Brief schreiben und ihn an einem sichern Ort verwahren«, hatte er nur gesagt, »damit du Bescheid weißt, wer dahinter steckt, falls mir etwas passieren sollte.«

Obwohl er es lachend vorbrachte, hatte sie darauf beharrt, daß Herbert diesen Brief unbedingt schreiben müsse. »Sie verstehen sicher, warum«, bemerkte sie zu mir. »Ich glaubte nicht wirklich daran, daß ich ihn einmal brauchen würde, aber wenn Hugo – oder wen immer es betraf – von der Existenz eines solchen Briefes wußte, würde es ihn davon abhalten, Herbert zu belästigen.«

Das sah Herbert schließlich auch ein, obwohl er nach dem mißglückten Anschlag eine Weile Ruhe hatte. Als sie sich dann am Montag trennten, war er sehr zuversichtlich gewesen.

»Ich habe alles aufgeschrieben«, hatte er erklärt, »obwohl es kaum noch nötig ist. Wir gehen sowieso weg von hier. Sobald die Marktlage etwas stabiler wird.« Er versprach noch, ihr den Brief am nächsten Tag zu geben, damit sie ihn

auf einer Bank deponieren könne; er habe ihn inzwischen zu Hause an einem sicheren Ort versteckt. Dazu war es dann natürlich nicht mehr gekommen.
Ich erwähnte bereits, daß alles etwas unwahrscheinlich klang – nach unreifen Phantasiegebilden, dazu bestimmt, ein romantisches junges Mädchen zu beeindrucken. Andererseits weiß ich aus Erfahrung, daß allen ungewöhnlichen Verbrechen etwas Phantastisches anhaftet.
Der springende Punkt an der ganzen Sache aber war, daß beide, zuerst Paula und dann Charlie, vergeblich in Herberts Zimmer nach dem Brief gesucht hatten.
»Charlie kam also letzte Nacht nur, um diesen Brief zu finden?«
»Ja. Ich hatte selbst auch schon nachgesehen – damals, als Sie plötzlich auf der Treppe erschienen. Vielleicht erinnern Sie sich. Sie haben geschrien.«
Und ob ich mich erinnerte! Ich mußte mich zusammennehmen, um ihr nicht meine Meinung zu sagen. Statt dessen fragte ich: »Es handelt sich also wirklich nur um einen Brief? Um nichts anderes?«
»Was sollte denn sonst noch dort sein?« erwiderte sie. Aber es klang nicht ganz überzeugend.
»Und der Brief war nirgends zu finden?«
Sie schüttelte den Kopf. »Wahrscheinlich ist er gar nicht mehr dort. Ich glaube, jemand hat ihn entdeckt und vernichtet.«
»Jemand« bedeutete natürlich Hugo oder Miss Juliet. Es schien unmöglich, Paula von ihrem Verdacht abzubringen.

18

Ich erhob mich, stand einen Moment still und dachte nach. Zum erstenmal überfielen mich Zweifel an der Richtigkeit meines Vorgehens. Ich hatte nie zuvor gegen den Inspektor gearbeitet, und mir war nicht sehr wohl dabei. Auf der anderen Seite schien dieser Weg so gut wie jeder andere, um den wahren Sachverhalt herauszufinden, ja es war geradezu meine Pflicht, die Gelegenheit zu benutzen. Allerdings kam mir die ganze Briefgeschichte immer noch unglaublich vor. Wenn Paula mir nicht gesagt hätte, der Brief sei unauffindbar, hätte ich sie sogar für fähig gehalten, selbst einen zu schreiben und ihn in Herberts Zimmer zu verstecken! Sie war so überzeugt, jemand von den Hausbewohnern habe Herbert ermordet, daß sie vielleicht nicht davor zurückgeschreckt wäre, in einem solchen Brief den von ihr Verdächtigten offen der Tat zu bezichtigen.

Aber kein Brief war gefunden worden, und dort drüben im Haus machte Miss Juliet wohl in diesem Augenblick ihren Frieden mit Gott und unterschrieb Charlie Elliotts Todesurteil.

Paula berührte mich am Arm und ließ mich aus meinen Gedanken auffahren. »Hören Sie«, schlug sie vor, »könnten Sie mich denn nicht in Herberts Zimmer lassen?«

»Ich könnte schon«, erwiderte ich, »wenn Sie mir nicht wieder nur die halbe Wahrheit erzählt hätten.«

Sie errötete leicht. »Was ich sagen darf, habe ich Ihnen alles gesagt«, verteidigte sie sich. »Ehrenwort. Ich verspreche auch, Ihnen alles zu zeigen, was ich finde, und Sie können meinetwegen die Polizei informieren.«

»Dann wissen Sie also, wo dieser Brief ist oder war?«

»Ich glaube ja. Aber ich bin nicht sicher.«

»Wieso lassen Sie nicht mich nachsehen?«

Sie machte eine ungeduldige Bewegung. »Warum sollte ich? Ich vertraue Ihnen, doch hier handelt es sich um Leben und Tod, und Sie sind immerhin bei *ihnen* angestellt. Tut mir leid, aber Sie werden es nicht bereuen.«

Schließlich willigte ich ein, nicht ohne das unbehagliche Gefühl, daß Paula vielleicht die ganze Zeit über beschattet wurde und daß ich mit einem der seltenen Wutanfälle des Inspektors rechnen mußte, falls er hinter mein eigenmächtiges Vorgehen kam.

Paula folgte mir zum Haus, wo ich sie warten hieß und die Halle zuerst allein betrat. Florence Lenz war verschwunden, und auch Hugo ließ sich nirgends blicken. Mary schien, dem Geräusch nach zu schließen, im rückwärtigen Flügel mit Schrubben beschäftigt.

Ich gab Paula ein Zeichen, worauf sie, sich nervös umschauend, ins Haus schlüpfte. Alles blieb ruhig, und wir erreichten den zweiten Stock ohne Zwischenfall. Ein schwaches, monotones Murmeln aus Miss Juliets Schlafzimmer bewies mir, daß die Unterredung mit Mr. Glenn noch nicht beendet war. Als wir weitergingen und eben die Tür zu meinem Zimmer passierten, hörte ich plötzlich Hugos schweren Schritt im Korridor über uns – in der nächsten Sekunde mußte er die Treppe vom dritten Stock herunterkommen.
Wir blieben beide wie gelähmt stehen. Dann aber packte ich Paula am Arm, schob sie in mein Zimmer, folgte ihr und schloß die Tür hinter uns. Es war höchste Zeit, denn Hugo befand sich bereits auf der Treppe. Einen Augenblick lang behielt ich den Türgriff in der Hand und lauschte, aber Hugo ging vorbei. Vor Miss Juliets Zimmer schien er zu zögern, trat jedoch nicht ein. Ich wartete, bis ich ihn unten in der Halle hörte, und drehte mich dann um.
Vor dem Toilettentisch stand Florence Lenz und starrte Paula neugierig an. Sie hatte offensichtlich ausgiebig von meinem Make-up Gebrauch gemacht.
»Miss Brent, wenn ich nicht irre?« bemerkte sie.
»Das braucht Sie nicht zu kümmern«, entgegnete ich kurz. »Ich habe mit meinem Besuch etwas zu besprechen und möchte das gern hier tun, falls Sie gestatten.«
Sie reagierte überhaupt nicht darauf. Ein merkwürdig verzerrtes Lächeln erschien auf ihrem Gesicht, während sie Paula von oben bis unten musterte.
»Ich bin Florence Lenz«, sagte sie zu ihr. »Vielleicht haben Sie schon von mir gehört.«
Ich begriff sofort, daß das eine Anspielung sein sollte, hatte aber keine Ahnung, auf was. Auch Paula wurde aufmerksam; sie straffte sich und erwiderte Florences Blick.
»Möglich«, antwortete sie kühl. »Haben Sie einen bestimmten Grund zu dieser Annahme?«
»Allerdings habe ich meine Gründe, und Sie wissen es verdammt genau«, gab Florence heftig zurück. Sie war rot geworden unter ihrer Puderschicht. Dann schien sie sich zu besinnen und beherrschte sich.
»Mr. Glenn ließ mich rufen«. erklärte sie, zu mir gewandt.

»Aber die alte Dame war noch nicht fertig, und so wartete ich hier.« Sie schielte rasch zu Paula hinüber, bevor sie fortfuhr. »Soviel ich weiß, handelt es sich um ihr Testament. Sie soll ja jetzt eine Menge Geld haben.«
Das war wieder für Paula bestimmt; ich fühlte es genau. Die Atmosphäre war geladen mit versteckten Anspielungen, deren Bedeutung ich nicht verstand.
Ich öffnete die Tür zum Korridor und blickte hinaus. Mary, einen Stapel von Herberts Kleidern auf dem Arm, ging eben vorüber, aber ich hatte sie in Verdacht, eine Weile vor der Tür zu Miss Juliets Zimmer gestanden und gelauscht zu haben. Ich beobachtete sie und wartete, bis sie die Treppe erreicht hatte. Als sie halbwegs unten war, drehte sie sich plötzlich um und schaute mich an. Ich glaube, das entwikkelte sich bei mir schon langsam zu einem Komplex: immer, wenn ich sie heimlich beobachtete, wandte sie unversehens den Kopf und starrte mich mit diesem mißtrauischen Blick an. Oder spielten mir meine überreizten Nerven einen Streich und ich bildete mir gewisse Dinge nur ein?
Wie dem auch war, ich mußte um Paulas willen der bizarren Situation ein Ende bereiten. »Es tut mir leid, Miss Brent«, erklärte ich, »wir werden uns ein andermal unterhalten müssen. Vielleicht kommen Sie etwas später wieder.«
Sie begriff sofort und trat in den Korridor hinaus, und als ich die Tür hinter ihr schloß, wußte ich, daß sie sich bereits auf dem Weg in den dritten Stock befand.
Erst jetzt bemerkte ich, daß der ganze Toilettentisch mit Puder verschmiert war; sogar das Tablett mit den Medikamenten hatte etwas abbekommen. Florence Lenz stand vor dem Spiegel und schminkte sich die Lippen, als wäre nichts geschehen. Das war zuviel für meine Langmut; und während ich Tisch und Tablett säuberte, sagte ich ihr meine Meinung, aber deutlich. Sie hörte nicht einmal hin.
»Ob ich einen bestimmten Grund habe, sie zu kennen!« murmelte sie, als ich schwieg. »Das ist die Höhe. Und dann diese Frechheit, hier ins Haus zu kommen!«
Glücklicherweise öffnete in diesem Augenblick Mr. Glenn die Verbindungstür zu Miss Juliets Zimmer, so daß mir

Florences weitere Tiraden erspart blieben. Er schien erleichtert, mich zu sehen.
»Können Sie rasch herüberkommen?« fragte er. »Ich möchte, daß Sie als Zeuge unterschreiben.«
Zu meiner Verwunderung fand ich auch Hugo in Miss Juliets Zimmer. Florence Lenz, die uns folgte, blickte sich sofort neugierig um, und ich bin sicher, daß ihr von der still daliegenden Gestalt in dem Nußbaumbett bis zu den schäbigen Möbeln keine Einzelheit entging.
Mr. Glenn war mit einem engbeschriebenen Blatt Papier in der Hand an das Bett getreten. »Sie wollen es sich bestimmt nicht noch einmal überlegen, Miss Juliet?« fragte er.
Sie erriet wahrscheinlich eher, was er meinte, als daß sie es hörte, und schüttelte den Kopf.
»Ich kann nicht anders, Arthur. Es tut mir leid, aber ich habe Ihnen die Wahrheit gesagt. Ich möchte jetzt unterschreiben.«
Mr. Glenn wandte sich zu uns.
»Ich habe Miss Juliet diese Erklärung noch einmal vorgelesen, und sie hat sie in allen Teilen für korrekt befunden. Sie wünscht sie vor Zeugen zu unterzeichnen, möchte jedoch, daß außer ihr und mir niemand von dem Inhalt Kenntnis erhält; mindestens vorläufig.« Er schaute Miss Juliet an, so daß sie ihm von den Lippen lesen konnte. »Ist das so richtig?«
»Jawohl.«
Sie ergriff Mr. Glenns Füllfeder, die er ihr reichte, und unterschrieb in wackligen, aber immer noch charaktervollen Schriftzügen »Juliet Mitchell«. Dann faltete sie den Bogen eigenhändig so, daß nur die Unterschrift sichtbar war, und Hugo und ich unterschrieben in der entgegengesetzten unteren Ecke. Florence versah das Dokument mit einem notariellen Siegel, worauf sie es Mr. Glenn übergab, der es sorgfältig in seine Aktentasche legte.
»Ich nehme an, Sie sind sich klar darüber, wie wichtig diese Erklärung ist und welche Auswirkungen sie für verschiedene Leute haben kann?« wandte er sich noch einmal an Miss Juliet.
Sie nickte. »Sie haben bereits darauf hingewiesen, Arthur;

aber ich habe nicht mehr lange zu leben und muß eine große Ungerechtigkeit wiedergutmachen.«

Es kam mir vor, als blickte sie bei diesen Worten zu Hugo hinüber, der sich jedoch nichts anmerken ließ, sondern schweigend aus dem Zimmer ging. Mr. Glenn und Florence folgten ihm gleich darauf.

In der nächsten Viertelstunde war ich zu sehr beschäftigt, um noch an Paula zu denken. Miss Juliet lag erschöpft da und konnte jeden Augenblick in ein Koma fallen, so daß ich es für angezeigt hielt, Dr. Stewart anzurufen. Erst als ich in meinem Zimmer etwas Riechsalz holen wollte, wurde ich wieder an Paula erinnert, und zwar, weil ich sie dort vorfand. Sie sah ganz verzweifelt aus.

»Was soll ich tun?« fragte sie. »Hugo kehrt unten die Halle.«

»Haben Sie etwas gefunden?«

Sie schüttelte den Kopf. »Der Brief ist weg. Und wenn die alte Frau da drin weiß, daß er unterschlagen worden ist, dann hat sie nicht verdient, in Frieden zu sterben.«

Da ich ihr jetzt auch nicht helfen konnte, ging ich wieder zurück zu Miss Juliet. Was sich in ihrem Zimmer soeben abgespielt hatte, verschwieg ich Paula absichtlich, denn ich wollte der Entwicklung der Dinge nicht vorgreifen: Wenn die Erklärung sich für Charlie Elliott verhängnisvoll auswirkte, dann erfuhr es Paula noch früh genug. Ich hatte ohnehin das Gefühl, daß sie im Grunde mehr für Charlie empfand, als sie selbst wußte. Herberts Tod bedeutete für sie einen Schock, aber ihre Romanze war zu diesem Zeitpunkt wohl schon fast zu Ende gewesen.

Als Dr. Stewart kam und ich in meinem Zimmer eine Spritze holte, war Paula verschwunden.

Das alles geschah am Freitag, dem 18. September. Herbert Wynne war seit vier Tagen tot, und Charlie Elliott befand sich seit der vorigen Nacht in Haft. Im Augenblick schien es, das Interesse der Reporter habe sich ausschließlich der Polizeizentrale zugewendet; doch bald sollte ich eines Besseren belehrt werden. Kurz nachdem Mr. Glenn gegangen war, so um elf herum, sah ich zwei junge Männer in farbbekleckten Überkleidern und mit einer langen Leiter die Auffahrt

betreten. Ihr Gebaren weckte sofort meinen Argwohn, und ich beobachtete sie vom Fenster meines Zimmers aus, als sie um die Hausecke gebogen waren. Sie taten sehr geschäftig, stellten die Leiter ans Haus und kletterten beide nacheinander auf den Dachvorsprung des Anbaus. Es stimmte anscheinend alles – die Überkleider, die Leiter –, nur hatten die zwei Maler den Farbkübel vergessen!
Da ich weder in einer besonders menschenfreundlichen noch geduldigen Stimmung war, holte ich kurzerhand aus dem Putzschrank unten in der Halle einen Besen, lehnte mich aus meinem Fenster und versetzte der Leiter einen tüchtigen Stoß. Sie stürzte krachend zu Boden. Die beiden Reporter schauten nicht gerade geistreich drein, als sie die Köpfe über die Dachrinne steckten, und später vernahm ich, daß sie ganze fünf Stunden auf dem Dach verbracht hatten! Dabei war es ein Blechdach und der Tag ziemlich heiß für September. Schließlich mußten sie von der Polizei gerettet werden, nachdem zwei Pressefotografen sich schnöde weigerten, etwas anderes für sie zu tun, als sie zu knipsen.
Ich fragte mich, was die beiden wohl empfunden haben mochten. Sie konnten ja nichts tun, als sich von der Sonne rösten zu lassen, während unten alle Anzeichen darauf hindeuteten, daß der Tragödie zweiter Teil angebrochen war – ohne sie. Immerhin sollte sich später herausstellen, daß sie durch ihren unfreiwilligen Dacharrest in die Lage kamen, einen äußerst wichtigen Beitrag zur endgültigen Aufklärung des Falles zu liefern.
Da Mr. Glenn ungefähr um elf Uhr weggefahren war, ging es vermutlich gegen zwölf, als Dr. Stewart eintraf. Jedenfalls wurde der Inspektor, als Dr. Stewart ihn zu erreichen suchte, vom Essen weggeholt, und das war kurz nach ein Uhr. Wann genau Paula das Haus verließ, kann ich nicht sagen.
Dr. Stewart verordnete Miss Juliet eine Spritze und blieb bei ihr im Zimmer, während ich in die Küche hinunterging, um mir von Mary etwas abgekochtes Wasser geben zu lassen. Dann reinigte ich in meinem Zimmer die Spritze, füllte ein wenig von dem sterilen Wasser in den Glaskolben und nahm eine Tablette aus dem Röhrchen. Ich kann mich dabei unmöglich geirrt haben, denn ich sehe die Aufschrift auf

dem Röhrchen noch heute deutlich vor mir. Als sich die Tablette aufgelöst hatte, ging ich hinüber und machte Miss Juliet die Spritze in den Arm. Dr. Stewart kontrollierte ständig ihren Puls, während ich noch eine Weile im Zimmer herumwanderte und da und dort etwas zurechtrückte und -zupfte, wie das so meine Art ist. Daraufhin spülte ich die Spritze im Badezimmer aus und sterilisierte sie.
Kaum war ich damit fertig geworden, als ich Dr. Stewart nach mir rufen hörte. Ich eilte hinüber und fand ihn mit besorgtem Gesicht über Miss Juliet gebeugt. Sie hatte sich verkrampft, und leichte Zuckungen durchliefen sie.
»Haben Sie Schmerzen, Miss Juliet?« erkundigte er sich.
Sie antwortete nicht.
Er wandte sich beunruhigt an mich. »Was haben Sie ihr gegeben?«
»Die übliche Dosis Nitroglyzerin; sonst nichts.«
Das schien ihn zu befriedigen, doch setzte er sich an Miss Juliets Bett, um sie weiter zu beobachten. Nach ungefähr zehn Minuten hörten die Zuckungen auf, und nur die Verkrampfung blieb zurück. Dr. Stewart verordnete eine zweite Spritze, etwa eine halbe Stunde nach der ersten.
Als ich Miss Juliets Arm hob, um ihr die Spritze zu geben, fühlte ich die seltsame Starre, die jedoch bei Angina pectoris vorkommen kann; außerdem gibt es Patienten, die sich infolge der Schmerzen versteifen. Wieder ging ich mit der Spritze ins Badezimmer, spülte und reinigte sie und legte sie zu den übrigen Instrumenten auf das Tablett in meinem Zimmer zurück.
Diesmal brüllte Dr. Stewart förmlich nach mir, und als ich hinüberstürzte, wand sich Miss Juliet in Krämpfen auf dem Bett.
Die nächsten paar Minuten habe ich im Geist noch Dutzende von Malen durchlebt; sogar bis in meine Träume verfolgten sie mich. Immer und immer wieder sehe ich mich Dr. Stewart gegenüber an dem großen Nußbaumbett stehen, auf dem sich Miss Juliet in schrecklichen Konvulsionen wälzt, das Gesicht im *risus sardonicus* zu einer Grimasse verzerrt, die sich langsam zur Totenmaske glättet.
Wie lange das dauerte, weiß ich nicht; in einer solchen

Situation verliert man jedes Zeitgefühl. Als es vorüber war, traf sich mein entsetzter Blick mit dem des Doktors.
»Sie ist tot«, sagte er. »Was um Gottes willen haben Sie ihr gegeben?«

19

Ich starrte wie betäubt auf das Bett, unfähig, einen klaren Gedanken zu fassen. Mein eigenes Herz schien ausgesetzt zu haben und ebenso mein Hirn.
»Wachen Sie auf!« rief Dr. Stewart ärgerlich. »Ich sage Ihnen, sie ist tot. Was war in dieser Spritze?«
»Was Sie verordnet haben. Ich kann Ihnen das Röhrchen zeigen; es ist das zweite von den beiden, die Sie mir am Montag persönlich gaben.«
»Bringen Sie mir auch die Spritze.«
»Die habe ich gereinigt, Herr Doktor.«
»Dann zeigen Sie mir das Röhrchen. Bringen Sie das ganze Tablett.«
Mit zitternden Händen unterzog er alles einer peinlich genauen Prüfung. Auf dem Tablett befanden sich meine üblichen Mittel und Utensilien: ein wenig Morphium in einem Glasröhrchen, das aber noch nicht angebraucht war, die Amylnitrit-Ampullen, etwas Watte, Alkohol und die Nitroglyzerintabletten. Eine dieser Tabletten nahm er heraus, prüfte den Geschmack mit den Lippen und schüttelte dann den Kopf. Ich weiß nicht, was er zu finden erwartet hatte, aber jedenfalls wurde er enttäuscht.
Es war mir vollkommen klar, in was für einer unmöglichen Lage ich steckte, und ich hatte Angst. Alles in mir konzentrierte sich auf Selbstverteidigung; jede andere Empfindung war wie ausgelöscht.
»Ich habe ihr nichts gegeben, als was Sie verordneten«, wiederholte ich.
»Das sagen Sie, aber Miss Juliet ist tot, und Nitroglyzerin verursacht keine solchen Krämpfe.«
»Ein Versehen meinerseits kann es jedenfalls nicht sein. In

meinem ganzen Leben ist mir kein solcher Fehler passiert.«
»Vielleicht war es gar kein Fehler, sondern – etwas anderes.«
»Mein Gott, für was halten Sie mich eigentlich? Was glauben Sie denn, das ich ihr gegeben habe? Warum sollte ich sie umbringen wollen?«
Darauf erwiderte er nichts, kam aber näher heran, so daß ich die Schweißtropfen auf seiner Haut glänzen sah. Er betupfte sich die Stirn mit dem Taschentuch.
»Hören Sie, Miss Adams«, erklärte er, »ich habe allen Grund zu der Annahme, daß die unglückliche Miss Juliet vergiftet worden ist. Warum oder von wem weiß ich nicht, und ich erhebe keine Anschuldigungen. Ich bin nicht einmal ganz sicher, ob es sich wirklich so verhält. Aber wenn Sie mich fragen, glaube ich, daß sie vergiftet worden ist, und zwar mit einem Alkaloid.«
»Welcher Art?«
»Strychnin«, erwiderte er. »Ich tippe auf Strychnin, und ich wette, Sie wissen ebenfalls Bescheid.«
»Was soll diese Andeutung?« fragte ich wütend. »Auf dem Tablett ist kein Strychnin.«
»Im Moment nicht, nein.« Er steckte sein Taschentuch ein, blickte kurz zum Bett hinüber und dann wieder zu mir. »Ich werde mich nicht mehr weiter äußern, bis ich die Polizei gerufen habe. Sie entfernen sich inzwischen bitte nicht aus diesem Zimmer.«
Das kam mir so unglaublich vor, daß ich zu lachen versuchte. »Wollen Sie mich verhaften lassen? Das kann nicht Ihr Ernst sein, Herr Doktor.«
»Es ist mein voller Ernst. Ich möchte überhaupt gern wissen, ob Hugo nicht doch recht hat.«
»Was soll Hugo dabei?«
»Er hat Ihnen nie getraut. Sparen Sie Ihre Erklärungen für die Polizei, aber ich will Ihnen eines sagen: mir ist auch nicht ganz klar, was Sie hier eigentlich tun. Ich habe Sie jedenfalls nicht hergebracht; das möchte ich ausdrücklich betonen. Und Hugo hat Sie von Anfang an verdächtigt, daß Sie hier Ihre eigenen Zwecke verfolgen. Sie wurden gesehen, wo Sie

nichts zu suchen hatten, und deshalb kam Hugo gestern zu mir und verlangte, daß ich Sie entlassen sollte.«

»Hätten Sie es doch getan!« entgegnete ich bitter. »Ich wäre gern gegangen.«

»Dem sei, wie es wolle«, meinte er kurz. »Geben Sie mir bitte diese Spritze mit. Sie hatten es ja sehr eilig, sie auszuspülen!«

Er steckte auch die beiden Röhrchen mit den Tabletten ein und wandte sich zur Tür. Auf der Schwelle zögerte er; ich erriet, daß er mich gern eingeschlossen hätte und es doch nicht recht wagte. Ich stand in der Mitte des Zimmers und sah ihn herausfordernd an.

»Wenn Sie das tun, Herr Doktor«, drohte ich, »rufe ich aus dem Fenster um Hilfe!«

Er ging hinaus und schlug, ohne Rücksicht auf die stille Gestalt in dem großen Bett, die Tür hinter sich zu. Gleich danach hörte ich ihn am Telefon; er versuchte den Inspektor zu erreichen, wurde aber nur mit dem Gerichtsmediziner verbunden. In seiner Aufregung brüllte er so laut, daß ich ihn sogar durch die geschlossene Tür verstand.

Mein Ärger legte sich etwas, als ich ans Bett trat. Im Tode sah Miss Juliet friedlich und gelassen aus, und ihr Gesicht wirkte viel jünger. Die Anschuldigungen Dr. Stewarts beeindruckten mich nicht länger, dafür bedauerte ich um so mehr, daß Miss Juliet keinen friedlicheren Tod gehabt hatte. Es mochte stimmen, daß ihre Tage ohnehin gezählt waren, wie sie selbst ein paarmal bemerkt hatte, aber diese kurze Zeit hätte ihr noch vergönnt sein sollen. Und zu dem Besuch des Pfarrers war es nun auch nicht mehr gekommen!

Ich blieb bewegungslos stehen, als sich die Tür öffnete und Mary hereinschlüpfte. Ihr bleiches Gesicht war bläulich angelaufen, aber sie weinte nicht, und von mir nahm sie überhaupt keine Notiz. Sie trat an die andere Seite des Bettes, starrte auf die Tote und tat dann etwas sehr Merkwürdiges: Sie machte das Zeichen des Kreuzes in die Luft. Erst danach redete sie mich an.

»Hugo fühlt sich schlecht, Miss. Ich habe ihm versprochen, Sie zu rufen.«

»Sagen Sie es lieber dem Doktor, Mary. Er wünscht, daß ich hier bleibe.«
Sie sah mich an. »Zu was soll das jetzt noch gut sein? Es ist doch alles vorbei, nicht?«
»Ich fürchte, für Miss Juliet ist es vorbei, ja.«
Sie ging wieder hinaus, und ich folgte ihr bis zur Treppe. Dr. Stewart schritt unten in der Halle hin und her, das Kinn auf die Brust gesenkt; als er mich hörte, befahl er mir in scharfem Ton, den Leichnam nicht zu berühren und im Zimmer alles unverändert zu lassen. Dann erzählte ihm Mary von Hugo, und die beiden verschwanden in der Küche.
Da der medizinische Experte erst eine gute halbe Stunde später kam, hatte ich eine Menge Zeit, um nachzudenken. Wieder betrachtete ich die stille Gestalt auf dem Bett, und nicht ohne Bitterkeit überlegte ich, daß Miss Juliet für gewisse Leute nicht zu früh, sondern zu spät gestorben war. Man konnte sich tatsächlich fragen, warum sie, wenn sie schon sterben mußte, ausgerechnet noch Zeit gefunden hatte, Charlie auf den elektrischen Stuhl zu schicken! Daß das Dokument mit dem Siegel sein Todesurteil darstellte, stand für mich fest, und nun, da Miss Juliet tot war, konnte Mr. Glenn es nicht einmal mehr für kurze Zeit zurückbehalten, sondern mußte es unverzüglich weiterleiten.
Gab es am Ende sogar einen direkten Zusammenhang zwischen Miss Juliets Ermordung – falls sie wirklich ermordet worden war – und dieser Erklärung? Hatte der Mörder vielleicht dafür sorgen wollen, daß sie ihr Geheimnis niemals preisgeben könnte? Oder hatte er sie nur am Unterzeichnen der Erklärung hindern wollen?
Ich stand am Fenster, drehte eine Vorhangkordel in der Hand und versuchte diese Möglichkeit und ihre Konsequenzen durchzudenken. Als Mörder konnte nur jemand in Frage kommen, der Zutritt zu meinem Zimmer und den Medikamenten auf dem Tablett gehabt hatte, und zwar während der letzten paar Stunden. Einen weiter zurückliegenden Zeitpunkt brauchte ich nicht in Betracht zu ziehen, da früher verabreichte Spritzen normal gewirkt hatten. Auf wen traf diese Voraussetzung zu? Auf Hugo und Mary in erster Linie, und auch auf Dr. Stewart, denn ich war ja einen Augenblick

unten gewesen, um Wasser zu holen. Dann natürlich auf Florence Lenz.

Florence Lenz. War sie wirklich die arrogante, frivole Person, als die sie erschien, oder gab sie sich nur so? Was lag hinter ihrem schnippischen Benehmen? Hatte sie vielleicht Herbert Wynne gekannt? Konnte sie ein Motiv haben, Miss Juliet aus dem Weg zu räumen? War sie zufällig oder mit einer bestimmten Absicht in mein Zimmer gekommen? Als ich mit Paula das Zimmer betrat, hatte sie direkt vor dem Tablett gestanden, das mit Puder ganz verschmiert war. Sollten diese Spuren vielleicht als Tarnung dienen? Angenommen, sie war eben daran gewesen, die Tabletten auszuwechseln, und hatte uns erst im letzten Moment kommen hören – mußte sie da nicht um jeden Preis den Verdacht von sich ablenken? Und was wäre in dieser Situation naheliegender gewesen als ein rascher Griff nach meiner Puderdose, wobei sie Puder in alle Richtungen zerstäubte?

Während ich mir das alles zurechtlegte, wußte ich die ganze Zeit, daß ich damit nur den Gedanken an etwas anderes hinausschieben wollte. Aber es half alles nichts. Ich durfte vor dieser Vorstellung nicht einfach die Augen verschließen, nur weil sie mir nicht paßte.

Nein, es paßte mir nicht, Paula Brent zu verdächtigen, und doch mußte ich gerechterweise zugeben, daß bei ihr alle Voraussetzungen zutrafen. Sie war nicht nur allein in meinem Zimmer gewesen, sondern sie hatte auch ein Motiv: Sie haßte Miss Juliet und war überzeugt, daß sie an Herberts Tod mitschuldig sei. Der Verdacht kam mir, daß sie es heute morgen von Anfang an darauf angelegt hatte, ins Haus zu gelangen; die Geschichte mit dem Brief war möglicherweise nur eine Erfindung, die ihr als Vorwand diente. Um zu verhindern, daß Miss Juliet gegen Charlie aussagte, hatte Paula sich entschlossen, sie kaltblütig aus dem Weg zu räumen.

Sie kannte Dr. Stewart, und sie kannte Mr. Glenn. War es nicht denkbar, daß der Doktor ihr gegenüber erwähnt hatte, Miss Juliet werde mit Nitroglyzerin behandelt? Oder daß Mr. Glenn ihr zu verstehen gegeben hatte, seine Klien-

tin wisse etwas, das eine entscheidende Wendung herbeiführen könne?
Ich rief mir noch einmal die kleine Szene ins Gedächtnis zurück, die sich heute morgen in meinem Zimmer abgespielt hatte. Zwischen Paula und Florence mußte irgendeine geheime, aber tiefverwurzelte Antipathie bestehen, und ich vermutete, daß die beiden einander zwar nie begegnet waren, aber doch voneinander gehört hatten. Bildete Herbert Wynne hier die Verbindung?
Als der Wagen des medizinischen Experten in die Auffahrt einbog, stand ich noch immer am Fenster. Das auffällige kleine Kabriolett wie auch sein etwas dandyhaft gekleideter Besitzer waren in ihrer Art ein lebendiger Kontrast zu dem makabren Beruf eines Gerichtsmediziners; ich dachte oft, daß er diese unbewußte Abwehr wohl nötig hatte. Hinter ihm stieg ein kleiner dünner Mann aus dem Wagen, in dem ich den Chemiker der Polizeizentrale erkannte.
Dr. Stewart begleitete die beiden herauf, und ich glaube, der medizinische Experte fühlte sich etwas unsicher, weil der Inspektor nicht hier war.
»Wieso vermuten Sie, daß sie vergiftet wurde?« fragte er Dr. Stewart.
»Jedermann muß zu diesem Schluß kommen. Sie war sehr schwach, lag aber nicht im Sterben. Ich verordnete ihr eine Spritze, und als sie auf diese schlecht reagierte, eine zweite.«
»Wie lange nach der ersten?«
»Eine halbe Stunde. Nach der zweiten setzten die Konvulsionen ein, und ich stellte einen ausgesprochenen *risus sardonicus* fest. Wenn Sie das bei Angina pectoris je beobachtet haben, haben Sie mehr gesehen als ich.«
Der Chemiker hatte bisher geschwiegen; nun fragte er nach der Spritze und dem Röhrchen mit den Tabletten. Dr. Stewart händigte sie ihm aus, und der Chemiker legte sie sorgfältig in einen großen Briefumschlag. Dann blickte er zu mir herüber. Er kannte mich, aber er ließ es sich ebensowenig anmerken wie der medizinische Experte.
»Ich nehme an, die Spritze wurde gereinigt?« erkundigte er sich.

»Ja, gründlich. Mit Alkohol.«
»Was halten Sie von der ganzen Geschichte?«
Dr. Stewart fragte ärgerlich: »Ist das nicht Sache der Polizei?«
»Oh, ich weiß nicht«, entgegnete der Chemiker. Er hatte eine gezierte Art zu sprechen, die mir heute besonders auffiel. »Schließlich hat die Schwester die Spritzen gegeben und dabei vielleicht etwas bemerkt.«
»Ich glaube auch, daß Miss Juliet wahrscheinlich vergiftet wurde«, erklärte ich ruhig. »Etwas Genaues kann ich nicht aussagen, aber ich vermute, daß die Tabletten während der letzten zwölf bis vierzehn Stunden ausgetauscht worden sind, da frühere Spritzen normal wirkten.«
Der Chemiker holte das Röhrchen wieder heraus, wobei er es mit einem Taschentuch anfaßte, und prüfte, wie zuvor Dr. Stewart, eine Tablette, indem er sie auf seine befeuchteten Lippen legte.
»Die enthält jedenfalls kein Strychnin«, bemerkte er. »Wir werden uns den Beweis schon anderswie beschaffen müssen.«
Ich wußte, was das hieß. »Was benötigen Sie?« fragte ich.
»Nicht viel. Ein paar Handtücher; alles andere haben wir mitgebracht.«
Ich werde von dem, was nun folgte, keine Einzelheiten beschreiben, es genügt, wenn ich erwähne, daß die beiden der Leiche eine Blutprobe und etwas Rückenmarkflüssigkeit entnahmen. Der Chemiker hätte gern noch weitere Proben gehabt, aber der medizinische Experte winkte ab.
»Wenn Sie hier drin nichts finden, ist es eben fraglich, ob die Leiche überhaupt Gift enthält«, meinte er und zog seine Gummihandschuhe aus. »Mir reicht's.«
Während der Gerichtsmediziner seine Instrumente einpackte, wanderte der Chemiker leise vor sich hin pfeifend im Zimmer herum, was ihm einen mißbilligenden Blick von Dr. Stewart eintrug. Er tat, als hätte er nichts gesehen. »Merkwürdiger Fall, nicht wahr?« schnarrte er. »Da haben sie einen Mörder glücklich hinter Schloß und Riegel, und alsbald taucht ein zweiter auf.«
»Wenn dies hier überhaupt ein Mord ist!« wandte der

medizinische Experte ein. »Mordverdacht ist ansteckend. Nach dem ersten Mord läßt man sich leicht dazu verleiten, überall Mord zu wittern. Ich für meinen Teil bin nicht einmal überzeugt, daß dieser arme Teufel von Neffe sich nicht selber umgebracht hat.«

Dann verabschiedeten sie sich ganz vergnügt und gingen. Der Gerichtsmediziner drehte sich noch einmal um und bemerkte zu Dr. Stewart, bis zum Abend werde wahrscheinlich ein provisorischer Bericht fertig sein. Erst später wurde mir bewußt, daß er nicht dieser Mitteilung willen zurückgeblieben war, denn mit gesenkter Stimme, so daß nur ich es hören konnte, fügte er hinzu: »Passen Sie auf sich auf, Schwester. Wenn diese Giftmischer einmal am Werk sind, dann setzen sie sich nicht so bald wieder zur Ruhe.«

20

Die beiden waren kaum gegangen, als der Inspektor ankam.

»Das nenne ich speditive Arbeit«, meinte er, als er erfuhr, daß der medizinische Experte bereits dagewesen war. »Miss Adams, Sie übernehmen die Verantwortung, daß niemand Miss Juliets Zimmer betritt, während ich mich mit dem Doktor bespreche.«

»Ich protestiere dagegen, Miss Adams allein oben zu lassen«, erklärte Dr. Stewart streitsüchtig.

Der Inspektor lächelte nur und klopfte mir auf die Schulter. »Ich kenne Miss Adams«, erwiderte er. »Wir sind vollkommen sicher mit ihr. Ob sie selbst hier in Sicherheit ist, weiß ich allerdings nicht so genau.«

Ich sollte mich später nicht ohne Bitterkeit an diesen Ausspruch erinnern.

Nach ungefähr einer halben Stunde kam der Inspektor allein herauf. Er lächelte nicht mehr, als er das Zimmer betrat und die Tür hinter sich schloß.

»Diesen Dr. Stewart wäre ich los«, sagte er. »Er ist ein Esel –

ein geschwätziger, aufgeblasener Esel. Aber Miss Juliets Tod hat ihn wirklich mitgenommen, und ich glaube, ich weiß warum; vermutlich hoffte er auf ein Legat von ihr. Hören Sie jedenfalls nicht auf ihn, wenn er Ihnen Schwierigkeiten zu machen sucht. Ich nehme an, Sie stimmen mit dem Doktor überein, daß Miss Juliet vergiftet wurde?«
»Ich halte es für sehr wahrscheinlich.«
»Und Sie haben keine Ahnung, wie das Gift in das Röhrchen mit den Nitroglyzerintabletten kam?«
»Es gibt ein halbes Dutzend Möglichkeiten, von denen jede zutreffen könnte.«
»Zeigen Sie mir, wo das Tablett stand.«
Ich führte ihn in mein Zimmer, wo er sich eine Weile schweigend umschaute. Dann öffnete er die Tür zum Korridor und blickte hinaus.
»Diese Tür war wohl nie verschlossen, nicht? Jedermann konnte hier hereinkommen?«
»Ja.«
Da ich wußte, daß er sich immer zuerst selbst ein Bild machen wollte, sagte ich noch nichts von meinen Theorien, sondern ließ ihn sich ruhig umsehen. Es dauerte denn auch nicht lange, bis sein Blick auf die übriggebliebene Puderspur fiel.
Er schaute mich an. »Wer hat von diesem Puder gebraucht? Sie nicht, soviel ich bemerke.«
Ich begriff sofort, wohin diese Frage führte – ich konnte nun die Geschichte von Miss Juliets Erklärung nicht mehr verschweigen, obwohl ich es gern getan hätte. Wir gingen zurück ins andere Zimmer, und dort erzählte ich dem Inspektor alles der Reihe nach, beginnend mit der Pressenotiz über Paulas Befragung durch die Polizei und Miss Juliets Reaktion auf den Namen Brent. Ich erwähnte Mr. Glenns Besuch vom Vorabend, Hugos Anwesenheit in Miss Juliets Zimmer an diesem Morgen und seine offensichtliche Verstimmung.
»Aber sie war entschlossen, die Erklärung abzugeben«, fuhr ich fort. »Sie wollte dadurch ihr Gewissen entlasten. Nach der Unterzeichnung hätte der Pfarrer kommen sollen.«

Der Inspektor schaute auf. »Warum? Glauben Sie, daß sie etwas ahnte?«
»Nein. Ich hatte nicht den Eindruck.«
»Und die Erklärung befindet sich nun bei Glenn?«
»Er nahm sie mit, als er ging. Hugo und ich unterschrieben als Zeugen. Aber Miss Juliet betonte ausdrücklich, daß Mr. Glenn von der Erklärung nur im Falle einer Irreführung der Justiz Gebrauch machen sollte. Wahrscheinlich hat sie dabei an Paula Brent gedacht.«
»Sie hatten keine Gelegenheit, den Text zu lesen?«
»Nein. Das Blatt war so gefaltet, daß wir außer Miss Juliets Unterschrift nichts sehen konnten.«
»Was meinte sie wohl mit ›Irreführung der Justiz‹? Glenn soll mir diese Erklärung zeigen; ich muß wissen, was drin steht.«
Er ging hinunter zum Telefon und versuchte Mr. Glenn oder Florence Lenz zu erreichen, hatte aber kein Glück. Sie waren beide beim Essen, und am Nachmittag hatte Glenn im Gericht zu tun. Daraufhin unterhielt sich der Inspektor in der Küche eine Weile mit Mary, und als er zurückkam, sah ich seinem Gesicht an, daß mich nichts Gutes erwartete.
»Wie viele Personen hatten heute morgen die Möglichkeit, Ihr Zimmer zu betreten?« fragte er. »Dr. Stewart, Florence Lenz, Hugo und Mary. Sind das alle?«
»Ich verbitte mir diesen Ton, Inspektor.«
»Wieso sagten Sie mir nicht gleich, daß Paula Brent heute morgen hier war? Und daß sie in den dritten Stock ging?«
»Das hat Ihnen vermutlich Mary erzählt.«
»Dann *war* sie also in Herberts Zimmer! Nein, Mary hat mir das nicht erzählt; sie sah Paula nur das Haus verlassen. Und nun hören Sie mir zu, Miss Adams. Ich bin immer noch der Meinung, daß es sich nicht darum handelt, ob unsere Theorien, Ihre und meine, übereinstimmen. Ich halte es jedoch für verdammt wichtig, daß Sie sich entscheiden, ob Sie für mich oder für Paula Brent arbeiten wollen.«
»Paula hat Miss Juliet ganz sicher nicht vergiftet, das können Sie mir glauben.«
»War sie in Ihrem Zimmer?«
»Ja. Aber Florence Lenz war gleichzeitig dort.«

Im selben Augenblick fiel mir ein, daß sich Paula später nochmals und allein in dem Zimmer aufgehalten hatte, aber der Inspektor gab mir keine Gelegenheit, das richtigzustellen. Er war vor Ärger rot geworden und schlug mit der geballten Faust auf die Stuhllehne.

»Wenn einer meiner Leute sich so etwas zuschulden kommen ließe, wäre er erledigt!« bemerkte er grimmig. Dann besänftigte er sich, wahrscheinlich weil er meinen Gesichtsausdruck sah. »Was für eine Geschichte hat sie Ihnen aufgebunden, daß Sie sie ins Haus schmuggelten?«

»Eine Geschichte, die mich überzeugte und an die ich auch jetzt noch glaube. Und wenn Sie mich erledigen wollen – bitte. Ich bin ohnehin nahezu erledigt. Wenn ich nicht so dumm gewesen wäre, diesen Fall zu übernehmen, könnte ich jetzt zu Hause sitzen und meinen Kanarienvogel füttern!«

Das schien ihm einzuleuchten, und er hörte ganz ruhig zu, als ich ihm Paulas Geschichte erzählte. Nach einigem Zögern fügte ich hinzu, daß die von Charlie Elliott verwendeten Schlüssel Paula gehörten; ich hütete mich jedoch zu erwähnen, daß Charlie schon am Montag im Besitz der Schlüssel gewesen war.

»Und so ließen Sie sie in Herberts Zimmer nachsehen!« bemerkte der Inspektor, als ich geschlossen hatte. »Nun, da ist ja wohl nichts mehr dagegen zu machen. Was die Schlüssel betrifft, bin ich allerdings überzeugt, daß Elliott sie schon am Montag hatte. Wahrscheinlich nahm er sie Paula am Ende der kleinen Szene ab, die unser Freund Henderson von seiner Garage aus belauschte. Ich werde mir darüber noch Gewißheit verschaffen.« Er lehnte sich zurück, um sich die Pfeife anzuzünden, aber nach einem Blick auf das Bett steckte er sie wieder weg.

»Was sich heute morgen abspielte, wird weniger leicht zu rekonstruieren sein«, fuhr er fort. »Ich komme auf mindestens sechs Personen, die während der letzten zwölf Stunden Gelegenheit hatten, Ihr Zimmer zu betreten: Hugo, Mary, Mr. Glenn, Paula Brent, Florence Lenz und Dr. Stewart. Über Hugo und Mary brauchen wir uns den Kopf nicht zu zerbrechen. Sie hatten zwar ein Motiv, aber sie waren der

alten Dame doch sehr ergeben. Glenns Situation scheint ziemlich klar. Er war ursprünglich gegen die Erklärung, wird sich aber, wie ich ihn einschätze, jederzeit dazu bereit finden, den darin geschilderten Tatbestand zu bestätigen und sogar darzulegen, daß ein Junge wie Charlie Elliott ohne weiteres eines Mordes fähig sei. Bleibt Dr. Stewart, von dem wir nicht wissen, ob er ein Motiv hatte; aber jedenfalls wäre die Gelegenheit günstig gewesen, als Sie in die Küche hinuntergingen.«
»Er hat sich gestern abend nach Miss Juliets Testament erkundigt.«
»Daraus können wir ihm noch keinen Strick drehen. Er hat sich wohl einfach ausgerechnet, daß Miss Juliet nicht mehr lange zu leben habe und eine hübsche Menge Geld hinterlassen werde.«
»Er erwähnte ein altes Testament, in dem für Hugo und Mary Legate ausgesetzt seien.«
»Wußte er etwas über die Höhe dieser Legate?« fragte der Inspektor interessiert.
»Er hat nichts davon gesagt.«
»Ich werde mir das Testament ansehen müssen«, bemerkte der Inspektor und machte sich eine Notiz in seine Agenda. »Sprach er ausdrücklich von beiden, Hugo und Mary?«
»Ja.«
»Weiter. Wie steht's mit Florence Lenz? Ich nehme an, Sie haben keine besondere Vorliebe für sie.«
»Das kann man wohl sagen.«
»Wieso eigentlich?«
»Ich kenne diesen Typ, und er ist mir von Herzen unsympathisch. Florence hat nichts als Männer im Kopf, flirtet mit Mr. Glenn und inszeniert Ohnmachten, wenn sie es für effektvoll hält.«
Der Inspektor lehnte sich im Stuhl zurück und pfiff lautlos vor sich hin, was er oft tut, wenn er konzentriert nachdenkt.
»Wir dürfen nicht vergessen«, sagte er schließlich, »daß die Anwendung von Gift im allgemeinen eher auf eine Frau hindeutet. Aber wahrscheinlich wird es schwierig sein, Florence mit dem Mord in Verbindung zu bringen.«
»Es scheint, daß sie etwas gegen Paula Brent hat; ich weiß

allerdings nicht was.« Ich erzählte ihm von dem Zusammentreffen der beiden in meinem Zimmer.
»Sie hatten den Eindruck, daß Florence Paula angriff, nicht umgekehrt?«
»Florence fing zuerst an, aber Paula blieb ihr nichts schuldig. Ich glaube, sie kannte Florence oder wußte mindestens, wer sie war.«
Der Inspektor blickte auf seine Uhr. »Nun, Miss Lenz dürfte wohl bald hier sein; ich habe ihr ausrichten lassen, daß ich sie sprechen möchte. Es wäre ganz interessant, herauszufinden, ob sie Wynne kannte oder vielleicht Charlie Elliott. In diesem Fall natürlich...« Er beendete den Satz nicht. »Übrigens habe ich festgestellt, daß Mary für ihr Herz Strychnin nimmt, aber in Kapseln, nicht in Tablettenform. Sie muß eine merkwürdige Frau sein, nach dem, was mir Dr. Stewart berichtete – fanatisch religiös und schwer neurotisch, jedoch durchaus nicht unzurechnungsfähig.«
»Sie hat heute morgen mein Zimmer gereinigt.«
»Das braucht noch nichts zu bedeuten. Nun, Miss Pinkerton, denken Sie einmal scharf nach und sagen Sie mir Ihre Meinung zu diesem zweiten Mord. Ich glaube nämlich, daß es sich um Mord handelt. Überlegen wir uns ganz allgemein, wie sich ein Mörder nach der Tat verhält. Als erstes trachtet er danach, den Tatort zu verlassen, ohne irgendwelche Spuren zu hinterlassen; alles hängt davon ab, ob es ihm gelingt, seine Flucht zu decken. Das heißt mit anderen Worten, daß er sich nicht vor den ihm bekannten Tatsachen fürchtet, für die er notfalls eine Erklärung bereit hat, sondern vor neuen Belastungsmomenten, die sich erst später ergeben. In schlaflosen Nächten denkt er alles nochmals durch und fragt sich, ob nicht etwas oder jemand unerwartet auftauchen und ihm zum Verhängnis werden könnte. Betrachten wir nun unsern Fall von diesem Standpunkt aus. Herbert Wynne wurde am letzten Montag ermordet, und wir glauben den Mörder gefaßt zu haben. Wir haben jedoch nicht mit Miss Juliet gerechnet, die für den Mörder den unbekannten Faktor darstellt: Sie verschweigt etwas, das ihn belastet, und entschließt sich plötzlich zu einer Aussage. Diese Aussage muß der Mörder unbedingt verhindern oder

wenigstens dafür sorgen, daß Miss Juliet sie nicht bei einer Gerichtsverhandlung unter Eid bestätigen kann. Deshalb wird die unbequeme Zeugin vergiftet. Ich will nicht behaupten, daß sich alles genauso verhält, aber Sie sehen, was ich meine, nicht wahr?« Er schaute mich nachdenklich an. »Ich gäbe viel darum, zu wissen, wer alles im voraus darüber orientiert war, daß Miss Juliet diese Erklärung abgeben wollte. Wußte Florence Lenz Bescheid?«
»Bevor Mr. Glenn ausdrücklich von einer Erklärung sprach, schien sie zu glauben, es handle sich um ein Testament.«
»Hugo wußte es natürlich, und vermutlich auch Mary. Bei Mary bin ich allerdings nicht sicher; ich habe das Gefühl, daß Hugo ihr gegenüber nicht sehr mitteilsam ist.«
»Sie hat es vielleicht auf andere Weise erfahren. Ich erwischte sie heute morgen dabei, wie sie vor der Tür lauschte, als Mr. Glenn bei Miss Juliet war.«
»Aber Dr. Stewart wußte es nicht?«
»Ich glaube nicht. Übrigens ist mir eben etwas eingefallen: ich halte es für sehr unwahrscheinlich, daß die Dosis Strychnin, die in den zwei Tabletten war, normalerweise genügt hätte, einen Menschen umzubringen. Das Gift wirkte nur unter den besonderen Umständen tödlich; das heißt, weil Miss Juliet ein schlechtes Herz hatte und ohnehin geschwächt war.«
Der Inspektor starrte mich an. »Sie meinen, die Dosis war an sich nicht tödlich?«
»Tabletten, die genügend Strychnin enthalten, um einen Menschen zu töten, gibt es gar nicht, außer sie wären ursprünglich für ein Pferd bestimmt gewesen. Und noch etwas, Inspektor: Was gedenken Sie in bezug auf den Brief zu tun, den Paula erwähnte? Ist Herberts Zimmer jemals wirklich gründlich durchsucht worden?«
»Sie wissen doch, daß ich es durchsucht habe.«
»Dann tun Sie es nochmals!« beschwor ich ihn halb hysterisch. »Kriechen Sie in den Kamin, reißen Sie den Boden auf! Ich bin überzeugt, daß Sie etwas finden, wenn Ihnen niemand zuvorgekommen ist. Etwas Wichtiges, vielleicht den Schlüssel zur Aufklärung dieser Verbrechen.«

In diesem Augenblick läutete die Hausglocke, und Hugo meldete Florence Lenz.

21

Bei der Unterredung zwischen dem Inspektor und Florence war ich nicht zugegen; ich hörte Florence nur sagen, Mr. Glenn müsse warten, bis sich das Gericht vertagt habe. Dann blieb sie wohl wie üblich vor dem Spiegel stehen, denn der Inspektor bemerkte ungehalten: »Bitte kommen Sie, Miss Lenz. Sie sind nicht in einem Schönheitssalon.«
»Allerdings nicht«, erwiderte sie schnippisch und folgte ihm in die Bibliothek.
Ich dachte schon, die Nachricht von Miss Juliets Tod habe sich noch nicht verbreitet, aber als ich ans Fenster trat, sah ich eben einen Wagen vor dem Haus vorfahren, dem ein junger Mann mit dem unverkennbaren Gebaren eines Reporters entstieg. Bevor Hugo zur Tür ging, rief ich ihn leise an und riet ihm, außer der direkten Todesursache und der Todeszeit keine näheren Umstände zu erwähnen.
Inzwischen war es ungefähr zwei Uhr geworden, und niemand schien daran zu denken, etwas zu essen. Mary hatte sich in ihrem Schlafzimmer eingeschlossen und blieb unsichtbar. Eine Weile später klopfte es jedoch an die Tür, und Hugo brachte mir ein Glas Milch und ein paar Biskuits. Er blickte nicht zum Bett hinüber, als er das Tablett abstellte.
»Es tut mir leid, Miss«, erklärte er, »meine Frau fühlt sich nicht wohl und hat sich ein wenig hingelegt. Sie wird aber aufstehen, um das Abendessen zu kochen.«
»Wie wurden Sie mit dem Reporter fertig?«
»Ich habe mich genau an Ihren Rat gehalten, Miss.«
In dem harten Licht der Nachmittagssonne kam er mir plötzlich alt und hilflos vor, aber immer noch unergründlich. Einer Eingebung des Augenblicks gehorchend, ging ich ihm nach und legte ihm die Hand auf den Arm.
»Sie ist tot, Hugo«, bemerkte ich sanft. »Vielleicht hätte sie nicht so bald zu sterben brauchen, aber – nun, zu ändern ist

es nicht mehr. Warum sagen Sie nicht alles, was Sie wissen, Hugo? Sie würden sich erleichtert fühlen, und es wäre sicherlich in ihrem Sinn.«

»Sie hat schon alles gesagt, Miss«, erwiderte er müde. »Heute morgen. Ich habe nichts mehr hinzuzufügen.«

Bald darauf ließ mich der Inspektor rufen. Florence war noch da; sie hielt ein zerknülltes Taschentuch in der Hand, das sie hin und wieder an die Augen führte. Der Inspektor sah undurchdringlich, aber nicht unfreundlich aus.

»Ich glaube, wir sind da einigen Dingen auf die Spur gekommen, Miss Adams«, erklärte er. »Miss Lenz war früher einmal mit Herbert Wynne verlobt oder behauptete es wenigstens.«

»Natürlich war ich mit ihm verlobt –«, begann sie, aber der Inspektor hob die Hand, und sie verstummte.

»Im vergangenen März lösten sie jedoch die Verlobung auf, und Miss Lenz hat Wynne seitdem nicht wieder getroffen. Sie wußte nur, daß er ständig mit Paula Brent zusammen gesehen wurde, und das erklärt ihr Verhalten Miss Brent gegenüber. Sie ist heute morgen mit Mr. Glenn in dem Glauben hergekommen, es handle sich um die Ausfertigung von Miss Juliets Testament. Nachdem sie eine Weile unten in der Halle gewartet hatte, ließ Mr. Glenn sie holen, aber dann wünschte Miss Juliet noch einen Zusatz zu machen, und Miss Lenz ging inzwischen in Ihr Zimmer hinüber, um ihr Make-up aufzufrischen. Kurz darauf betraten Sie und Paula das Zimmer. Paula blieb jedoch nicht lange, und Miss Lenz folgte Ihnen in Miss Juliets Schlafzimmer, wo die Formalitäten betreffend die Erklärung erledigt wurden. Als sie dann das Zimmer verließ, um mit Mr. Glenn ins Büro zurückzugehen, blickte sie zufällig über die Schulter und sah Paula Brent, die eben in Ihr Zimmer schlüpfte.«

»Das stimmt, Inspektor«, gab ich sofort zu. »Ich fand sie nachher dort vor. Sie kam vom dritten Stock und konnte nicht aus dem Haus, weil Hugo unten in der Halle war. Sie wollte nicht gesehen werden.«

»Warum haben Sie mir das nicht gleich gesagt?«

»Weil es vollkommen absurd ist, Paula Brent eines Giftmords zu verdächtigen.«

Da brach diese gräßliche Person wahrhaftig in Gelächter aus! Ich hätte sie am liebsten umgebracht.
»Sind Sie sicher, daß sie im dritten Stock war?« fragte der Inspektor.
»Natürlich. Sie hatte ja schon die ganze Woche versucht, in Herberts Zimmer zu gelangen und diesen Brief zu suchen; das habe ich Ihnen doch erzählt.«
»Das nenne ich Treue!« bemerkte Florence höhnisch. »Nun, Inspektor, ich empfehle mich jetzt, wenn das alles ist. Auf Wiedersehen!«
Der Inspektor ließ sie ohne ein Wort gehen und schickte gleich darauf auch mich weg, weil Mr. Glenns Wagen soeben in die Auffahrt einbog. So barsch hatte sich der Inspektor mir gegenüber noch nie gegeben, und ich wußte, daß sein Vertrauen in mich gründlich erschüttert war.
Als ich langsam die Treppe hinaufstieg, reifte in mir der Entschluß, dieser unhaltbaren Situation ein Ende zu machen und das Mitchell-Haus zu verlassen. Ich war halb krank vor Ärger und Erschöpfung und sehnte mich nach meiner kleinen Wohnung. Ich wollte Dicks Augen sehen, wenn ich zum Schrank ging, wo ich den Zucker aufbewahrte, und ich wollte vierundzwanzig Stunden lang schlafen.
Es klingt wahrscheinlich komisch, wenn ich gestehe, daß ich meinen Handkoffer packte, als der Inspektor eine Weile später heraufkam, und daß ich sogar schon den Hut aufgesetzt hatte, obwohl ich noch die Tracht trug.
Der Inspektor setzte sich schweigend, zog seine Pfeife heraus und zündete sie an.
»Noch mehr schlechte Nachrichten?« fragte ich.
»Das kommt vermutlich auf den Standpunkt an. Wollen Sie die Erklärung lesen? Ich glaube, Sie haben ein Recht darauf, orientiert zu werden.«
Er schien nicht mehr ärgerlich zu sein, was ich mit Erleichterung zur Kenntnis nahm. Und dann hielt ich das Dokument in Händen, das mir schon so vertraut war: Miss Juliets Unterschrift, meine und Hugos in der gegenüberliegenden Ecke, Florences Siegel – nichts fehlte.
»Sie werden feststellen, daß der erste Teil der Erklärung ziemlich genau Miss Juliets früherer Aussage entspricht«,

bemerkte der Inspektor. »Nur der zweite Teil tönt wesentlich anders.«
Ich las das Schriftstück von Anfang bis Ende, und wenn ich mir noch Hoffnung gemacht hatte, so schwand sie nun zusehends. Der Wortlaut stammte offensichtlich von Miss Juliet, obwohl das Ganze natürlich in eine juristische Form gebracht war.
»Ich, Juliet Mitchell«, lautete der Anfang, »bezeuge hiermit, daß ich im Vollbesitz meiner geistigen Kräfte bin und daß die nachfolgende Erklärung die Wahrheit und nichts als die Wahrheit enthält. Ich sage dies im Bewußtsein, daß ich in kurzer Zeit vor meinem Schöpfer stehen werde.
Meine frühere Aussage, die ich der Polizei gegenüber machte, entsprach bis zu einem gewissen Grad ebenfalls der Wahrheit. Es stimmt, daß ich in der Nacht des 14. September ungefähr zehn Minuten vor zwölf dadurch aufgeweckt wurde, daß jemand draußen im Korridor vorbeiging. Es stimmt, daß ich aufstand, um nachzusehen, ob mein Neffe nach Hause gekommen sei, und daß ich keine Antwort erhielt, als ich seinen Namen rief. Es stimmt auch, daß ich daraufhin in den dritten Stock hinaufstieg, um dort das Licht auszudrehen.«
An dieser Stelle endete der formelle Stil, und Miss Juliet erzählte einfach der Reihe nach, was sich weiter ereignet hatte.
Sie war schon halbwegs oben gewesen und hatte von der Treppe aus bemerkt, daß die Tür zu Herberts Zimmer offenstand. Als sie, immer noch von der Treppe aus, in das Zimmer hineinsah, erblickte sie zu ihrem Schrecken Herbert, der reglos am Boden lag.
Was dann geschah – immer nach Miss Juliet – muß auf sie wie ein Grusel-Stummfilm gewirkt haben, denn hören konnte sie ja nichts. Aus einer Ecke des Zimmers, die sie von der Treppe her nicht überblickte, näherte sich ein Mann dem am Boden liegenden Wynne und beugte sich über ihn, faßte dann den Leichnam an – daß ihr Neffe tot war, hatte Miss Juliet inzwischen begriffen – und schleppte ihn hinüber zum Sekretär, wo er ihm die Beine beugte und einen Revolver neben ihn legte. Den Fremden beschrieb Miss Juliet als jung, blond und gut gekleidet.

Wie gelähmt vor Entsetzen hatte sie diese Szene verfolgt, doch endlich fand sie die Stimme wieder und schrie. Der junge Mann drehte sich blitzschnell um, starrte sie einen Augenblick an und war dann mit einem Satz beim Fenster. Ob er auf diesem Weg entwich, sah sie nicht mehr, denn sie war inzwischen die Treppe hinuntergeeilt, um die Dienstboten zu wecken. Da aber jeder andere Fluchtweg über diese selbe Treppe führte, war sie überzeugt, daß er sich zum Fenster hinaus aufs Dach gerettet hatte.

Und nun kam etwas Merkwürdiges: Obwohl Miss Juliet den fremden jungen Mann erkannt hatte, beschloß sie, Hugo und Mary seinen Namen nicht zu nennen, und sie ließ Hugo in dem Glauben, Herbert habe Selbstmord begangen. Hugo gab zu bedenken, daß bei Selbstmord Herberts Versicherung nicht zahlen werde, und schlug vor, die Lage der Leiche zu verändern, aber Miss Juliet wollte davon nichts wissen. Sie war wieder auf der Treppe zum dritten Stock, fühlte sich jedoch nicht imstande, ganz hinaufzusteigen und Herberts Zimmer zu betreten.

Dann entdeckte Hugo plötzlich, daß sich auf der Leiche keine Pulverspuren fanden, und erklärte Miss Juliet, was das bedeutete. Sie ließ sich nicht beirren und behielt ihr Wissen weiterhin für sich. In der Erklärung folgte nun eine etwas langatmige Rechtfertigung ihres Verhaltens: Sie habe, machte sie geltend, Herbert Wynne ein Heim geboten und ihn auch finanziell nach Möglichkeit unterstützt; er aber habe ihr alles mit schnödem Undank vergolten. Sie behauptete deshalb auch nicht, sogar jetzt noch nicht, daß sie über den Tod ihres Neffen aufrichtigen Schmerz empfunden habe, und nach ihrer Meinung sei der Welt kein großer Verlust erwachsen. Wenn Herbert ermordet worden war, dann bestimmt nicht ohne triftigen Grund; davon war Miss Juliet überzeugt.

Aber Mord bedeutete Skandal, und Miss Juliet wollte keinen Skandal – das hatte es bei den Mitchells nie gegeben. Sie beschloß zu verhindern, daß ihr alter guter Name in der Öffentlichkeit verhandelt und in den Schmutz gezogen würde.

Und dann gab es noch einen dritten Grund, weshalb sie

nicht sprach. Der junge Mann, den sie in Herberts Zimmer überrascht hatte, gehörte ebenfalls zu einer guten Familie und war, wie sie wußte, einmal mit Paula Brent, der Enkelin eines alten Freundes von ihr, verlobt gewesen.

Ihren Bericht wieder aufnehmend, erwähnte sie das offene Fenster im Erdgeschoß, von dem sie aber erst nachträglich erfahren habe; sie glaubte, daß Hugo es öffnete, um den Selbstmordverdacht zu entkräften. Er war ihr treu ergeben und wollte nicht, daß ihr die Versicherungssumme entging. Die Polizei hatte er von sich aus benachrichtigt; sie hatte ihn nur gebeten, Mr. Glenn anzurufen, der auch wenig später als die Polizei eintraf. Sie fand jedoch keine Gelegenheit mehr, ihn zu sprechen, denn Dr. Stewart, der auf Marys Veranlassung kam, hatte ihr sofort absolute Ruhe verordnet.

Was nun folgte, las ich mit besonderem Interesse. Es ging schon gegen Morgen, fuhr Miss Juliet fort, als ihr plötzlich einfiel, daß der junge Mann wahrscheinlich immer noch hilflos auf dem Dach saß. Sie hatte sich inzwischen etwas beruhigt, denn von Mary wußte sie, daß die Polizei glaubte, Herberts Tod sei auf einen Unfall oder auf Selbstmord zurückzuführen. Wenn aber der Junge entdeckt wurde, sah natürlich alles anders aus, und deshalb stand Miss Juliet leise auf und begab sich in den dritten Stock. Sie beugte sich aus dem Fenster und rief den Jungen bei seinem Namen, aber er mußte irgendwie entkommen sein, denn sie erhielt keine Antwort.

Der Name war Charlie Elliott.

22

Den Rest, der mich weniger interessierte, überflog ich nur noch. Offenbar hatte Miss Juliet die ganze Woche mit sich gekämpft, denn sie war eine fromme alte Dame und kam zur Einsicht, daß sie sich an Gott und den Menschen versündigte, wenn sie aus Stolz und gefühlvoller Rücksicht auf einen alten Freund den Lauf der Gerechtigkeit hinderte. Als sie dann noch erfuhr, wie hoch Herbert versichert war, und begriff, was diese Summe für sie bedeutete, begann sie zu sehen, wo ihre Pflicht lag.

Sie konnte nicht von Herberts Ermordung profitieren und gleichzeitig seinen Mörder schützen, falls es sich tatsächlich um Mord handelte. Die Pressenotiz, die besagte, daß Paula ohnehin bereits in den Fall verwickelt war, bestärkte sie in ihrem Entschluß, und sie ließ Mr. Glenn kommen, um ihr Versäumnis wiedergutzumachen.

Und dieses Dokument, das Charlie Elliotts Todesurteil besiegelte, hatten Hugo und ich unterzeichnet. Ich hielt es in der Hand und starrte mit leerem Blick vor mich hin. Dann hatte Paula also die ganze Zeit über gewußt, daß Miss Juliet Charlie gesehen hatte und ein Wort von ihr ihm zum Verhängnis werden konnte. Daß Florence dem Inspektor erzählt hatte, Paula sei heute morgen in mein Zimmer zurückgegangen und habe sich dort allein aufgehalten, machte die Sache natürlich nicht besser. Es paßte alles zu gut zusammen.

Der Inspektor beobachtete mich mit einem merkwürdigen Gesichtsausdruck. »Verstehen Sie nun, weshalb ich ungehalten war?« fragte er. »Ich habe ja nicht zu wissen behauptet, daß Miss Juliet den Jungen in Herberts Zimmer sah, aber ich war von Anfang an davon überzeugt, daß Paula Brent mehr wußte, als sie aussagte. Und was geschieht? Sie gehen hin und vergessen sich so weit, Paula zu erzählen, daß Miss Juliet eine formelle Erklärung abgeben will. Dabei liebt Paula Charlie Elliott, obwohl es ihr vermutlich selbst noch nicht bewußt ist. Sie liebt ihn, und sie ist verzweifelt.«

»Wie hätte sie denn wissen sollen, daß Miss Juliet Nitroglyzerin bekam?«

»Nun, es dürfte nicht allzu schwierig gewesen sein, das in Erfahrung zu bringen. Vielleicht sagten Sie es ihr sogar selbst; Sie scheinen ihr ja ziemlich viel erzählt zu haben. Oder sie wußte es von Dr. Stewart, der auch der Hausarzt der Brents ist. Eine dritte Möglichkeit ist die, daß sie sich schon Donnerstag abend in Ihr Zimmer schlich und dort das Tablett bemerkte; vielleicht kam sie überhaupt nur deswegen her. Ich sage ›vielleicht‹, aber es könnte gut so gewesen sein.«

»Vergessen Sie nicht, daß ich Miss Juliet seit Donnerstag abend etliche Spritzen gegeben habe.«
»Sie hätte aber immerhin Gelegenheit gehabt, sich umzusehen. Auf dem Tablett befanden sich nur zwei Glasröhrchen. Das eine enthielt Morphium und war noch nicht angebraucht; das andere enthielt die Nitroglyzerintabletten. Daraus lassen sich gewisse Schlüsse ziehen.«
»Und natürlich wußte Paula auch, wie schwer leidend Miss Juliet war und was sie vertragen konnte und was nicht! Ich habe Ihnen doch schon gesagt, daß die Tabletten nur unter den besonderen Umständen tödlich wirkten. Wer immer sie beschaffte, mußte genau Bescheid wissen.«
»Sind Sie ganz sicher, daß die Dosis an sich nicht tödlich war?«
»Fragen Sie doch Dr. Stewart.«
Er schwieg eine Weile, erhob sich dann und ging hinüber zum Toilettentisch, den er gedankenvoll betrachtete. Außer meinen Toilettensachen und dem leeren Tablett befand sich jedoch nichts darauf.
»Sie würden es wahrscheinlich nicht gemerkt haben, wenn jemand sich an dem Röhrchen zu schaffen gemacht hätte?« fragte er.
»Es war eine frische Packung; die zweite von den beiden, die mir Dr. Stewart am Montag gab. Ich hatte sie geöffnet, aber noch keine Tablette daraus entnommen.«
Er drehte sich um und starrte mich an. »Eine frische Packung? Dann hätten ja zwei Tabletten entfernt werden müssen, bevor man zwei andere hineinfüllen konnte!«
»Das stimmt. Daran habe ich allerdings nicht gedacht.«
Er vergewisserte sich, daß von meinem Zimmer keine direkte Verbindung zum Badezimmer bestand, untersuchte eine Puderspur auf dem Teppich und wandte seine Aufmerksamkeit schließlich dem Fenster zu.
»War dieses Fenster den ganzen Morgen offen?«
»Soviel ich weiß, ja.«
»Zeigen Sie mir eine der Nitroglyzerintabletten.«
»Der Chemiker hat sie alle mitgenommen.«
Er murmelte etwas vor sich hin, verließ dann ohne ein weiteres Wort das Zimmer und ging die Treppe hinunter.

Ich schaute auf meine Uhr und glaubte einen Augenblick, sie sei stehengeblieben. Erst vier Uhr vorbei! Mir schien, seit heute morgen sei eine Ewigkeit verflossen. Das Haus war ganz still, wie nur ein Haus sein kann, in dem der Tod eingekehrt ist. Das einzige Lebenszeichen entdeckte ich, als ich zum Fenster hinausblickte: Marys schwarze Katze, die über den Rasen auf das Haus zustrebte. Als ich mich dann aus dem Fenster beugte, bemerkte ich noch etwas anderes. Der Inspektor zerrte wütend an der Leiter, die immer noch dort lag, wo sie hingefallen war, und verlangte laut zu wissen, wie zum Kuckuck sie hierhergekommen sei!

Nun, dieser Tag hatte sich für mich schon schlecht genug angelassen, aber offenbar sollte es noch schlimmer werden. Den beiden Reportern auf dem Dach schien auch nichts Gutes zu schwanen; jedenfalls verhielten sie sich mäuschenstill, solange der Inspektor unten war.

Er hatte inzwischen die Leiter ein Stück zur Seite geschafft und suchte nun auf Händen und Knien den Boden ab. Ich beobachtete ihn gespannt, und es dauerte denn auch nicht lange, bis er sich aufrichtete, einen kleinen Gegenstand in seiner Hand betrachtete und ihn dann in eins der Reagenzgläser gleiten ließ, die er immer bei sich trägt.

Ich wandte mich vom Fenster ab. Meine letzten Zweifel waren verflogen; ich wußte nun mit absoluter Sicherheit, daß Miss Juliet ermordet worden war – vorsätzlich und auf raffinierte Weise ermordet.

Offenbar fand der Inspektor die zweite Tablette nicht, oder er begnügte sich mit der einen. Er kam wenig später zurück ins Haus und eilte mit katzenartiger Behendigkeit in den dritten Stock hinauf, ohne mir seinen Fund zu zeigen.

Doch schon nach zehn Minuten war er wieder unten und steckte den Kopf zur Tür herein. »Können Sie mir einen Hammer verschaffen?« fragte er.

»In der Speisekammer ist ein Werkzeugbehälter«, erwiderte ich. »Nur wird Hugo es wahrscheinlich merken, wenn ich dort einen hole.«

»Dann lassen Sie's lieber. Haben Sie vielleicht eine Nagelfeile oder eine starke Schere?«

Das hatte ich, und ich gab ihm beides. »Gehen Sie mit der

Schere sorgfältig um«, bat ich. »Es ist meine beste.«
»Mein Gott!« rief er aus. »Was für ein eigenartiges Wesen Sie doch sind, Miss Pinkerton! Ein Mord kann Sie nicht aus der Fassung bringen, aber Ihrer Schere darf nichts geschehen. Wenn Hugo aufkreuzt, lenken Sie ihn irgendwie ab; bitten Sie ihn um eine Tasse Tee oder um was immer Sie wollen. Mir ist alles recht, solange Sie ihn vom dritten Stock fernhalten.«
Es fiel mir auf, wie erregt er war – erregt und glücklich, wie ein Hund, der eine alte Fährte verfolgt hat und plötzlich entdeckt, daß es eine frische ist.
»Sie haben draußen unter meinem Fenster etwas gefunden, nicht wahr?« fragte ich.
»O ja«, erwiderte er trocken. »Ich fand heraus, daß eine hartherzige Frau ein paar Reporter auf einem heißen Blechdach schmoren läßt und daß nur die Gnade der Vorsehung sie daran gehindert hat, ein wichtiges Beweisstück zu zerstören.«
Er grinste mich an und rannte im nächsten Augenblick schon wieder die Treppe hinauf, wobei er zwei oder drei Stufen auf einmal nahm.
Ungefähr eine Viertelstunde später hörte ich ihn aus Herberts Zimmer kommen, und gleichzeitig ertönten von unten Hugos schwere Schritte auf der Treppe. Im Korridor vor meinem Zimmer trafen die beiden zusammen, und da die Tür einen Spaltbreit offenstand, wurde ich Zeuge ihrer Unterhaltung.
Hugo sprach zuerst. »Ich wollte mich erkundigen, Sir, ob ich mit den Vorbereitungen für die Beerdigung noch zuwarten soll oder ob ich vorwärtsmachen kann.«
»Wozu warten?«
»Das wissen Sie besser als ich, Sir. Ich fragte mich nur – wenn sie eines natürlichen Todes gestorben ist, was hat dann der Gerichtsmediziner hier zu tun? Die Antwort ist, daß Sie nicht daran glauben, daß sie eines natürlichen Todes gestorben ist, und ich glaube es auch nicht.« Plötzlich begann er zu weinen. »Ich habe sie getötet, Inspektor!« stieß er hervor. »Ich hätte alles für sie getan, und nun habe ich sie getötet!«
»Nehmen Sie sich zusammen, Hugo«, erwiderte der Inspek-

tor scharf. »Sie behaupten doch nicht, daß Sie sich eines Verbrechens schuldig gemacht haben?«
Hugo schüttelte den Kopf und wollte am Inspektor vorbeigehen, doch der legte ihm die Hand auf die Schulter.
»Warum rücken Sie nicht heraus mit der Sprache?« fragte er. »Es hat doch keinen Sinn mehr, jetzt noch etwas zu verschweigen.«
»Ich habe nichts zu sagen, Sir.«
»Sie haben aber bereits etwas gesagt – zuwenig oder zuviel.«
»Ich bin verheiratet, Inspektor. Was wird aus meiner Frau, wenn mir etwas zustößt?«
»Wieso sollte Ihnen etwas zustoßen? Hören Sie, Hugo, ich weiß Bescheid wegen der Versicherung und Ihrer Befürchtung, Herberts Tod könnte als Selbstmord angesehen werden. Ich weiß, daß Sie aus diesem Grund dafür waren, die Lage der Leiche zu verändern, und ich verstehe das besser, als Sie glauben. Aber ich bin auch über bestimmte andere Dinge informiert, zum Beispiel darüber, warum Miss Juliet in der Mordnacht nochmals aufstand und in Herberts Zimmer ging.«
»Hat sie das erzählt, Sir?«
»Ja.«
»Es war mein Fehler, daß sie es nicht schon früher erwähnte.«
Der Inspektor nickte. Seine Hand lag immer noch auf Hugos Schulter. »Wäre es also nicht an der Zeit, Ihrerseits zu gestehen, was Sie wissen, Hugo? Auch wenn es vielleicht nur ein Verdacht ist. Wir werden sofort Maßnahmen zu Ihrem Schutz ergreifen, wenn Sie es für notwendig halten.«
»Mich beschützen, Sir? Und Miss Juliet? Es ist Ihnen auch nicht gelungen, sie zu beschützen!«
»Und wenn ich Ihnen sage, daß ich alles schon weiß? Was dann?«
Hugo gab keine Antwort, sondern griff plötzlich nach dem Treppengeländer und sank zusammen.
Es verging eine gute Weile, bis er sich einigermaßen erholt hatte, und selbst dann konnte ihn der Inspektor noch nicht gleich zu einer Befragung mitnehmen.

Während der Inspektor ungeduldig in der Halle auf und ab schritt, versuchte ich zu Mary vorzudringen, doch es dauerte lange, bis ich sie überzeugen konnte, mir die Tür zu öffnen.
Schließlich ließ sie mich ein, und ich sah, daß sie gar nicht im Bett gewesen war, sondern offenbar vollständig angezogen am Fenster gesessen hatte. Obwohl ich ihr versicherte, daß ich allein sei, blickte sie mißtrauisch über meine Schulter, als traute sie mir nicht recht.
»Wo ist er?« fragte sie, als ich ihr Hugos Zusammenbruch kurz geschildert hatte.
»Er liegt in meinem Zimmer.«
Da gab sie ihren Widerstand auf und ließ sich willenlos zu Hugo führen. Die Tränen liefen ihr herunter, als sie sich über ihn beugte und ihre verarbeitete Hand auf seine Stirn legte.
»Ich hab's dir ja gesagt«, murmelte sie. »Ich hab dich gewarnt, aber du bist ein eigensinniger Mensch.«
Er öffnete die Augen, und in seinem Blick lag unverhüllt zu lesen, was die beiden trotz ihrer Differenzen verband: das Band der Gewöhnung und jahrelangen Zusammenlebens, und vielleicht noch etwas mehr. Er ergriff ihre Hand.
»Mary«, sagte er schwach. »Meine arme Mary.«
Inzwischen hatte der Inspektor angeordnet, die beiden Reporter von ihrem unfreiwilligen Aufenthalt auf dem Dach zu erlösen. Anstatt sich schleunigst zu verziehen, kamen sie jedoch ins Haus und hatten in der Halle eine ernste Unterredung mit dem Inspektor. Einer von ihnen überreichte ihm einen kleinen Gegenstand, den der Inspektor sorgfältig prüfte.
Ich konnte nicht erkennen, was es war.

23

Kaum hatten die beiden sich verabschiedet und waren draußen von ein oder zwei Pressefotografen mit Hallo in Empfang genommen worden, als die Türglocke läutete – zum x-tenmal an diesem Nachmittag, denn durch eine Art draht-

loser Telegrafie, die meist über Hinterhöfe und Küchen geht, hatte sich die Nachricht von Miss Juliets Tod inzwischen unter den Nachbarn verbreitet. Von den Manchesters und den Bairds war bereits jemand hier gewesen, und ich hatte sogar Mühe gehabt, Mrs. Manchester davon abzuhalten, sich häuslich niederzulassen und das Regiment zu ergreifen.
»Es sollte doch eine Frau dasein«, beharrte sie und schaute mich mit ihren großen, hervorstehenden Augen an.
»Ich bin hier«, erwiderte ich. »Und Mary.«
»Mary!« wiederholte sie verächtlich.
Ich erwartete daher wieder einen Reporter oder einen Kondolenzbesuch, als ich die Tür öffnete. Aber es war Mr. Henderson, der, den Hut in der Hand, draußen stand. Offenbar hatte auch er schon von dem Todesfall gehört, denn er trat auf Zehenspitzen ein und sprach mit gedämpfter Stimme, wie es sich in einem Trauerhaus schickt.
»Ist Inspektor Patton da?« erkundigte er sich. »Ich war auf der Polizeizentrale, und man sagte mir, er sei hier.«
Der Inspektor tauchte aus dem Hintergrund der Halle auf. »Sie wünschen mich zu sprechen, Henderson?«
»Es ist nicht sehr angenehm, ausgerechnet jetzt zu stören, aber meine Frau fand, es sei wichtig. Vielleicht könnte ich Ihnen draußen sagen, was –«
»Sprechen Sie nur ruhig hier.«
»Nun, die Sache ist die ...« Er drehte den Hut in den Händen und zögerte. »Sehen Sie, ich für meinen Teil bin nicht dafür, Klatsch weiterzutragen; leben und leben lassen ist mein Motto. Aber meine Frau hat eine besondere Gabe, das Vertrauen der Leute zu gewinnen; es ist unglaublich, was sie alles erfährt. Und kürzlich hat sie nun etwas über Paula Brent gehört, weil nämlich unsere Köchin mit dem Butler der Brents gut bekannt ist. Es wäre doch möglich, sagt meine Frau, daß diese Geschichte einen wichtigen Hinweis enthält.«
Ob das stimmte, vermochte ich nicht zu beurteilen; vielleicht handelte es sich auch nur um einen bloßen Hintertreppenroman. Und der Inspektor meinte, nachdem Henderson sich empfohlen hatte: »Ich kann mir lebhaft vorstellen, daß dieser kleine Pantoffelheld und seine Frau seit Montag nacht

die zwei Häuser jenseits der Straße ununterbrochen mit dem Opernglas beobachten.«

Wenn man Hendersons wiederholte Entschuldigungen ausließ und seine Geschichte auf das Wesentliche reduzierte, lautete sie folgendermaßen:

Vor etwa einem Monat war Paula mit ihrem Wagen über das Wochenende zu einer Party gefahren. Aus irgendeinem Grund hatte ihre Familie versucht, sie telefonisch zu erreichen, wobei sich jedoch herausstellte, daß Paula nie dort aufgetaucht war. Als sie dann am Sonntag abend nach Hause kam, hatte es, wie der Butler zu berichten wußte, eine schreckliche Szene gegeben. Paulas Vater schrie und tobte und gebärdete sich wie ein Verrückter. Eine der wilden Drohungen, die er ausstieß, hatte der Butler sogar verstanden: »Wenn ich herausfinde, wer der Kerl ist, werde ich ihn umbringen!«

Paula hatte geweint, und auch ihre Mutter. Über Nacht und während der zwei folgenden Tage wurde Paula in ihrem Zimmer eingeschlossen, und niemand außer ihrer Mutter, die ihr das Essen brachte, ging zu ihr. Paula habe aber sehr wenig gegessen, erzählte der Butler; die Speisen seien fast unberührt wieder in die Küche zurückgekommen.

»Ich pflege sonst, wie gesagt, Klatsch nicht wichtig zu nehmen«, schloß Mr. Henderson, »doch in diesem Fall hielt ich es für meine Pflicht, Sie zu informieren. Mr. Brent ist ein guter Freund und Nachbar, und meine Frau meint, wenn er irgendwie in diese unglückselige Geschichte verwickelt sei, werde er sich bestimmt rechtfertigen können. Nach dem plötzlichen Tod von Miss Juliet aber und wo doch Charlie Elliott immer noch in Untersuchungshaft ist –«

Der Inspektor sah ihn scharf an. »Es wird also geschwatzt, nicht?«

Mr. Henderson spreizte die Hände in einer ausdrucksvollen Geste. »Daran können Sie die Leute nicht hindern, Inspektor. Meine Frau hat übrigens heute nachmittag bei den Brents angerufen, aber Paula kam ans Telefon, und sie hat kein Wort gesagt, sondern einfach wieder aufgehängt, erzählte meine Frau. Sie hat sich natürlich darüber ziemlich aufgehalten.«

»Was denken die Leute über Miss Juliets Tod?«
»Ich habe nicht so genau aufgepaßt, als davon die Rede war. Ich weiß nur, daß Dr. Stewart Mrs. Brent anrief und der Butler etwas hörte.«
»Etwas? Was?«
»Nun, Dr. Stewart schien zu glauben, Miss Juliet sei nicht eines natürlichen Todes gestorben.«
»Dieser verfluchte Doktor!« sagte der Inspektor mit Nachdruck. »Und wieso hätte Mr. Brent Miss Juliet umbringen sollen?«
Mr. Henderson räusperte sich. »Meine Frau dachte – nun, angenommen, Miss Juliet fand in jener Nacht nicht nur Charlie Elliott in Herberts Zimmer, sondern auch Paula Brent?«
»Und nicht zu vergessen Paulas Vater. Ein hübscher kleiner Menschenauflauf, nicht?«
Wieder breitete der kleine Mann seine Hände aus. »Ich selbst glaube es ja nicht, Inspektor; das ist nur, was man sich in der Nachbarschaft erzählt.«
»Dann gehen Sie nach Hause und sagen Sie den Leuten, sie sollen um Gottes willen den Mund halten!« erwiderte der Inspektor wütend. »Ich brauche die Mithilfe des Publikums nicht, und wenn, werde ich selbst darum ersuchen!«
Bald darauf verabschiedete sich Henderson. Wir zogen uns in die Bibliothek zurück, wo der Inspektor nachdenklich seine Pfeife stopfte.
»Eigenartig«, meinte er schließlich, »wie sehr dem gemeinen Mann daran liegt, sein Opfer zu bekommen. Aber Brent war in der Nacht vom letzten Montag auf den Dienstag nicht in der Stadt; das steht fest.«
Er erhob sich, ging ein paarmal auf und ab und fragte dann plötzlich: »Was halten Sie eigentlich von der ganzen Geschichte?«
»Ich glaube«, antwortete ich trocken, »Miss Juliets Tod bedeutet, daß die Verteidigung einen wichtigen Zeugen verloren hat. Und wer sie umbrachte, wußte das jedenfalls.«
»Die alte Dame ein Zeuge für die Verteidigung? Das klingt ja interessant. Wie kommen Sie darauf?«

»Miss Juliet hat meines Wissens nie behauptet, sie habe gesehen, wie der Schuß abgefeuert wurde. Außer der Tatsache, daß Elliott im Zimmer war, sah sie nichts.«
»Sie beobachtete, wie er die Leiche vor den Sekretär legte.«
»Das eben bezweifle ich. Ich gäbe etwas darum, zu wissen, ob sie sich in jener Nacht tatsächlich die Zeit genommen hat, ihre Brille aufzusetzen. Und ohne diese konnte sie unmöglich so weit sehen.«
Der Inspektor schaute mich nachdenklich an. »Was sagen Sie dann zu dem ganzen Henderson-Klatsch? Es wäre doch denkbar, daß Elliott von Paulas Wochenendausflug erst am vergangenen Montag erfuhr.«
»Nun«, erwiderte ich verstockt, »ich kenne mich nicht aus mit der jungen Generation, und Gott sei Dank bin ich nicht ihr Sittenrichter. Aber ich glaube nie und nimmer, daß Charlie Elliott einen Mord begangen hat.«
Er nahm die Pfeife aus dem Mund und grinste mich an. »Sie sind ein halsstarriges Frauenzimmer, Miss Pinkerton«, sagte er. »Immerhin will ich nicht abstreiten, daß Sie neben Ihrer Schwäche für blonde Jünglinge eine gute Portion gesunden Menschenverstand haben. Und ich gebe auch zu, daß ich heute mehrmals am Ende meiner Weisheit war. Das einzige, was ich sicher weiß, ist, daß die alte Frau vergiftet wurde; ich brauche keine chemische Analyse, die mir das beweist.«
»Haben Sie die Tabletten gefunden?«
»Eine, ja. Das genügt. Sie konnten offenbar auf Ihren Racheakt mit der Leiter nicht verzichten, sonst hätte ich wahrscheinlich beide gefunden.«
»Das bedeutet doch, daß Charlie Elliott als Täter nicht in Frage kommt?«
Der Inspektor gab keine Antwort, sondern sog an der Pfeife und hing seinen eigenen Gedanken nach.
»Wir haben jetzt also zwei Morde«, bemerkte er. »Den ersten wird der Bezirksanwalt garantiert vor das Obergericht bringen. Er ist seiner Sache sicher, und wenn er noch Henderson mit seiner Geschichte vom letzten Montag als Zeugen auftreten läßt, sieht es für Charlie Elliott bös aus, besonders weil es sich bestimmt herausstellen wird, daß Charlie Paula am Montag ihre Handtasche mit den Schlüsseln abgenommen

hat. Aber irgendwie überzeugt mich das Ganze nicht, und ich habe schon halbe Nächte darüber nachgedacht. Wie verhält es sich zum Beispiel mit Charlies Eifersucht? Wenn ein Mann eifersüchtig ist, begeht er ein Verbrechen aus Leidenschaft; er tötet nicht aus kühler Berechnung. Konkret heißt das, daß er nicht daran denkt, den Revolver mit einem Taschentuch anzufassen und seine Tat dann als Selbstmord zu tarnen. Er hat ja auch gar nicht die Zeit dazu, denn ein Schuß macht, im Gegensatz zu einem Messerstich einen höllischen Lärm. Auf der andern Seite haben wir die Aussage von Miss Juliet, sie habe gesehen, wie Charlie die Lage der Leiche veränderte. Es kann ja sein, daß Ihre Vermutung stimmt und Miss Juliet sich das nur einbildete, aber für Charlie wird es sich trotzdem verhängnisvoll auswirken.«

»Mir fällt noch etwas anderes ein, Inspektor. Daß der Schuß gehört werden würde, muß er sich doch überlegt haben. Vielleicht wußte er, daß Miss Juliet schwerhörig war, aber dann blieben immer noch die Dienstboten. Meine Meinung ist, daß der Mörder entweder ein sehr großes Risiko auf sich nahm – oder sich von vornherein darauf verlassen konnte, daß der Schuß nicht gehört würde.«

»Sie denken an Hugo?«

»Hugo wußte davon, oder weiß jetzt etwas. Ich habe ihn nicht vergebens die ganze Woche beobachtet.«

Er nickte nachdenklich und schwieg eine Weile.

»Was wissen Sie Näheres über Florence Lenz?« fragte er dann.

»Nichts, außer daß sie ein gräßliches Weibsbild ist.«

Er lachte, wurde aber gleich wieder sachlich. »Immerhin, gräßlich oder nicht gräßlich – es würde mich zum Beispiel interessieren, ob sie dahinterkam, daß Paula Brent Herbert Wynne geheiratet hatte.«

»Was?« schnappte ich. »Geheiratet?«

»Ja«, sagte er ernst. »Sie hat ihr Geheimnis gut zu bewahren gewußt, aber damit ist auch das Rätsel ihres Wochenendausflugs gelöst. Schade, daß wir Mrs. Hendersons Gesicht nicht sehen können, wenn sie das erfährt, nicht? Ja, das arme Kind hat ihn geheiratet, und eines der Dinge, die sie in Herberts Zimmer zu finden versuchte, ist ihr Trauschein. Wenn mich mein Gefühl nicht trügt, ahnte sie schon bald nach der Heirat und noch bevor er starb, daß diese Ehe ein Fehler war, aber sie hatte den Schritt nun einmal getan. Das erklärt natürlich auch, weshalb sie seine Schlüssel bei sich trug.«

»Ich verstehe nur nicht, weshalb sie hier einbrechen mußte, um ihren Trauschein zu suchen. Sie konnte doch ihre Heirat bestimmt auch ohne Trauschein beweisen.«

»Das habe ich mir ebenfalls überlegt und bin zu dem Schluß gekommen, daß die Trauung wahrscheinlich bei Nacht an irgendeinem abgelegenen Ort stattfand. Paula war wohl viel zu aufgeregt, um sich darum zu kümmern, wie dieser Ort hieß und wo er lag.«

»Wo haben Sie ihn denn gefunden? Den Trauschein, meine ich, Sie haben ihn doch, nicht wahr?«

»Jawohl, ich habe ihn, und wenn wir schon davon reden: ich schulde Ihnen eine neue Schere. Er war unter einem gelokkerten Bodenbrett am Kopfende des Bettes, und ich hatte eine verteufelte Mühe, ihn da herauszufischen.«

»Einen Brief haben Sie nicht gefunden?«

»Doch, auch, aber er ist nicht sehr aufschlußreich; ich werde Ihnen noch erklären, weshalb. Ich habe mich natürlich gefragt, warum Paula nicht gleich von Anfang an ihre Ehe erwähnte, was doch logisch gewesen wäre; aber wenn man Angst hat, handelt man eben selten logisch. Sie ist wirklich in keiner beneidenswerten Lage. Einerseits glaubt sie zwar nicht, daß Wynne von Elliott umgebracht wurde; ganz überzeugt ist sie jedoch auch nicht; sie hat ja nur sein Wort dafür. Und andererseits lebt sie im Streit mit ihrer Familie. Wenn sie auch zunächst die Heirat geheimhielt, weil Wynne es wünschte, so wollte sie doch sicher nach seinem Tod ihren Eltern den Trauschein vorweisen. Das Ganze wäre kein Problem gewesen, wenn sie sich an uns gewandt hätte; doch tat sie das? Nein. Es ist eigenartig, daß die Leute mit ihren Schwierigkeiten selten zu uns kommen; aus irgendeinem unerfindlichen Grund glauben sie immer, die Polizei sei gegen sie. Dabei hätten wir den Pfarrer oder Friedensrichter, der sie getraut hat, ohne weiteres auftreiben können.

Aber Paula beschließt, auf eigene Faust vorzugehen. Dienstag dringt sie nachts hier ein und erschreckt eine gewisse

Miss Adams fast zu Tode; nebenbei bemerkt dürfte sie selbst einen ganz schönen Schock gehabt haben. Nach diesem mißlungenen Versucht vertraut sie sich Charlie Elliott an, und er unternimmt an ihrer Stelle einen zweiten Versuch, wird jedoch von Florence Lenz in die Flucht geschlagen. Donnerstag nacht kommt er zwar bis in Herberts Zimmer, aber nicht ungesehen wieder hinaus. Vielleicht ist er tatsächlich ein Mörder, oder vielleicht ist er unschuldig wie ein neugeborenes Kind, doch auf jeden Fall haben wir ihn geschnappt.«

»Und der Brief?« fragte ich ungeduldig. »Geht daraus nichts hervor?«

»Nicht sehr viel, und ich möchte jetzt nicht darauf eingehen. Ich will Ihnen nur eines sagen: diese Affäre begann als ein ganz gewöhnlicher Versicherungsschwindel. Es war geplant, daß Wynne eine ziemlich hohe Lebensversicherung abschließen sollte – in seinem Alter ist das noch billig –, um dann scheinbar beim Baden zu ertrinken. Wynne hatte sich das alles zurechtgelegt und ging mit dem Vorschlag zu Hugo. Er verlangte für sich eine bestimmte Summe, zahlbar in zwei Raten; das Geld sollte ihm irgendwo einen neuen Start ermöglichen. Hugo lehnte zuerst ab, überlegte es sich dann aber und willigte schließlich doch ein. Warum, ist leicht zu erraten: Er rechnete sich aus, daß die Versicherungssumme Miss Juliet aus ihrer prekären Lage befreien und gleichzeitig die in ihrem Testament für ihn und Mary ausgesetzten Legate garantieren würde. Ob er das Geld für die Prämie von seinen eigenen Ersparnissen nahm oder sich den erforderlichen Betrag irgendwo borgte, wußte Wynne nicht, und es kümmerte ihn auch nicht; die Hauptsache für ihn war, daß er die Vorauszahlung erhielt.

Und nun kommt der Haken an der Geschichte: Wynne versuchte mit dem Geld zu spekulieren, hatte jedoch, wie wir auch von Paula hörten, kein Glück. Solange er aber seine Aktien wenigstens mit einem kleinen Gewinn weiterverkaufen konnte, eilte es ihm nicht, zu ›sterben‹, überdies hatte er Paula Brent kennengelernt und sich in sie verliebt. Hugo war seinerseits natürlich über Wynnes Verzögerungstaktik alles andere als erfreut; nicht nur, weil der Sommer –

die Zeit, in die Wynnes ›Ertrinkungstod‹ logischerweise hätte fallen sollen – vorüberging, sondern vor allem deshalb, weil Miss Juliet das Haus nicht mehr halten konnte. Daß Wynne ständig mit Paula zusammen gesehen wurde, machte die Sache auch nicht besser, und Hugo mußte befürchten, Wynne denke überhaupt nicht mehr daran, seinen Teil des Handels zu erfüllen. Das war damals, als Hugo dem Jungen überallhin zu folgen anfing.
Es gab natürlich auch noch eine andere Möglichkeit, Hugo zu prellen: Wenn Wynne Paula heiratete, würde nach seinem ›Tod‹ das ganze Versicherungsgeld automatisch an sie fallen und nicht an Miss Juliet. Genau das hatte Wynne überlegt, und deshalb war er so ängstlich darauf bedacht, daß seine Ehe geheimblieb, obwohl er Paula die wahren Gründe kaum genannt haben dürfte. Am letzten Montag hatte er dann seine Vorbereitungen beinahe abgeschlossen, und er sah sich mit Paula schon nach Europa oder Südamerika fahren, wo sie von dem Geld bis an ihr seliges Ende hätten leben können. Was er nicht voraussah, war, daß er mit der Ausführung seines Planes einen Tag oder zwei zu lang gewartet hatte.«
»Also ist doch Hugo der Mörder?«
»Das habe ich damit nicht sagen wollen.« Der Inspektor erhob sich und klopfte seine Pfeife aus. »Glenn soll mich doch anrufen, falls er sich nächstens einmal hier blicken läßt. Ich gehe jetzt und nehme Hugo mit; er hat sich lange genug erholen können. Übrigens ist mir noch eine interessante Theorie eingefallen. Florence Lenz war doch mit Wynne verlobt, nicht? Angenommen, sie kannte Wynnes ursprünglichen Plan und rechnete damit, ihn zu heiraten und das erschwindelte Geld mit ihm zu teilen? Was halten Sie davon?«

24

In Miss Juliets Zimmer war inzwischen der Leichenbestatter mit seinem Gehilfen am Werk gewesen, und als sie mich nun hereinbaten, erschrak ich fast über Miss Juliets verändertes Aussehen. Alle Spuren von Krankheit und Leid schienen weggewischt; sie lag da wie eine imposante Marmorstatue, ganz die große Lady von ehemals. Ich konnte mir gut vorstellen, daß sie früher eine wirkliche Schönheit gewesen war und daß Paulas Großvater sie sehr geliebt hatte.
Mr. Glenn kam erst um fünf Uhr und rief den Inspektor sogleich an. Soviel ich hörte, war die Rede von Miss Juliets Bankfach, und Mr. Glenn versprach, am nächsten Morgen dort etwas nachzuschauen.
Mit dem Erscheinen der Nachmittagsausgaben der großen Zeitungen, die Miss Juliets Tod natürlich eingehend kommentierten, setzte fast sofort ein unübersehbarer Strom von Besuchern ein. Ich war froh über Mr. Glenns Anwesenheit, denn Mary hatte sich in die Küche zurückgezogen, wo sie mit ihrem starren Gesicht vor sich hin brütete, und Hugo befand sich noch auf der Polizeizentrale.
Mr. Henderson hatte es sich natürlich nicht nehmen lassen, noch zu einem zweiten, offiziellen Besuch zu erscheinen.
Zuerst stand er ganz still an Miss Juliets Bett, dann sagte er plötzlich: »Ich hab sie gekannt, als ich noch ein Junge war. Es heißt, sie sei im Alter hart und bitter geworden, aber damals bewunderte sie jedermann. Sie war eine Schönheit.«
Danach ging er auf Zehenspitzen wieder hinaus, nicht ohne einen bedeutungsvollen Blick in die Richtung des dritten Stocks zu werfen.
»Ein Jammer, daß sie nicht sterben konnte, bevor *das* passierte«, bemerkte er. Ich glaube, er hatte sogar Tränen in den Augen.
Mr. Glenn blieb zum Abendessen, das zu meiner Überraschung wie immer von Hugo serviert wurde. Der Anwalt schien in Gedanken versunken, und nur einmal, als wir allein waren, sagte er zu mir: »Finden Sie nicht auch, daß Hugo ganz gebrochen aussieht? Gebrochen und gealtert.«
Ich konnte ihm nur zustimmen.

»Was will die Polizei eigentlich von ihm?« fuhr er fort. »Es ist doch kaum anzunehmen, daß sie ihn mit Miss Juliets Tod in Verbindung bringen. Ich frage mich überhaupt, ob es wirklich nötig war, einen Verdacht zu äußern.«
»Sie halten es für unwahrscheinlich, daß Miss Juliet vergiftet wurde?«
»Stewart läßt sich jedenfalls leicht ins Bockshorn jagen. Schließlich litt sie schon seit einiger Zeit an Angina pectoris, und sie hätte ohnehin nicht mehr lange zu leben gehabt. Außerdem war sie nach unserer Unterredung heute morgen ziemlich erschöpft.«
Dann kam Hugo zurück, und wir aßen schweigend weiter, bis in der Halle das Telefon läutete. Ich erhob mich und nahm es ab.
»Miss Adams?« fragte der Inspektor.
»Ja, Herr Doktor?« erwiderte ich vorsichtig.
»Mit Hugo war nichts anzufangen; er schweigt hartnäckig. Aber ich habe den Eindruck, daß er versuchen wird, jemand anders zu sprechen, denn er weiß oder ahnt etwas. Vielleicht überlegt er sich's auch noch einmal und kommt zurück; das ist sogar sehr gut möglich. Übrigens werde ich um halb neun Uhr Elliott herbringen. Sehen Sie zu, daß Sie in der Nähe sind!«
»Gut, Herr Doktor«, antwortete ich. »Ich bin wahrscheinlich ab morgen wieder frei.«
»Darauf würde ich mich an Ihrer Stelle nicht allzusehr verlassen, Miss Pinkerton!« meinte er und hängte auf.
Niemand sprach mehr während der restlichen Mahlzeit, die ohnehin immer ungemütlicher wurde, da Hugo oft vom Servieren wegmußte, um die vielen Blumensendungen entgegenzunehmen.
Wir saßen noch am Tisch, als mit ernster, selbstbewußter Miene Dr. Stewart hereinkam. Was er zu sagen hatte, war offenbar so wichtig, daß er wartete, bis Hugo das Zimmer wieder verließ.
»Es ist soweit; ich habe den Befund«, verkündete er dann.
»Nun?« fragte Mr. Glenn.
»Mein Verdacht war berechtigt; es sind wirklich Giftspu-

ren vorhanden. Vielleicht hören Sie das nächste Mal auf mich, Glenn.«
»Was heißt hier das nächste Mal?«
Das klang ziemlich gereizt, und ich vermutete, daß zwischen den beiden Männern aus irgendeinem Grund eine Spannung entstanden war. Der Doktor ließ sich jedoch nicht beirren, sondern verbreitete sich ausführlich über den *risus sardonicus* und die übrigen Symptome, bis Mr. Glenn angewidert aufstand und seine Serviette hinschmiß.
»Verschonen Sie mich um Himmels willen damit, Stewart!« rief er ärgerlich. »Sparen Sie Ihre Schilderungen für die Polizei, dort wird man sie zu würdigen wissen!«
Er ging hinaus, sprach in der Halle noch kurz mit Hugo und fuhr gleich darauf weg.
Dr. Stewart, der ihm erstaunt nachgeblickt hatte, bemerkte lächelnd: »Scheint ja recht nervös zu sein, der gute Glenn! Aber ich nehme es ihm nicht übel; mich hat das Ganze auch angegriffen. Und ich beneide ihn nicht um seine Aufgabe.«
»Was für eine Aufgabe?« fragte ich.
»Ich weiß zufällig, daß Paula Brent ihn heute nachmittag in seinem Büro aufsuchte und ihn bat, den jungen Elliott zu verteidigen. Elliott hat zwar eigene Anwälte, aber psychologisch gesehen ist es natürlich ein geschickter Schachzug, wenn ausgerechnet der Familienanwalt der Mitchells seine Verteidigung übernimmt.«
Als er sich gleich darauf verabschiedete, folgte ihm Hugo vor die Haustür, wo die beiden eine Weile zusammen sprachen. Ich fragte mich schon, ob das den Verdacht des Inspektors bestätigte, Hugo werde vielleicht versuchen, sich jemand anders anzuvertrauen, doch die letzten Worte Dr. Stewarts schienen mir nicht danach zu klingen. »Überlegen Sie sich's jedenfalls, Hugo«, sagte er so laut, daß ich es verstehen konnte. »Die Hauptsache ist, daß keine neuen Schwierigkeiten hinzukommen.« – »Da haben Sie wohl recht«, erwiderte Hugo.
Ich trat später selbst noch einen Augenblick vor die Haustür und schaute nachdenklich in den stillen Septemberabend hinaus. Die Luft war kühl und erfrischend, und ich erinnere

mich, daß ich sie in vollen Zügen einatmete und dabei das Gefühl hatte, der Wirrwarr in meinem Kopf beginne sich zu klären. Aber keine große Erleuchtung kam über mich; zu viele Rätsel waren noch ungelöst, zu vieles paßte noch nicht zusammen. Ich versuchte, Florence Lenz' Rolle in der Tragödie zu erkennen, doch es wollte mir nicht gelingen. Ich zweifelte zwar keinen Moment daran, daß sie mit Gift so gut umzugehen wußte wie eine Lukrezia Borgia, aber wieso sollte sie Miss Juliet vergiften? Auch der Mord an Herbert Wynne war ihr zuzutrauen, doch wieder stellte sich die Frage nach dem Motiv.

Ich muß wohl schon eine ganze Weile grübelnd dort gestanden haben, als Hugo um die Hausecke bog und auf mich zukam.

»Ich gehe noch aus, Miss«, sagte er. »Darf ich Sie bitten, ein Auge auf meine Frau zu haben? Sie ist mit den Nerven ziemlich am Ende.«

»Natürlich, Hugo.«

»Und – falls sie sich entschließen sollte, Ihnen etwas zu geben, würden Sie es dann sorgfältig aufheben?«

»Mir etwas geben? Was denn?«

»Das wird sie Ihnen selbst erklären. Fragen Sie sie aber lieber nicht von sich aus danach; das könnte sie übelnehmen. Warten Sie einfach, bis sie damit herausrückt. Wenn nicht...«

Er machte eine unbestimmte Handbewegung, setzte seinen Hut auf und ging.

Er sollte nicht wiederkommen. In meinem Gedächtnis bewahre ich sein Bild, wie ich ihn zuletzt sah: das alte, müde Gesicht mir zugewendet und das Licht aus der Halle auf seinem weißen Haar.

Wurde er ermordet? Mit absoluter Sicherheit wird man das wohl nie wissen. Allerdings schloß ich aus der Richtung, die er einschlug, daß er sich zur Polizeizentrale begeben wollte, und es ist leicht zu erraten, weshalb er nie dort anlangen durfte.

Als ich mich umdrehte, um hineinzugehen, hörte ich plötzlich leise meinen Namen rufen. Es war Paula Brent, die draußen im Schutz der Büsche stand.

»Warten Sie einen Augenblick«, sagte sie. »Ich möchte mit Ihnen sprechen. Bitte schließen Sie die Tür.«
»Hugo ist nicht da.«
»Ich weiß, aber seine Frau könnte mich sehen.«
Ich machte also die Tür zu und trat ebenfalls in den Schatten der Büsche.
»Hören Sie«, begann Paula aufgeregt, »stimmt etwas an dem Gerücht, daß Miss Juliet vergiftet wurde? Halten Sie es für möglich?«
»Der Verdacht besteht«, erwiderte ich vorsichtig.
»Würde das Charlie nicht entlasten?«
»Nicht unbedingt, aber helfen könnte es ihm schon.«
»Wie ist es denn zugegangen? Hat vielleicht diese Florence Lenz etwas damit zu tun? Wir ertappten sie doch in Ihrem Zimmer, und das Tablett mit den Medikamenten stand direkt vor ihrer Nase.«
»Natürlich hätte sie die Gelegenheit benutzen können; das stimmt. Aber ob sie's auch getan hat, ist eine andere Frage.«
»Ich bin hergekommen, weil mir etwas anderes einfiel, was Florence betrifft«, erklärte Paula. »Sie erinnern sich doch, wie eigenartig sie sich heute morgen mir gegenüber benommen hat? Wie sie mich anstarrte?«
»Allerdings«, antwortete ich kurz.
»Wir hatten noch nie zusammen gesprochen, aber ich wußte, wer sie ist. Bevor Herbert mich kennenlernte, war er mit ihr ziemlich befreundet, aber dann zog er sich von ihr zurück, und ich glaube, das hat sie schlecht vertragen.«
Nun, das konnte ich mir gut vorstellen; Florence war sicher nicht der Typ, der solche Dinge gelassen hinnimmt. Ich fragte mich, ob Paula nun mit der Geschichte ihrer Heirat herausrücken würde und ob sie vermutete, Florence sei irgendwie dahintergekommen. Es zeigte sich jedoch, daß es sich um etwas ganz anderes handelte, vielleicht sogar um etwas viel Wichtigeres.
An jenem letzten Abend mit Herbert hatte Paula, wie ich bereits wußte, im Kino ihre Handtasche liegenlassen und sie unter ihrem Sitz am Boden gefunden, als sie nochmals zurückging. Herbert wartete vor dem Kino auf sie und

studierte inzwischen die Börsenberichte. Sie trat zu ihm und schaute nach, ob in der Tasche nichts fehlte; dabei entdeckte sie, daß die beiden Schlüssel zum Mitchell-Haus, die sie immer bei sich hatte, verschwunden waren.
»Ich bin sicher, daß sie mir während der Vorstellung entwendet wurden«, behauptete sie.
Während sie noch dort standen, berichtete sie weiter, sei Florence Lenz aus dem Kino gekommen. Herbert habe sie nicht bemerkt, und auch sie habe nicht besonders auf sie geachtet; erst nachträglich sei ihr jetzt eingefallen, daß Florence möglicherweise mit dem Verschwinden der Schlüssel etwas zu tun haben könnte. Leider erinnere sie sich nicht mehr, wer im Kino neben ihr gesessen habe.
»Sind Sie sicher, daß es Florence war, die Sie aus dem Kino kommen sahen?« fragte ich.
»Ganz sicher. Ich wußte heute morgen gleich, daß sie mir kürzlich irgendwo begegnet ist, aber wo und wann hätte ich im Moment nicht sagen können.«
»Und die Schlüssel befanden sich tatsächlich in Ihrer Handtasche? Sie hatten sie nicht etwa zu Hause gelassen?«
»Ausgeschlossen. Ein solches Risiko konnte ich gar nicht auf mich nehmen. Herbert war übrigens ziemlich ärgerlich, aber dann gab er mir seinen eigenen Schlüsselbund und behielt nur einen Reserveschlüssel für sich.«
»Mir scheint, darüber sollten Sie die Polizei orientieren, Paula«, riet ich. »Das heißt, wenn es tatsächlich stimmt, daß gar nicht Charlie Elliott, sondern jemand anders Schlüssel zum Mitchell-Haus hatte.«
Sie schüttelte den Kopf. »Das ist es ja eben«, sagte sie. »Charlie und ich stritten uns an jenem Abend, als ich vom Kino kam, und er entriß mir die Tasche mit den Ersatzschlüsseln. Er wußte, daß ich die Schlüssel immer bei mir hatte. Deshalb folgte ich ihm auch, denn ich wollte einen Zusammenstoß zwischen den beiden wenn möglich verhindern. Der springende Punkt ist aber, daß jemand anders auch Schlüssel hatte und noch vor Charlie dort war. Charlie fand Herbert tot in seinem Zimmer am Boden liegen.«
»Warum veränderte er dann die Lage der Leiche?«
»Das hat er nicht getan. Wer behauptet das? Er hörte jemand

die Treppe heraufkommen und schwang sich aus dem Fenster auf das Dach hinaus.«
»Miss Juliet gab aber vor ihrem Tod eine Erklärung ab, in der sie aussagt, sie habe gesehen, daß Charlie die Lage der Leiche veränderte.«
»Das ist eine Lüge!« erklärte Paula ärgerlich. »Das kann sie gar nicht gesehen haben. Als Charlie Herbert fand, lag er vor dem Sekretär und neben ihm am Boden ein Revolver. Auf dem Sekretär waren ein paar Putzlappen und ein Fläschchen Öl, und Charlie vermutete, Herbert habe sich beim Reinigen des Revolvers erschossen. Aber natürlich wollte er nicht in Herberts Zimmer angetroffen werden, und so versteckte er sich hinter dem Kamin auf dem Dach des Anbaus, bis die Polizei das Haus verließ. So hat es sich zugetragen, ob die Polizei es nun glaubt oder nicht.«
Als Antwort darauf bog in der nächsten Sekunde ein Polizeiwagen um die Ecke.

25

Keine zehn Meter vor uns hielt er mit quietschenden Bremsen, und ich sehe immer noch Paulas Gesicht vor mir, als hinter Evans Charlie Elliott aus dem Wagen stieg.
»Charlie, Charlie!« rief sie und rannte auf ihn zu.
Auch sein Gesicht spiegelte freudige Überraschung, obwohl er versuchte, sich nichts anmerken zu lassen. »Entschuldige«, sagte er, »aber ich habe nur einen Arm zur Verfügung. Der andere ist im Moment nicht abkömmlich.«
Erst jetzt sah ich, daß er mit dem einen Handgelenk an Evans gefesselt war.
Nun trat auch der Inspektor zu der Gruppe, und die beiden Polizeibeamten duldeten halb ärgerlich, halb verlegen, daß Paula sich an Elliotts Schulter ausweinte.
Charlie versuchte sie zu beruhigen. »Jetzt bin ich aber an der Reihe!« erklärte er. »Wie wär's, wenn du aufhörtest und mich ein wenig weinen ließest?« Und als das nichts nützte, meinte er: »Glaub mir doch, die Polizei ist ihrer Sache gar

nicht mehr so sicher. Wieso würden sie mich sonst aus meinem warmen Verlies holen und mich in die kalte Nacht hinauszerren? Diese Schergen zittern schon, weil sie genau wissen, daß sie die falsche Fährte verfolgt haben.«
Sie sah ihn an, ob es ihm ernst sei, und brachte sogar ein halbes Lächeln zustande.
Niemand hatte mich bis jetzt im geringsten beachtet, aber nun kam der Inspektor zu mir herüber und erkundigte sich nach Hugo. Ich sagte ihm, daß er ausgegangen sei.
»Das habe ich mir gedacht«, erwiderte er. »Er wird beschattet, und wenn er jetzt nicht auf dem Weg zur Polizeizentrale ist, werden wir bald wissen, wohin er sich gewandt hat.«
Als ich ihm von seiner geheimnisvollen Andeutung erzählte, runzelte der Inspektor nachdenklich die Stirn.
»Mary soll Ihnen etwas geben? Was könnte das sein? Ein Revolver? Eine Flasche Strychnin?«
»Oder auch ganz einfach, was sie von Miss Juliet zur Verwahrung erhielt – vermutlich die Zeitung.«
»Aha. Es wird offenbar langsam brenzlig, und man hält es für richtig, ein Alibi zu präsentieren!«
»So denke ich mir's jedenfalls. Aber ich kann mich natürlich auch täuschen.«
»Erfahrungsgemäß täuschen Sie sich nicht sehr oft, Miss Pinkerton«, entgegnete der Inspektor und ging zurück zu Charlie Elliott.
Es stellte sich heraus, daß Charlie hergebracht worden war, um möglichst genau die Situation vom Montagabend zu rekonstruieren; er sollte jede einzelne seiner Handlungen wiederholen und erklären. Dann hatte er also endlich zugegeben, daß er am Montag hiergewesen war.
Der Inspektor und Evans folgten ihm mit gespannter Aufmerksamkeit; ich glaube, sie hatten mich und Paula vollständig vergessen. Charlie erklärte, und ab und zu fragte der Inspektor etwas; sonst sprach niemand.
Ausgangspunkt war eine Straßenecke in der Nähe, wo Charlie das Taxi verlassen hatte. Er ging etwa hundert Meter weiter, hielt dann inne und blickte zum Haus hinüber, das sich von dieser Stelle aus nur als unbestimmte

schwarze Silhouette abhob.
»Ich war schon früher einmal nachts hiergewesen«, bemerkte er, »als ich Paula folgte. Ich erinnerte mich, daß der Seiteneingang dort drüben sein mußte.«
Er führte Evans an seiner Fessel durch das Gebüsch auf den Rasen, wo er wieder haltmachte.
»Als ich den Rasen ungefähr zur Hälfte überquert hatte, sah ich, wie ich Ihnen bereits sagte, plötzlich jemand zum Seiteneingang herauskommen. Es war mindestens so dunkel wie jetzt, und Sie werden verstehen, daß ich von hier aus nicht entscheiden konnte, ob es sich um eine Frau oder einen Mann handelte.«
»Und die Gestalt entfernte sich auf die Seite des Anbaus?«
»Ja.«
Der Inspektor sah regungslos zum Haus hinüber. »Aber hören Sie, Elliott, Sie müssen sich dabei doch etwas gedacht haben. Warum sollte jemand zu dieser ungewöhnlichen Stunde das Haus heimlich durch den Seiteneingang verlassen? Sie müssen sogar sehr gründlich über diesen Punkt nachgedacht haben, falls Ihre Geschichte wirklich stimmt.«
Mir schien, Charlie zögerte etwas, bevor er antwortete. »Natürlich habe ich inzwischen darüber nachgedacht«, erwiderte er, »aber damals nahm ich ohne weiteres an, die Gestalt sei Hugo oder Dr. Stewart. Ich wußte, daß Miss Juliet seit längerer Zeit leidend war.«
»Und nun können Sie sich nicht vorstellen, weshalb Dr. Stewart sich in Richtung auf die Küche entfernte? Ist es das, was Ihnen Kopfzerbrechen macht?«
»Eigentlich nicht, nein. Ich hatte seinen Wagen nirgends bemerkt, und es wäre doch möglich, daß er zu Fuß von einem andern Fall in der Nähe kam. Nein, was ich mir nicht erklären kann, ist, warum Dr. Stewart Wynne hätte erschießen sollen. Ich sehe kein Motiv.«
»Nun, lassen wir das einstweilen. Was taten Sie danach?«
»Was ich Ihnen bereits geschildert habe. Ich wartete noch ein wenig und ging dann zum Haus, wo ich meine Schlüssel ausprobierte.«

Er setzte sich langsam in Bewegung, und wir folgten ihm.
»Hier war es noch leicht«, erklärte er, als wir vor dem Seiteneingang standen. »Schwieriger wurde es erst, als ich die Hintertreppe hinaufstieg, von der ich keine Ahnung hatte, wohin sie führte. Oben angelangt, hörte ich Hugo ganz in der Nähe schnarchen und zündete ein Streichholz an, um mich umzusehen. Mein anderer Schlüssel paßte zu einer Tür, und ich befand mich im Korridor des zweiten Stockes.«
Wir gingen alle hinauf ins Wohnzimmer der Dienstboten, wo Charlie wiederholte, was er getan hatte.
»Bis dahin war ich so wütend gewesen, daß ich mir über mein Eindringen keine Gedanken machte«, sagte er und lächelte schwach. »Aber nun begann mir zu dämmern, daß jedermann, dem ich hier begegnete, mich für einen gewöhnlichen Einbrecher halten mußte. Was wollte ich eigentlich? Ich gebe zu, daß ich imstande gewesen wäre, Wynne zu erschießen, als ich von Paula weglief, aber jetzt kam ich mir reichlich dumm vor. Abgesehen davon war ich nicht bewaffnet. Ich fragte mich, ob ich nicht lieber umkehren sollte, aber oben brannte Licht, und so ging ich weiter.«
Als wir die Treppe zum dritten Stock halbwegs oben waren, blieb er stehen.
»Vielleicht könnte jemand in Wynnes Zimmer das Licht andrehen«, schlug er vor. »Von hier aus sah ich ihn am Boden liegen.«
Der Inspektor ging hinauf, und ich bemerkte, wie Charlie mit seiner freien Hand Paulas Hand ergriff und sie festhielt.
»Ich dachte zuerst, Wynne suche etwas unter dem Sekretär«, erklärte Charlie, als das Licht brannte. »Aber seine Stellung kam mir eigenartig vor, und er bewegte sich auch nicht. Da wurde mir klar, daß etwas mit ihm nicht stimmte, und in diesem Moment hätte ich beinahe kehrtgemacht. Aber das ging natürlich nicht mehr. Ob ihm nun übel war oder ob er sich verletzt oder nur sinnlos betrunken hatte – ich konnte ihn nicht einfach so liegenlassen.«
Oben im Zimmer wiederholte er dann jede einzelne seiner Bewegungen. Er hatte sich über den Körper gebeugt, ohne

ihn zu berühren. Als er die Stirnwunde sah, wußte er sofort, daß Wynne tot war.
»Wie lange?« fragte der Inspektor. »Was schätzen Sie? War der Körper noch warm? Beweglich oder schon starr?«
»Ich weiß nicht. Oder soll das eine Falle sein? Ich habe Ihnen ja schon gesagt, daß ich ihn nicht anfaßte. Zuerst dachte ich noch daran, ihn auf das Bett zu heben, aber dann fiel mir ein, wie wichtig es sei, nichts zu berühren.«
»Gingen Sie denn nicht zum Bett hinüber?«
»Nein. Ich stand noch immer über die Leiche gebeugt, als ich jemand auf der Treppe hörte. Mein einziger Fluchtweg war das Fenster, und ich sah mit einem Blick, daß es möglich sein mußte, mich auf das Dach hinüberzuschwingen, wenn ich kräftig abstieß. Ich kann es Ihnen vormachen, wenn Sie wollen.«
»Nein, nein, das ist nicht nötig. Wie soll ich übrigens wissen, daß Sie jetzt keine Leiter dort postiert haben?«
Merkwürdig, wie dankbar wir alle für diesen harmlosen kleinen Scherz waren, der die beklemmende Stimmung etwas lockerte! Aber der Inspektor wurde gleich wieder sachlich.
»Wie lange standen Sie vor dem Haus, bevor Sie durch die Seitentür hereinkamen?«
»Nur so lange, bis ich mich orientiert hatte.«
»Und Sie hörten keinen Schuß?«
»Ich erinnerte mich jedenfalls nicht. Ich glaube auch nicht, daß ich ihn beachtet hätte.«
»Aber als Sie dann die Leiche fanden, fiel Ihnen da nicht sofort die Gestalt ein, die Sie beobachtet hatten? Ich meine, vermuteten Sie keinen Zusammenhang?«
Elliott zögerte. »Diese Frage möchte ich lieber nicht beantworten.«
»Doch, Charlie, du mußt. Sag es ihnen«, schaltete sich Paula unerwartet ein.
»Wie konnte ich sicher sein, daß die Gestalt nicht Paula gewesen war?« erklärte er langsam. »Ich wußte nichts von ihrer Heirat, hatte sie aber schon einmal nachts heimlich ins Haus schlüpfen sehen.«
»Waren Sie nicht eben von ihr gekommen?«

»Er mußte zuerst ein Taxi finden«, warf Paula ein. »Ich hätte natürlich mit meinem Wagen rascher hier sein können, und damit rechnete er.«
»Aber Sie hatten doch ihre Schlüssel?«
»Ich stellte mir vor, Paula habe vielleicht gepfiffen oder Wynne sonst irgendwie ein Signal gegeben. Das heißt jedoch nicht, daß ich sie der Tat verdächtigte; ich glaubte überhaupt nicht an Mord. Aber wenn sie Wynne etwas gesagt hatte, das ihn zu einem verzweifelten Entschluß trieb –«
»– daß ich Charlie liebe und nicht ihn«, ergänzte Paula.
»Nun, Sie verstehen meine Überlegungen. Ich wollte ganz einfach nicht, daß Paula in die Sache hineingezogen würde. Außerdem war die Gestalt vielleicht doch nicht Paula gewesen.« Er blickte zu ihr hinüber. »Tut mir leid, Paula, aber du weißt ja auch Bescheid. Wynne hatte immer eine oder zwei Freundinnen.«
»Aha«, sagte der Inspektor nur. »Und jetzt, da Sie schon hier sind, Miss Brent, wollen wir doch noch einmal die Episode mit der Leiter rekonstruieren.«
Aber es sollte nicht dazu kommen. Unten bei der Haustür trafen wir mit einem Polizeibeamten zusammen, der den Inspektor in einer wichtigen Angelegenheit zu sprechen wünschte. Der Inspektor hörte sich seinen Bericht an und wandte sich dann mit ernstem Gesicht an mich.
»Hugo wurde von einem mit überhöhter Geschwindigkeit fahrenden Wagen erfaßt und schwer verletzt. Er starb auf dem Weg ins Krankenhaus. Versuchen Sie dies Mary schonend beizubringen.«

26

Ich tat mein möglichstes, aber Mary brach trotzdem vollständig zusammen, und ich wußte mir nicht anders zu helfen, als Dr. Stewart kommen zu lassen, der ihr ein Beruhigungsmittel gab. Als er gegangen war, fühlte ich mich allein in dem großen Haus, was meine Stimmung nicht eben verbesserte.
In Miss Juliets Zimmer brannte ein schwaches Licht, das nur

gerade die nächste Umgebung des Bettes beleuchtete. Der süßliche Duft der vielen Blumen erfüllte das ganze Haus, und mir wurde in dem kleinen Raum nebenan fast übel davon. Die Tür zur Dienstbotenwohnung hatte ich offengelassen, weil ich ab und zu nach Mary sehen wollte.
Ich befand mich in einem Zustand der Erschöpfung, in dem ich vor lauter Müdigkeit nicht mehr schlafen konnte; sobald ich mich hinlegte, fing es in meinem Kopf automatisch zu arbeiten an, und ich mußte, ob es mir paßte oder nicht, wieder und wieder den ganzen Fall durchdenken. Ich sah Herbert vor mir, wie er am Montag abend nach Hause kam und sich anschickte, zu Bett zu gehen. Wahrscheinlich hatte er erst den Revolver und dann die Zeitung aus der Tasche gezogen, beides auf den Sekretär gelegt und sich dann hingesetzt, um die Schuhriemen zu lösen. Daß er sich dann nicht erhob, als jemand unvermutet das Zimmer betrat, schloß meiner Ansicht nach die Möglichkeit aus, daß es sich bei dem Unbekannten um Charlie Elliott handelte, sonst wäre Wynne doch sicher sofort aufgesprungen und hätte vielleicht sogar den Revolver ergriffen.
Aber er fühlte sich nicht bedroht, vermutlich nicht einmal beunruhigt. Die beiden mußten wohl eine Weile zusammen gesprochen haben, wobei der Mörder irgendwann einmal sein Taschentuch hervorzog oder auch einfach seine Handschuhe anbehielt und sich unmerklich dem Sekretär mit dem Revolver näherte. Im geeigneten Moment hatte er dann blitzschnell gehandelt, so daß sich Wynne wahrscheinlich der Gefahr, in der er schwebte, gar nicht bewußt geworden war.
Bis zu diesem Punkt schien mir alles ziemlich klar zu sein, aber weiter kam ich nicht. Ich glaubte Paula, und ich glaubte auch Charlie Elliotts Darstellung, daß er Wynne bereits tot aufgefunden hatte; doch damit wußte ich immer noch nicht, wieso aus dem *Eagle* plötzlich eine Nummer der *News* geworden und warum jener Papierfetzen mit den Pulverspuren eine Woche alt war. Und was das alles mit einem Versicherungsschwindel zu tun haben sollte, konnte ich mit dem besten Willen nicht sehen.
Auch aus Miss Juliets Erklärung wurde ich nicht ganz klug.

Ich hielt es für möglich, daß Elliott vom Bett her auf die Leiche zugetreten war; er erinnerte sich vielleicht nicht mehr an jede Bewegung, die er in seiner Aufregung gemacht hatte. Aber Miss Juliet behauptete ausdrücklich, er habe die Leiche angefaßt und vor den Sekretär gelegt! Hatte sie das wirklich beobachtet oder sich nachträglich nur eingebildet?
Um elf Uhr klingelte es an der Haustür, und ich stolperte benommen die Treppe hinunter – sicher ungefähr zum millionstenmal, schien mir. Draußen stand jedoch kein Reporter, wie ich halb und halb erwartet hatte, sondern der Inspektor höchstpersönlich. Er kam herein und schloß die Tür hinter sich.
»Haben Sie Ihre automatische Pistole mit?« fragte er ohne weitere Einleitung.
»Sie haben mir selbst gesagt, ich sollte sie lieber zu Hause lassen.«
»Dann nehmen Sie diese«, bemerkte er und legte eine Pistole auf den Tisch in der Halle. »Denken Sie daran, sie zu entsichern, ehe Sie damit auf jemand schießen.«
»Ich will aber keine Pistole«, protestierte ich. »Ich will nach Hause und schlafen und durch nichts mehr geweckt werden.«
»Sie sind sich offenbar nicht bewußt, wie leicht Sie das hier haben können«, entgegnete er ernst. »Bei Hugo ist es soweit, daß keine Macht der Erde ihn wieder wecken kann, und ich will nicht, daß Ihnen dasselbe passiert.«
»Wieso dasselbe?«
»Ich bin fast sicher, daß es kein Unfall war, sondern daß Hugo ermordet wurde. Leider ging alles so schnell, daß der Detektiv, der ihn beschattete, keine genaue Beschreibung des Wagens liefern kann.«
Ich muß wohl bleich geworden sein, denn der Inspektor legte mir beruhigend die Hand auf die Schulter. »Sie sind eine mutige junge Frau, Miss Pinkerton«, sagte er, »und Sie werden uns jetzt nicht im Stich lassen; ebensowenig wie wir Sie, das verspreche ich Ihnen. Und nun will ich einmal kurz nach Mary sehen.«
Er unterhielt sich eine ganze Weile mit ihr, während ich in

der Bibliothek blieb. Dann hörte ich ihn in den rückwärtigen Flügel gehen, wo er nach etwas zu suchen schien.
»Hören Sie zu«, begann er, als er schließlich in die Bibliothek kam. »Nein, setzen Sie sich erst in einen bequemeren Sessel.« Er wartete, bis ich mich zurückgelehnt hatte, und fuhr dann fort: »Ich glaube, ich sehe langsam klarer, und hoffe, bald etwas Ordnung in das Ganze zu bringen. Im Moment kann ich Ihnen allerdings erst über einen Punkt kurz Aufschluß geben – die Geschichte mit der Zeitung. Dieser Zeitungsfetzen, den Sie fanden, hat mich einiges Kopfzerbrechen gekostet, und zwar nicht nur, weil er scheinbar gegen die Mordtheorie sprach. Nach allem, was wir wußten, hätte er aus einer Montagausgabe des *Eagle* stammen sollen; statt dessen war er aus den *News* und eine ganze Woche alt. Was bedeutete das? Etwas Wichtiges, oder überhaupt nichts?
Nun, Mary hat mir vorhin gestanden, wo sie die zu dem Fetzen gehörige Zeitung die ganze Woche vor Hugo verborgen hielt: in einer Dose, die sie in einen Topf mit eingemachter Butter steckte! Ich habe sie soeben aus dem Keller heraufgeholt!«
Er zog die Zeitung aus der Tasche und reichte sie mir. Ich fand, daß sie ziemlich genau der Beschreibung entsprach, die mir der Inspektor damals in seinem Büro gegeben hatte: von außen sah man ihr nichts an; wenn man sie jedoch öffnete, entdeckte man in den innern Blättern ein Loch mit Pulverspuren und angesengte Stellen, und bei einem Blatt fehlte die untere Ecke. Der Inspektor nahm einen Zeitungsfetzen aus seiner Brieftasche und legte ihn auf die fehlende Ecke, wo er genau hinpaßte.
»Damit ist also erwiesen«, bemerkte er, »daß Miss Juliet nicht alles beichtete, was sie wußte. Sie hatte die Zeitung in Herberts Zimmer gesehen, und Mary gibt zu, die alte Dame sei über den Trick mit den Pulverspuren orientiert gewesen. Wie Sie richtig vermuteten, holte Miss Juliet die Zeitung aus dem dritten Stock und gab sie Mary zur Verwahrung. Hugo sollte sie davon nichts sagen.
Ich kann mir übrigens recht gut vorstellen, was sich Miss Juliet in jener Nacht durch den Kopf gehen ließ. Mary, die eine ausgesprochene Fähigkeit besitzt, Dinge in Erfahrung

zu bringen, die sie nicht wissen sollte, hatte irgendwie von Wynnes Versicherung vernommen und Miss Juliet darüber aufgeklärt; es ist also nicht verwunderlich, wenn Miss Juliet der Versuchung nicht widerstehen konnte. Schließlich sind Versicherungsgesellschaften reich, und nichts vermochte Wynne wieder ins Leben zurückzurufen. Sie brauchte nur diese fatale Zeitung zu unterschlagen.«

»Ich glaube einfach nicht, daß sie imstande war, so kaltblütig aus dem Tod ihres Neffen Nutzen zu ziehen«, wandte ich ein.

»Nun, sie sorgte aber dafür, daß die Zeitung verschwand, nicht?«

»Und Wynne soll jetzt doch Selbstmord begangen haben?«

»Wer sagt das? Ich behaupte nur, daß Miss Juliet in jener Nacht davon überzeugt war. Später, als wir uns weiterhin für den Fall interessierten, begann sie wahrscheinlich zu zweifeln; aber sie glaubte immer noch nicht an Mord. Obwohl sie Charlie Elliott gesehen hatte, wäre es ihr nie in den Sinn gekommen, daß ein Junge, den sie kannte – ein Junge aus guter Familie, der zudem mit Paula verlobt gewesen war –, ein Mörder sein könnte. Wenn es sich nicht um Selbstmord handelte, dann höchstens um einen Unfall.«

»Aber ganz zuletzt änderte sie ja ihre Meinung doch noch.«

»Allerdings. Sie mußte zwangsläufig zu demselben Schluß gelangen wie wir, und ihr Gewissen verbot ihr zu schweigen.« Er sah auf seine Uhr. »Betrachten wir, bevor ich gehe, noch einen Augenblick die andere Seite. Auf dem Material, das gegen Charlie Elliott vorliegt, hat der Bezirksanwalt einen scheinbar völlig klaren Fall aufgebaut, und er ist seiner Sache nach wie vor sehr sicher. Charlie war erwiesenermaßen eifersüchtig, und er wußte von Paulas nächtlichen Besuchen im Mitchell-Haus. Diese beiden Tatsachen allein ergeben schon ein einleuchtendes Motiv für einen Mord an Wynne, den er zudem als notorischen Tunichtgut kannte.

Auch Paulas Geschichte spricht eher gegen Charlie als für ihn, denn der Bezirksanwalt wird sie natürlich so auslegen, daß der Unbekannte, vor dem Wynne sich fürchtete, Elliott war. Sie sehen also, wie gut alles paßt – ausgenommen ein

oder zwei kleine Dinge, den Versicherungsschwindel nicht eingerechnet. Da ist zum Beispiel die Zeitung. Wieso sollte Elliott Wynne durch eine Zeitung erschießen? Und selbst wenn wir voraussetzen, daß er es aus irgendeinem Grund doch tat, wieso war die Zeitung eine Woche alt?«
»Könnte das heißen, daß der Mord vorbereitet wurde?«
»Genau das meine ich. Vielleicht erinnern Sie sich an Ihre Bemerkung damals in meinem Büro, daß es möglich sein müsse, einen Mord als Selbstmord auszugeben. Nun, meiner Ansicht nach sollte man den Mord an Herbert Wynne für einen Unfall halten, und die Zeitung war als eine Art Alibi gedacht, falls etwas schiefging. Es ging dann auch wirklich schief: Die Zeitung wurde heimlich vom Tatort entfernt! Das hatte der Mörder natürlich nicht vorgesehen.«
Ich starrte den Inspektor ungläubig an. »Deutet das alles nicht wieder auf Hugo hin?«
»Nein, es war nicht Hugo. Wer es ist, weiß ich jetzt auch noch nicht, aber ich hoffe bestimmt, daß ich es Ihnen morgen früh oder sogar noch eher sagen kann, falls alles sich so entwickelt, wie ich mir's denke.«
Damit ging er und überließ mich wieder einmal meinen fruchtlosen Grübeleien. Sogar heute noch, wenn ich so zurückschaue, finde ich sein Verhalten unverzeihlich; er hätte mir wenigstens etwas mehr verraten, mir einen kleinen Hinweis geben können! Statt dessen wußte ich nicht einmal, was für Maßnahmen er zu meinem Schutz treffen wollte.
Vielleicht war ihm auch nicht ganz wohl bei der Sache; jedenfalls sah er mich prüfend an und sagte noch: »Laufen Sie nicht mehr im Haus herum als unbedingt nötig. Und nehmen Sie die Pistole mit sich hinauf. Gute Nacht!«
Ich schloß und verriegelte die Tür hinter ihm und ging zurück in mein Zimmer. Die Pistole legte ich neben mir auf den Toilettentisch, aber nach einer Weile überkam mich immer deutlicher das Gefühl, daß eine Pistole gegen die Gespenster, mit denen meine Phantasie die düstern Räume bevölkerte – Wynne, Miss Juliet und nun auch Hugo –, nichts ausrichten konnte. Von den ursprünglichen Bewoh-

nern dieses Geisterhauses war nur noch Mary übriggeblieben, die, durch Drogen betäubt, in ihrem Hinterzimmer den Schlaf der Erschöpfung schlief.
Als ich um halb eins noch einmal nach ihr sah, lag sie ruhig da, und bei ihrem Anblick verlor sich meine Nervosität etwas. Wenigstens gab es außer mir noch ein anderes lebendiges menschliches Wesen unter demselben Dach! Diese Reaktion ist gewiß verständlich, und ich konnte ja nicht ahnen, daß die Katastrophe vielleicht nicht eingetreten wäre, wenn ich mich nicht aus meinem Zimmer gerührt hätte.
Am Fußende ihres Bettes schlief Marys schwarzer Kater. Ich hob ihn auf, um ihn hinauszulassen, denn ich liebe es nun einmal nicht, Katzen im selben Haus mit Toten zu wissen, obwohl das wahrscheinlich nur Aberglaube ist. Aber sowie ich den Korridor betrat, entwischte mir das verflixte Tier und rannte die Treppe zum dritten Stock hinauf. Der Gedanke, ihm dorthin zu folgen, behagte mir gar nicht, aber dann entschloß ich mich doch dazu.
»Tom!« rief ich auf der Treppe. »Komm her, Tom!«
Aber Tom kümmerte sich herzlich wenig um mich, und ich sah gerade noch, wie er in Herberts Zimmer flüchtete. Bei dem schwachen Licht, das unten aus dem Korridor heraufdrang, tastete ich mich durch das Zimmer zu dem Sekretär und wollte eben die Wandlampe anzünden, als der Lichtschein plötzlich erlosch und es um mich her dunkel wurde. Jemand hatte lautlos die Tür hinter mir geschlossen!
Ich stand wie gelähmt vor Furcht, den einen Arm noch ausgestreckt, und fühlte die drohende Anwesenheit eines Unbekannten mit allen Sinnen. Zunächst rührte sich jedoch nichts, und abgesehen von dem vertrauten Knacken im Holz herrschte tödliche Stille. Dann schien das Knacken auf mich zuzukommen. Ich hatte mich noch immer nicht von der Stelle bewegt und öffnete eben den Mund zum Schreien, als zwei kräftige Hände mit festem Griff meinen Hals umschlossen.

27

Noch heute wache ich manchmal nachts schweißgebadet auf, weil ich im Traum verzweifelt nach Atem ringe und mich vergeblich unter dem tödlichen Griff dieser Hände winde.

Aber damals wollte ich es zuerst nicht glauben. Es war nicht möglich, daß jemand mich umzubringen versuchte; mir konnte so etwas nicht passieren. Schließlich begriff ich jedoch, daß es sehr wohl möglich war und daß dies das Ende bedeutete. Ich fühlte mein Bewußtsein langsam schwinden und meine Knie schwach werden, und dann gab ich jeden Widerstand auf und sank in eine schwarze, grundlose Tiefe.

Wie lange es dauerte, bis ich wieder zu mir kam, weiß ich heute noch nicht; ich erinnere mich nur an meine ersten mühsamen Atemzüge. Meine Kehle war geschwollen, und ich konnte den Kopf nicht drehen. Ich hörte mich rasselnd Atem holen, aber irgendwie schien mir die Luft keine rechte Erleichterung zu bringen.

Als ich mich zu rühren versuchte, merkte ich erst, daß ich mich halb sitzend in einem sehr engen Raum befand. Mit ausgestreckter Hand tastete ich mein Gefängnis ab, das von vier Holzwänden begrenzt war, aber erst nach einiger Zeit dämmerte mir, daß es sich bei einer dieser Wände um eine Tür handelte und daß ich in Herberts Zimmer im Schrank steckte. Deshalb also konnte ich so wenig Luft bekommen!

Ich brauchte mehrere Minuten, bis ich mich soweit zurechtgefunden hatte, und dann dauerte es noch immer eine Weile, bevor ich über meine Lage nachzudenken begann. Ich versuchte sogar zu rufen, aber aus meiner schmerzenden Kehle drangen nur sonderbar krächzende Laute, die trotz der lautlosen Stille im ganzen Haus kein Mensch hören konnte.

Meine Stellung war denkbar unbequem; ich fühlte mich jedoch zu schwach, um aufzustehen. Schließlich hämmerte ich aus lauter Verzweiflung an die Tür, aber nichts als dieselbe schreckliche Stille antwortete mir zunächst. Ich lauschte angestrengt. Da, war das nicht ein Laut? Er näherte sich mit qualvoller Langsamkeit, so daß ich ihn erst nach einiger Zeit definieren konnte; dann aber gab es keinen Zweifel mehr: Jemand stieg bedächtig die Treppe hinauf. Ich sah mich schon erlöst und in Sicherheit, als mich plötzlich die entsetzliche Gewißheit überfiel, daß dies der Mörder war, der zurückkehrte. Ich glaube, ich habe nie in meinem Leben eine ähnliche Panik erlebt, und sogar noch jetzt, während ich dies niederschreibe, bricht mir der Angstschweiß aus.

Unfähig, mich zu rühren oder auch nur einen klaren Gedanken zu fassen, hörte ich die Schritte stetig näher kommen. Unter der Tür schien der Unbekannte einen Augenblick stillzustehen, wie ein Läufer, der sein Ziel endlich erreicht hat; dann setzte er sich wieder in Bewegung, trat auf den Schrank zu und hielt erneut inne, bevor er den Schlüssel im Schloß drehte. Ich erinnere mich nur noch, daß ich zu schreien versuchte und daß meine Stimmbänder den Dienst versagten.

Aber irgendwie reichte die gewaltige Anstrengung, zu der ich mich in meiner Todesangst zusammenriß, doch aus; obwohl ich mir heute noch nicht erklären kann, woher ich plötzlich die Kraft hatte, aufzustehen. Ich hörte das Knirschen des Schlüssels im Schloß und warf mich mit meinem ganzen Gewicht gegen die Schranktür, die krachend aufsprang. Diese Reaktion hatte der Mörder wohl offenbar nicht erwartet, und der Schlag traf ihn wohl mit voller Kraft am Kopf; jedenfalls gab er eine Art Grunzen von sich und sackte dann zusammen. Ich stürzte aus dem Schrank, stolperte in der Dunkelheit über die am Boden liegende Gestalt, fiel hin, rappelte mich wieder auf und rannte, nein flog im nächsten Augenblick die Treppe hinunter und beinahe in den Revolver hinein, den der Inspektor schußbereit in der Hand hielt.

»In Herberts Zimmer!« krächzte ich. »Rasch!« Dann umfing mich wieder wohltuende Dunkelheit, und ich verlor das Bewußtsein.

Diesmal lag ich auf dem Bett in meinem kleinen Zimmer, als ich zu mir kam. Ich erkannte den Inspektor, der mich besorgt ansah, und vom Korridor her vernahm ich das Geräusch

schlurfender Füße, das mir nur zu vertraut war – so gehen Männer, die eine Bahre tragen. Der Inspektor schloß zwar hastig die Tür, als er merkte, daß ich das Bewußtsein wiedererlangt hatte; aber mich konnte jetzt nichts mehr so leicht erschüttern. Ich hätte ihn nur angeschaut, erzählte er später, und seltsam gurgelnde Laute produziert.
»Sprechen Sie nicht!« sagte er. »Wie fühlen Sie sich? Besser?«
Ich nickte. »Eis!« brachte ich mühsam hervor. »Mein Hals. Geschwollen!«
Der Inspektor schickte einen Polizisten in die Küche, um in einem Handtuch ein wenig Eis zu holen. »Ich muß gleich weg«, bemerkte er dann. »Aber zuerst will ich mich mindestens bei Ihnen entschuldigen. Ich bin schlimmer als alle Detektive, die ich je Stümper geschimpft habe, und kann nur Gott danken, daß Sie mit dem Leben davongekommen sind!«
»Wer war es?« krächzte ich. Die Zunge lag mir wie ein Klotz im Mund.
Natürlich brachte in diesem Moment der Polizist das Eis – einen Klumpen, so groß wie sein Kopf – und zu allem Überfluß läutete noch das Telefon.
»Sie werden verlangt, Inspektor!« rief jemand von unten. »Scheint ziemlich dringend zu sein.«
»Von wem?« fragte der Inspektor.
»Sein Name ist Henderson, sagte er.«
Der Inspektor war mit einem Satz zur Tür hinaus und rannte die Treppe hinunter. Ich vergaß mein Eis, erhob mich, so gut es ging, und wankte mit weichen Knien in den Korridor, wo ich mich am Treppengeländer festhielt. In der Halle und vor der offenen Haustür erblickte ich eine ganze Anzahl Polizisten, und in dem schwarzen, glänzenden Wagen, der draußen stand, erkannte ich die Polizeiambulanz.
»Was ist los, Henderson?« rief der Inspektor ins Telefon. Und dann: »Was sagen Sie? Vor einer guten Stunde? Mein Gott, Mann, gehen Sie hinüber und schlagen Sie das Fenster ein, aber rasch! Ich bin gleich selbst da.«
Er hängte auf und erteilte kurz einige Befehle. Als er mich

oben an der Treppe sah, fragte er: »Fühlen Sie sich gut genug, um mitzufahren? Sie brauchen nicht zu sprechen.«
Ich nickte und wollte nur schnell meinen Mantel holen, aber der Inspektor hielt mich zurück. »Kommen Sie, wie Sie sind! Wir dürfen keine Zeit verlieren.«
Damit war er schon draußen, und ich hatte kaum neben ihm im Wagen Platz genommen, als er in einem wahren Höllentempo losfuhr. Ein Polizist auf einem Motorrad tauchte irgendwo aus dem Nichts auf und schaffte uns freie Bahn, indem er ununterbrochen seine Sirene ertönen ließ. Rote Verkehrslichter und die erstaunten Gesichter von Passanten huschten an uns vorüber, während ich mich krampfhaft festhielt und vergebens zu erraten suchte, was wir am Ziel unserer wilden Fahrt vorfinden würden.
Schließlich brach der Inspektor das Schweigen. »Henderson macht sich Sorgen um Paula«, sagte er, ohne seinen Blick von der Straße zu wenden. »Sie liegt in der verschlossenen Garage am Boden und reagiert nicht auf sein Rufen.«
Zu meiner Überraschung konnte ich plötzlich wieder sprechen, wenn auch nur heiser. »Glauben Sie, daß es sich um einen Selbstmordversuch handelt?« fragte ich.
»Kaum. Das Ganze sieht mir eher nach Mordversuch aus, und wir haben es nur Henderson zu verdanken, wenn er nicht gelungen ist. Das steht allerdings noch nicht fest.«
»Ein Mordversuch? Wie denn?«
»Wahrscheinlich mit Kohlenmonoxyd. Zum Glück ist die Garage ziemlich groß, so daß man wenigstens hoffen kann –«
Er beendete den Satz nicht, da wir eben in die schmale Zufahrtsstraße hinter dem Haus der Brents einbogen. Die Garage war hell erleuchtet, und eine kleine Menschenansammlung stand im Halbkreis hinter Paulas Sportwagen. Als wir anhielten, löste sich Henderson aus der Gruppe und trat auf den Wagen zu.
»Wir haben nach einer Ambulanz geschickt, Inspektor«, rapportierte er. »Sie sollte jeden Augenblick hiersein.«
»Paula lebt also noch?«
»Ja.«
»Gott sei Dank. Wer sind die Leute in der Garage?«

»Paulas Eltern und meine Frau. Meiner Frau kam der Gedanke mit der Ambulanz, und sie hat auch angerufen.«
Mr. Henderson war offensichtlich stolz auf seine Frau.

28

Ich untersuchte Paula, die bleich und kaum noch atmend am Boden lag, aber da ich mit Kohlenmonoxyd-Vergiftung wenig Erfahrung hatte, konnte ich nicht viel für sie tun. Künstliche Atmung war das einzige, was vielleicht half, und der Polizist, der uns hergebracht hatte, erklärte sich sofort bereit, sie nach meiner Anleitung auszuführen. Ich fühlte mich noch zu schwach dazu.
»Haben Sie irgendwelche Spuren von Gewaltanwendung entdeckt?« fragte der Inspektor.
»Ich bin nicht ganz sicher. Sie hat eine Beule am Hinterkopf, aber die könnte auch entstanden sein, als sie stürzte.«
Er schaute sich die Garage gründlich an, fand aber nichts und hatte offenbar auch nichts zu finden erwartet. Dann sprach er kurz mit Mr. Henderson und gleich danach verschwanden die beiden in die Nacht hinaus. Als sie von ihrem Streifzug zurückkehrten, fischte der Inspektor einen kleinen Schlüssel aus seinem Taschentuch, wickelte ihn sorgfältig in ein Papier und steckte ihn wieder ein. War das der Garagenschlüssel, den der Mörder fortwarf, nachdem er Paula eingeschlossen hatte?
Endlich kam auch die Ambulanz, und der Inspektor und ich folgten ihr zum St.-Lukas-Krankenhaus. Der Nachtportier, der mich von früher her kannte, musterte mich erstaunt.
»Sieht aus, als wären Sie in ein Handgemenge verwickelt worden, Miss Adams«, meinte er.
»Handgemenge ist der richtige Ausdruck, John«, gab ich zurück. »Wenn zufällig noch jemand in der Küche ist, wäre ich für eine Tasse starken schwarzen Kaffee sehr dankbar.«
Paula lag schon auf dem Untersuchungstisch in der Notfallstation, und eine ganze Anzahl Ärzte und Schwestern bemühten sich um sie. Die künstliche Beatmung wurde fortge-

setzt, aber erst gegen Morgen war sie endlich außer Gefahr. Da ich meinen Kaffee bekommen hatte, gelang es mir, mich bis dahin wach zu halten. Nach Tagesanbruch erschien auch der Inspektor wieder und wartete auf die Erlaubnis, mit Paula zu sprechen.

Als außer mir jedermann den Raum verlassen hatte, setzte er sich an ihr Bett und begann ihr Fragen zu stellen, zart und rücksichtsvoll, wie ich ihn gar nicht kannte und wie man mit einem kranken Kind umgeht.

Doch es stellte sich heraus, daß Paula sehr wenig wußte. Nachdem das Experiment mit der Leiter nicht mehr stattgefunden und sie sich von Charlie verabschiedet hatte, wollte sie erst direkt nach Hause fahren. Sie sei ganz glücklich und aufgeregt gewesen, erzählte sie, denn sie habe fest geglaubt, die Polizei werde Charlie bald entlassen. Deshalb fuhr sie dann noch ein wenig herum und brachte den Wagen erst etwa um halb zwölf in die Garage. Sie hatte den Motor bereits abgestellt, als sie draußen Schritte hörte, ohne sich deswegen zu beunruhigen. Als sie die Garagentüre schließen wollte, sah sie sich plötzlich einem Unbekannten gegenüber, der eine Art schwarzer Halbmaske trug. Sie wich, von Panik ergriffen, zurück und versuchte durch die kleine Hintertür zu fliehen. Doch der Mann mußte sie niedergeschlagen haben, denn von da an erinnerte sie sich an nichts mehr, bis sie im Krankenhaus erwachte.

Mr. Henderson, der draußen auf den Inspektor wartete, ergänzte Paulas Darstellung, so daß wir am Ende einen ziemlich lückenlosen Bericht hatten. Übrigens erwies sich dabei die Richtigkeit unserer Vermutung, daß Henderson seit Montag fast ununterbrochen auf der Lauer lag.

Am Freitag abend also hatte Henderson Paula etwa um acht Uhr wegfahren hören. Ungefähr um elf bemerkte er zu seiner Frau, er frage sich, wo Paula wohl so lange stecke, aber sie hatte ihm nur geantwortet, er brauche sich keine Sorgen um ein Mädchen zu machen, das dem Alter nach seine Tochter sein könnte. Daraufhin war er schweigend zu Bett gegangen, hatte aber keinen Schlaf gefunden, bis er gegen Viertel vor zwölf Paula in die Garage fahren hörte. Er wollte sich schon beruhigt aufs Ohr legen, als drüben plötzlich der Motor von

Paulas Wagen wieder ansprang. Das machte ihn stutzig, besonders weil der Motor auf hohen Touren lief, in der Garage aber kein Licht mehr brannte. Er wollte schon da nachsehen, doch seine Frau verwies es ihm.

»Paula weiß mit dem Wagen umzugehen«, sagte sie. »Laß sie ihren Motor nur ausprobieren, wenn sie nichts Besseres zu tun hat.«

»Aber es ist alles ganz dunkel«, wandte er ein.

»Ach was; du kannst von hier aus nicht sehen, ob sie nicht eine Taschenlampe hat. Gib jetzt endlich Ruhe.«

Er war aber weiterhin wach geblieben und hatte gewartet, bis seine Frau schließlich einschlief. Inzwischen wurde es Viertel vor eins, und die ganze Zeit über hielt das Motorengeräusch an. Gerade als er sich leise erhob, verstummte es jedoch plötzlich, und Henderson trat ans Fenster, um Paula die Garage verlassen zu sehen und sich zu vergewissern, daß alles in Ordnung war. Er habe sicher fast zehn Minuten dort gestanden und gewartet, erzählte er, ehe er ein paar Kleidungsstücke überwarf und auf Zehenspitzen aus dem Haus schlich. Bei der Brentschen Garage konnte er aber zunächst nichts Verdächtiges entdecken. Sowohl das große Tor als auch die kleine Hintertür waren verschlossen, und im Innern rührte sich nichts. Obwohl er sich ziemlich lächerlich vorkam, wurde er doch eine merkwürdige Unruhe nicht los, und er kehrte ins Haus zurück, um eine Taschenlampe zu holen. Unglücklicherweise weckte er dabei seine Frau auf, die natürlich wissen wollte, was er treibe. Er erfand etwas von einem Geräusch, das er gehört habe; aber sie verbot ihm kurzerhand, hinunterzugehen und nachzusehen, ob Einbrecher am Werke seien. Er setzte sich über den Protest seiner Frau hinweg und verließ das Haus zum zweitenmal.

Und seine Unruhe erwies sich als nur allzu begründet. Er war sicher, daß es sich bei der Gestalt, die er durchs Fenster am Boden liegen sah, um Paula handelte, und er stürzte sofort ans Telefon. Auf der Polizeizentrale sagte man ihm, wo der Inspektor zu erreichen sei, und den Rest wußten wir.

Er vermutete übrigens, daß der Motor aus dem einfachen

Grund stillstand, weil kein Benzin mehr im Tank war, was, wie sich später herausstellte, tatsächlich stimmte.
Das meiste von Hendersons Bericht erfuhr ich zwar erst nachträglich, denn ich blieb fast die ganze Zeit über bei Paula. Es ging ihr schon viel besser, als der Inspektor zurückkam.
»Können Sie mir möglichst kurz zusammenfassen, was Sie gestern den ganzen Tag über taten, Paula?« fragte er. »Aber nur, wenn es Sie nicht zu sehr anstrengt.«
Es wurde trotzdem eine lange Geschichte, denn der Freitag war auch für Paula vollbefrachtet gewesen.
Zuerst erwähnte sie meinen Anruf am frühen Morgen und daß sie sich in ihrer Aufregung den Zeitpunkt nicht richtig gemerkt hatte. Dann kam sie zu unserm Gespräch im Garten, bei dem sie mich gebeten hatte, sie ins Haus zu lassen.
»Ich weiß Bescheid, Paula«, unterbrach sie der Inspektor. »Ihr Trauschein ist in sicheren Händen. Ich habe ihn gefunden.«
Sie errötete leicht, fuhr aber in ihrem Bericht fort. In meinem Zimmer hatte sie Florence Lenz angetroffen, die sich ihr auf eine nicht sehr feine Art vorstellte. Die Suche im dritten Stock verlief ergebnislos, und sie kehrte in mein Zimmer zurück, wo sie wartete, bis sie das Haus unbemerkt verlassen konnte.
Nach dem Mittagessen war sie nicht gleich wieder ausgegangen. Eine Mrs. Henderson, eine schreckliche Frau, die ihren netten Mann tyrannisierte und bei jedermann als große Klatschbase galt, rief an und wollte sich mit ihr über Miss Juliets Tod unterhalten, aber Paula hatte eine Weile zugehört und dann einfach aufgehängt.
Später, bevor er persönlich hinging, rief noch Dr. Stewart an und bestätigte nicht nur die Nachricht von Miss Juliets Tod, sondern erwähnte auch den Mordverdacht. Paula sprach dann längere Zeit mit ihm in der Bibliothek und vertraute sich ihm bis zu einem gewissen Grad an. Während ihrer Unterhaltung wurde ihr übrigens plötzlich klar, daß ihr als Herberts Witwe die Versicherungssumme zustand und sie deshalb über genügend Geld verfügte, um für Charlie einen Anwalt zu nehmen.

Nachdem Dr. Stewart gegangen war, rief sie sofort Mr. Glenn an, erhielt jedoch den Bescheid, er sei noch bei Gericht. Daraufhin fuhr sie zu seinem Büro und wartete dort, bis er kurz nach vier zurückkam. Sie glaubte, daß es einen günstigen Eindruck machen würde, wenn Glenn Charlie verteidigte, denn das hieße doch, daß der langjährige Familienanwalt der Mitchells Charlie für unschuldig hielt.

Während sie noch im Vorraum saß und wartete, konnte sie in aller Ruhe durch eine Glastür Florence Lenz beobachten, die im Nebenzimmer tippte. Erst bei dieser Gelegenheit fiel ihr plötzlich ein, wo sie Florence schon gesehen hatte: als sie am vergangenen Montag aus dem Kino kam.

29

Die aufregenden Ereignisse der letzten paar Stunden und die Angst um Paula hatten mich bis dahin meinen eigenen Zustand vergessen lassen; jetzt aber forderte der erschöpfte Körper sein Recht. Ich war nicht einmal mehr neugierig. Während Paula noch sprach, sank mein Kopf immer tiefer, und als mich der Inspektor später in seinen Wagen packte und nach Hause fuhr, schlief ich auf dem ganzen Weg.

Einen kleinen Vorfall will ich noch erwähnen, bevor ich zum Schluß komme. Als Paula ihren Bericht beendet hatte, stand der Inspektor auf, öffnete die Tür zum Korridor und nickte jemand zu. Im nächsten Augenblick war Charlie Elliott im Zimmer und beugte sich über Paulas Bett.

»Paula«, sagte er heiser. »Mein armer Liebling!«

»Mich hat's beinah erwischt, Charlie!«

»Ich weiß, ich weiß.«

Wenn ich jedoch eine rührende Szene zwischen den beiden erwartet hatte, sah ich mich diesmal getäuscht. Paula klammerte sich zwar fest an Charlie, als wollte sie ihn nicht mehr weglassen, bemerkte aber nur: »Du solltest dich dringend rasieren, Charlie. Wie kommst du überhaupt her? Bist du aus dem Gefängnis ausgebrochen?«

Charlie warf einen raschen Blick zum Inspektor hinüber, der die beiden wohlwollend beobachtete.
»Die hoffen alle, mich so bald als möglich endgültig loszuwerden. Sie würden mich sogar dafür bezahlen, daß ich gehe!«
»Wahrscheinlich hast du wieder einmal versucht, witzig zu sein!«
»Versucht!« protestierte er. »Ich habe sie glänzend unterhalten! Sag dem Inspektor, er soll dir den Witz von den Marinefüsilieren und der Kuh erzählen!«
Aber das alles war nur ein Deckmantel für ihre wirklichen Gefühle. Charlie grinste uns an und bemerkte halb verlegen: »Wir sind mindestens sechs Monate im Rückstand mit unserer Liebesgeschichte. Wenn die Herrschaften uns also allein lassen wollen... Ich bin in dieser Beziehung etwas altmodisch.«
Als ich unter der Tür verstohlen zurückblickte, war Charlie auf den Knien neben Paulas Bett und hatte einen Arm um sie gelegt.
Und das ist das letzte, an das ich mich erinnern kann. Ich glaube, ich folgte dem Inspektor wie eine Schlafwandlerin zu seinem Wagen und erwachte auch nicht richtig, als ich zu Hause die Treppe hinaufstieg. Wie durch einen dichten Schleier erkannte ich Dick, der aufgeregt im Käfig herumhüpfte, und dann führte mich der Inspektor zum Sofa, wo ich sogleich weiterschlief. Wie lange, weiß ich nicht; jedenfalls erwachte ich davon, daß jemand mit Geschirr klapperte.
»Ich dachte, ein handfestes Frühstück würde Ihnen guttun, meine Liebe«, erklärte Mrs. Merwin. »Und dem Herrn auch. Sie sehen aber schlecht aus, Miss Adams«, fügte sie, schon wieder zum Gehen gewandt, hinzu. »Das muß ja ein schlimmer Fall gewesen sein!«
Ich begann zu lachen und lachte weiter, bis mir der Inspektor eine Tasse Kaffee unter die Nase hielt.
»Trinken Sie das«, befahl er streng, »und hören Sie um Gottes willen auf!«
»Ich höre auf«, erwiderte ich. »Ich habe schon aufgehört. Ich bin fertig. Erledigt.«

Er schien nicht im geringsten beeindruckt, sondern ging hinüber zu Dick und unterhielt sich halblaut mit ihm.
»Ja, ja, Dick«, sagte er, »deine Herrin ist schlechter Laune, und wir werden wohl beide für eine Weile keinen Zucker bekommen. Wir müssen das verstehen, denn sie hat allerhand durchgemacht. Und wenn sie nicht gerade schlechter Laune ist, mag ich sie eigentlich ganz gern. Ich finde sie sogar ausgesprochen sympathisch, wenn ich mir's genau überlege.«
»Schwatzen Sie keinen Unsinn«, unterbrach ich ihn scharf. »Es wäre mir lieber, Sie würden mir endlich über die letzte Nacht Aufschluß geben.«
»Das ist eine lange Geschichte, und ich muß mich unbedingt erst etwas stärken.«
»Ich könnte Sie erschießen«, sagte ich. »Wenn ich meine automatische Pistole nicht erst aus der Jardiniere holen müßte...«
»Aus der Jardiniere?« wiederholte er. »So was fällt auch nur Ihnen ein!«
Er hatte sich inzwischen gesetzt und griff herzhaft zu, und ich trank meinen Kaffee.
»Um es gleich vorwegzunehmen«, begann er zwischen zwei Bissen Toast, »Sie haben wahrscheinlich mehr zu der Lösung dieses Falles beigetragen, als Sie ahnen; unter anderem dadurch, daß Sie die beiden armen Teufel auf dem Dach sitzenließen. Und mein ganzer Dank bestand darin, daß ich Sie beinahe in den Tod geschickt hätte! Ich kann meine Entschuldigung von letzter Nacht nur noch einmal wiederholen, obwohl ich Ihren Schutz nicht einfach vernachlässigt habe, wie Sie vielleicht vermuten. Wir waren nämlich die ganze Zeit in der Nähe des Hauses, aber wir überwachten nur die Türen, da wir wußten, daß der Mörder Schlüssel hatte und sie aller Wahrscheinlichkeit nach auch gebrauchen würde. Als wir das offene Fenster fanden, durch das er einstieg, war es schon zu spät.
Aber ich will der Reihe nach erzählen. Eigentlich sah ich erst gestern gegen Abend etwas klarer; ich glaube, bis dahin wußten Sie nicht viel weniger als ich – daß es sich um einen Versicherungsschwindel handelte und daß Wynne ermordet

worden war, weil der Geldgeber ihm nicht mehr traute. Der Mordverdacht richtete sich gegen Charlie Elliott, was durch die Erklärung Miss Juliets bestätigt wurde. Aber für den zweiten Mord, den an Miss Juliet, kam Elliott als Täter nicht in Frage. Und wie Sie gestern nach der Lektüre der Erklärung richtig feststellten, war es merkwürdig, daß Miss Juliet die Zeitung mit keinem Wort erwähnte. Sie hatten Gelegenheit gehabt, die alte Dame zu beobachten; Sie wußten, daß sie lange mit sich kämpfte, bis sie sich entschloß, eine Aussage zu machen. Wieso sagte sie aber nicht alles? Mary gab ja gestern abend zu, die Zeitung von Miss Juliet erhalten zu haben.
Im Zusammenhang mit Miss Juliets Ermordung ist übrigens auch noch ein anderer Umstand von Interesse: Ich glaube nicht, daß Miss Juliet den Beginn der Gerichtsverhandlungen überhaupt noch erlebt hätte. Aber der Mörder wollte sichergehen und auch das kleinste Risiko vermeiden. Wenn er es hätte darauf ankommen lassen, wäre höchstwahrscheinlich Charlie Elliott an seiner Statt verurteilt worden.
Betrachten wir nun noch einmal den Plan, der dem Versicherungsschwindel zugrunde lag. Seitdem ich weiß, daß Florence Lenz früher Herberts Freundin war, frage ich mich übrigens, ob nicht eher sie sich das Ganze ausgedacht hat.«
»Das würde ich ihr ohne weiteres zutrauen«, erklärte ich.
»Wieso Hugo sich für den Plan einnehmen ließ, wissen wir«, fuhr der Inspektor fort. »Die Aussicht, Miss Juliet vor dem Armenhaus zu retten und überdies die Legate für ihn und Mary sicherzustellen, war zu verlockend. Aber ich habe meine eigene Theorie, was die Versicherungssumme anbetrifft. Es fiel mir nämlich auf, wie seltsam Hugo reagierte, als zum erstenmal der Betrag von hunderttausend Dollar genannt wurde, und ich bin überzeugt, daß die Summe ursprünglich viel niedriger angesetzt und erst nachträglich, ohne Hugos Wissen, erhöht worden war. Das befremdete Hugo, und von da an hatte er Angst.
Ein weiterer Punkt, der mir zu denken gab, war das verdächtige Interesse sämtlicher Hausbewohner für Herberts Kleider. Ich bin sicher, daß auch Hugo sie durchsuchte, und von ihm kann ich es noch am ehesten verstehen, denn Herbert

hatte ja gedroht, einen Brief zu schreiben. Aber was hofften Mary und Miss Juliet zu finden? Wahrscheinlich kommen wir der Sache am nächsten, wenn wir uns an die einfachste Erklärung halten: Miss Juliet wußte zwar nichts von dem Brief, glaubte jedoch eine Zeitlang, Herbert habe Selbstmord begangen, und nach ihrer Meinung hinterließen alle Selbstmörder einen Abschiedsbrief.

Das sind nur einige der Probleme, die mich bis gestern abend beschäftigten, und wenn ich sie auch zum Teil löste, so brachte mich das doch nicht viel weiter. Dann ließ ich die beiden Pechvögel vom Dach herunterkommen, und der eine von ihnen gab mir etwas, das die Lösung des Falles plötzlich in greifbare Nähe rückte. Um ganz sicher zu sein, mußte ich mir aber zuerst über ein paar Dinge Klarheit verschaffen.«

Er hielt inne und goß sich eine Tasse Kaffee ein, der bestimmt inzwischen kalt geworden war.

»Ich versuchte also, so rasch als möglich festzustellen, wer von all den Beteiligten Zigarrenraucher ist, denn dieser Reporter, Davidson heißt er, hatte in der Dachrinne unter ein paar Blättern eine nur wenig angerauchte, ziemlich teure Zigarre entdeckt. Ich halte zwar nichts von diesen Sherlock-Holmes-Kunststücken mit Asche, Tabakkrümeln und so weiter, aber die Untersuchung im Labor ergab doch einwandfrei, daß die Zigarre drei bis vier Tage dort gelegen haben mußte. Und nun die Aufstellung: Hugo rauchte überhaupt nicht. Wynne war Kettenraucher, rauchte aber nur eine bestimmte Zigarettenmarke. Elliott raucht ebenfalls nur Zigaretten. Es kamen also nur zwei Personen in Frage, und Sie wissen, wer.«

»Mr. Glenn und Dr. Stewart!«

»Jawohl. Immerhin wollte ich auch noch sicher sein, daß nicht etwa Evans die Zigarre fortgeworfen hatte, als er Mittwoch oder Donnerstag auf dem Dach war. Nun, er hatte allerdings geraucht, aber ich erinnere mich selbst, daß er mit einem Stumpen im Mund die Leiter herunterkletterte. Es war also anzunehmen, daß die Zigarre tatsächlich in der Montagnacht vom Mörder auf das Dach hinausgeworfen wurde, und ich kann mir sogar vorstellen, daß er sie nur

anzündete, um dadurch die Bewegung zu verdecken, mit der er den Revolver ergriff.
Jetzt galt es also herauszufinden, wer von den beiden, Glenn oder Stewart, von Miss Juliets Tod oder besser von ihrem Testament profitierte. So wie ich es sehe, hat Miss Juliet ihr Testament gemacht, als noch ein kleines Kapital vorhanden war, und darin bestimmt, daß Herbert erben sollte, was nach Auszahlung der Legate an die Dienstboten übrigblieb. Sie mußte aber auch die Möglichkeit berücksichtigen, daß Herbert vor ihr sterben konnte, und für diesen Fall hatte sie wohl Stewart oder Glenn zum Erben des restlichen Kapitals eingesetzt. Dieser Erbe war es natürlich auch, der die Versicherung auf hunderttausend Dollar erhöhte.«
»Haben Sie deswegen gestern mit Glenn telefoniert?«
»Ja. Ich wollte das Testament sehen, und er sagte, er werde es am nächsten Morgen, also heute, aus Miss Juliets Bankfach holen.«
Er trank seinen Kaffee aus und schob die Tasse weg. »Sie hatten darauf hingewiesen, daß die Tabletten nur unter den besonderen Umständen tödlich wirkten. Wer aber war mit den Umständen besser vertraut als Dr. Stewart? Beinahe hätte ich das als schlüssigen Beweis angesehen, doch dann fiel mir ein, daß Glenn kürzlich als Verteidiger über toxikologische Probleme nachlesen mußte. Und wie es um Miss Juliet stand, wußte er natürlich auch.
Zum Glück kam mir ein Vorfall zu Hilfe, auf dem ich dann weiter aufbauen konnte, und daran sind wiederum Sie schuld. Als ich Sie nach meiner Unterredung mit Florence Lenz in die Bibliothek rufen ließ, erwähnten Sie in Florences Gegenwart den Brief, nach dem Paula in Herberts Zimmer gesucht habe. Florences Gesichtsausdruck in diesem Moment war sehr aufschlußreich, und von da an stand für mich fest, daß das Mitchell-Haus wieder einmal nächtlichen Besuch erhalten werde. Von wem wußte ich aber immer noch nicht, denn Florence kannte nicht nur Glenn, sondern auch Stewart, für den sie früher einmal die Buchhaltung besorgt hatte.
Ein weniger glücklicher Zufall wollte es, daß Paula gestern beiden, Glenn und Stewart, von ihrer Heirat mit Wynne

erzählte und dadurch ihr Leben aufs Spiel setzte. Ich konnte das natürlich nicht ahnen, sonst hätte ich sie sofort beschatten lassen. Paula selbst war vollkommen arglos, ebenso arglos, wie Wynne am Montag seinen Mörder empfangen hatte.

Des Rätsels Lösung kam dann auch für mich noch unerwartet. Anstatt daß wir den Mann gleich abfassen konnten, mußte Ihnen diese üble Geschichte passieren...«

»Und wer war es?«

»Arthur Glenn. Ich fand ihn bewußtlos in Herberts Zimmer auf dem Boden, wo Sie ihn mit der Schranktür hingestreckt hatten. Das war das Ende seines verzweifelten Spiels. Vielleicht interessiert es Sie auch zu hören, daß Miss Juliet die Erklärung, die Sie unterschrieben, nie diktiert hat; was sie wirklich diktierte, war die Geschichte mit der Zeitung, die sie Mary zur Verwahrung gab. Dadurch, daß Miss Juliet am Donnerstag abend schon ihre Aussage mit Glenn besprach, erhielt er Gelegenheit, die falsche Erklärung mit der Verdächtigung Elliotts vorzubereiten und sie im geeigneten Moment mit der authentischen zu vertauschen. Damit konnte er es aber nicht bewenden lassen; wenn die Fälschung unentdeckt bleiben sollte, mußte Miss Juliet sofort beseitigt werden. Ich weiß nur noch nicht, ob er die Tabletten auswechselte oder Florence Lenz.«

»Florence, wenn Sie mich fragen«, behauptete ich.

Er stand auf und streckte sich.

»Ich glaube auch, daß sie es war«, bemerkte er. »Sie hat ja Glenn schließlich auch die Schlüssel verschafft. Ob sie einfach die günstige Gelegenheit im Kino benutzte oder ob sie Paula nur der Schlüssel wegen dorthin folgte, wird sich vielleicht noch herausstellen. Glenn hatte also die Schlüssel, einen Revolver und die präparierte Zeitung bei sich, als er am Montag abend zu Wynne ging, um mit ihm abzurechnen. Sein Plan war schlau eingefädelt: Falls das Urteil auf Tod durch Unfall lautete, gab es für ihn kein Problem mehr. Falls ein Mordverdacht aufkam und irgendwelche Spuren zu ihm führten, konnte er auf die Zeitung hinweisen und sich damit entlasten. Falls der Leichenbeschauer allerdings entschied, daß es sich um Selbstmord handelte – nun, dann war es eben

schiefgegangen, und er mußte sich mit dem Verlust von ein paar tausend Dollar abfinden. Bei aller Berechnung ließ sich aber nicht jede Einzelheit voraussehen. Daß er seinen eigenen Revolver gar nicht brauchte, konnte ihm schließlich nur recht sein – hier kam ihm der Zufall zu Hilfe. Ein böser Schlag aber war das Verschwinden der Zeitung, von der Mary behauptete, sie habe sie verbrannt. Und das Urteil des Leichenbeschauers lautete zwar auf Tod durch Unfall, aber anscheinend gaben wir uns damit nicht zufrieden und setzten unsere Nachforschungen fort! Ja, Glenn hat wohl während dieser ganzen Woche seine kleine Privathölle gehabt, um die ich ihn nicht beneide. Außerdem bin ich überzeugt, daß Florence Lenz ihr Wissen ausnutzte, um ihn vollständig in die Hand zu bekommen. Vermutlich haßt er sie von ganzem Herzen und wird dafür sorgen, daß sie sich nicht zu leicht aus der Affäre ziehen kann.«
In diesem Augenblick muß ich wohl gegähnt haben, denn er sah mich lächelnd an.
»Nun, Miss Pinkerton«, meinte er, »das wenigste, was ich für Sie tun kann, ist, Sie endlich schlafen zu lassen.«
Ich gähnte wieder. »Eine Woche Schlaf«, sagte ich. »Ich wünsche mir eine Woche Schlaf ohne eine einzige Unterbrechung. Und von mir aus kann ich sie jetzt gleich beginnen.«
Er nahm seinen Hut und wandte sich zur Tür, blieb jedoch vor Dicks Käfig stehen.
»Wie würdest du das jetzt auffassen, Dick?« erkundigte er sich. »Du kennst deine Herrin besser als ich, aber ich glaube, das war ein ziemlich deutlicher Wink.«
»Ach was, Blödsinn«, entgegnete ich ärgerlich. »Sie wissen genau, was ich meinte. Ich will einfach eine Woche lang nichts von einem neuen Fall hören.«
»Dabei hätte ich einen Fall, den sie für den Rest ihres Lebens haben könnte, Dick«, erklärte er. »Aber sie ist eine hartherzige junge Frau, und außerdem hat sie auch schon besser ausgesehen als gerade heute.« Er grinste mich an. »Nun, ich gehe jetzt. Ich muß doch dem Bezirksanwalt sagen, daß er nach einem Hering geangelt und einen Walfisch erwischt hat. Und danach werde ich die beste Schere kaufen, die ich

finden kann, und sie Ihnen schicken lassen, nicht etwa selbst abliefern. Das ist das Leben eines Polizisten!«
Unter der offenen Tür wandte er sich noch einmal um. »Sie können es mir ja mitteilen, wenn Sie bereit sind, wieder einen Fall zu übernehmen, Miss Pinkerton«, meinte er.
»Was für einen Fall?« fragte ich argwöhnisch.
»Einen sehr anstrengenden«, erwiderte er, »verbunden mit lebenslänglicher Kerkerhaft in Ketten.«
Dann schloß er die Tür behutsam, und ich hörte ihn leise vor sich hin pfeifen, als er langsam die Treppe hinunterging.